W0028991

Beatrix Gurian

Alabasterball

Der Fluch der letzten Küsse

Beatrix Gurian studierte Theater- und Literaturwissenschaften und arbeitete dann als Redakteurin beim Fernsehen. Heute ist sie freie Autorin und schreibt Romane für Jugendliche und Erwachsene. Außerdem gibt sie ihre Schreiberfahrungen in Workshops für alle Altersstufen weiter.

Mehr Infos unter *www.beatrix-mannel.de*
Schreibworkshops mit Beatrix Gurian:
www.münchner-schreibakademie.de

Beatrix Gurian

Alabasterball

Der Fluch der letzten Küsse

Für Paula

1. Auflage 2019

Covergestaltung: Alexander Kopainski, unter Verwendung
von Motiven von Shutterstock.com: © Helen Tordenvejr, © MG SG,
© Dima Fadeev, © Filip Warulik, © Ron Dale, © Dimitriy Rybin,
© Irina Alexandrovna, © SWEviL, © Natalie Morgacheva,
© elwynn, © Benjamin Clapp
Innenillustrationen: Alexander Kopainski, unter Verwendung von
Motiven von Shutterstock.com: © ch123, © santoelia, © Shpak
Anton, © Gluiki, © TTphoto, © Julia Murchenko,
© Laurentiu Timplaru, © iSKYDANCER
Gesamtherstellung: Westermann Druck Zwickau GmbH
ISBN 978-3-401-60388-9

Besuche uns unter:
www.arena-verlag.de
www.twitter.com/arenaverlag
www.facebook.com/arenaverlagfans

»Zwischen Tanzen und Sichverlieben
lag nur ein beinahe unvermeidlicher Schritt.«

Jane Austen: Stolz und Vorurteil

Amphitheater

Leuchtturm
Treibhaus
Ballsaal
Jachthaus

NOCH EINE STUNDE BIS ZUM ALABASTERBALL

Amy blieb nicht mehr viel Zeit. Heute Abend oder nie, das spürte sie tief in ihrer Magengrube. Alles in ihr wollte zwar so schnell wie möglich weg von hier, aber sie durfte es nicht vermasseln und musste den richtigen Moment abwarten. Unruhig zupfte sie an der Seide ihres Ballkleides und starrte hinunter zum Landungssteg, wo die ahnungslosen Gäste unablässig von ihren Jachten auf die Insel Kallystoga strömten. Von so weit oben wirkten die Männer in ihren Smokings wie dunkle Käfer zwischen den bunt schillernden Roben der Damen, die wie Schmetterlinge in ihren bauschigen Kleidern voranflatterten.

Überall glitzerte es, die Pailletten der Stoffe, der Schmuck und die Abendsonne auf dem Meer, sogar die Luft schien durchsetzt von einer vibrierenden Aura aus Lichtreflexen.

Alle wollten sie zum berühmten Alabasterball, den sie für das glamouröseste Ereignis des Jahres hielten. Für Amy war es jedoch nur der Tanzball, von dem ihre Schwester Sunny vor einem Jahr spurlos verschwunden war.

Sie versuchte, das immer schnellere Pochen in ihrer Brust zu ignorieren, und konzentrierte sich auf das leise Brummen der Boote. Zu spät, wisperte eine gnadenlose Stimme in ihrem Kopf, zu spät, wisperte sie und vermischte sich mit dem Gemurmel der Gäste, zu spät, zu spät, zu spät.

Nervös suchte sie nach Matt, und als sie ihn unten am Steg entdeckte, schöpfte Amy wieder Hoffnung. Bis jetzt lief alles nach Plan. *Vertrau mir,* hatte er gesagt und vielleicht hatte er recht.

Vielleicht gab es noch eine letzte Chance für sie alle.

EIN JAHR ZUVOR

– WIE ALLES BEGANN –

1

Bester Stimmung lief Amy vom Schwimmtraining nach Hause. Jetzt wollte sie sich nur noch aufs Sofa werfen und ihre neue Lieblingsserie anschauen. Mom hatte sich mal wieder für eine Doppelschicht gemeldet und ihre Schwester war unterwegs, aber nicht mit ihrem Freund Jonas, vielmehr hatte sie ein Date mit Max. Jedenfalls hatte Sunny ihr das heute Morgen mit einem bedeutungsvollen Augenzwinkern erzählt.

Umso besser, denn ohne Sunnys Gemaule konnte Amy sich die Folgen sogar auf Englisch ansehen und dabei in Frieden Chips und Pizza mümmeln.

Doch kaum hatte sie die Haustür geöffnet, tänzelte Sunny aufgeregt auf sie zu.

»Moonie, super, dass du endlich kommst!«, rief ihre Schwester so begeistert, als hätte sie Amy seit hundert Jahren nicht mehr gesehen.

Obwohl das ihre Pläne über den Haufen warf, musste Amy lachen.

»Was machst du denn schon hier?«, fragte sie. »Ich dachte, du gehst mit Max aus? Oder hat Jonas Wind davon gekriegt und dir ordentlich die Hölle heißgemacht? Ich finde, ehrlich gesagt, das hättest du verdient.«

Sunny verdrehte die Augen und stöhnte. »Wie nett. Aber ich vergebe dir, weil du keine Ahnung hast, wovon du redest«, sagte sie und schlug gut gelaunt ein Kreuzzeichen über Amy. »Und weil ich weiß, wie sehr dir Jonas gefällt, und weil ich so ungemein großherzig bin. Apropos großherzig, erinnere mich daran, dass ich dir nachher verrate, warum ich mich überhaupt mit Max getroffen habe, ja? Und jetzt komm endlich mit, Moonie! Ein total irres Paket ist für dich gekommen! Das musst du dir ansehen!«

Sunny zerrte Amy in die Wohnküche und zeigte auf ein flaches, rechteckiges Paket, das fast so lang war wie der Küchentisch.

Es sah wirklich merkwürdig aus. Statt Karton bestand die Oberfläche aus einem cremefarbenen Stoff, in den Amys Name und ihre Adresse in purpurnen Buchstaben eingewebt war.

Verblüfft betrachtete Amy das Ding. Wer schickte ihr so ein Paket? Und wo sollte man das öffnen? Wo war der Deckel? Laschen oder Klebekanten? Nirgends war ein Absender zu erkennen.

Als sie mit ihrer Hand darüberstrich, fühlte sich das Material an, als wäre es aus kühlem Damast. Dann, plötzlich, als hätte ihre Berührung etwas ausgelöst, verschob sich die gesamte Längskante zur Seite wie eine Art Schublade.

»Hammer!«, sagte Sunny. »Abgefahren! Wieso kriegst du so was und ich nicht?«

Sunny liebte Geheimnisse, Rätsel und Codes und hätte

sich zu gern selbst an dem Paket zu schaffen gemacht. Das konnte Amy deutlich daran erkennen, dass Sunny auf ihrer Unterlippe herumkaute, was sie nur dann tat, wenn sie sich ärgerte – wobei das nur selten vorkam, denn ihre Schwester konnte den allermeisten Dingen etwas Positives abgewinnen. Und weil *Sunny* so ein Sonnenschein war, nannte sie auch kein Schwein Diana.

»Lass mich das doch für dich aufmachen«, schlug Sunny eifrig vor.

»Auf gar keinen Fall!«, widersprach Amy. »Ich möchte es erst noch ein bisschen anschauen. Es sieht so besonders aus.«

Sonny raufte sich das Haar, was sehr theatralisch wirkte, weil ihre blonden Haare bis zum Po reichten. Seit ihre Mutter ihnen das Märchen von Rapunzel vorgelesen hatte, hatte Sunny sich geweigert, auch nur einen Millimeter abzuschneiden. Dabei war Rapunzel ja wohl das ödeste Märchen überhaupt. Im Turm sitzen und auf einen Befreier warten – na danke!

»Hast du es dir *jetzt* genug angeschaut?«, fragte Sunny wieder etwas ruhiger. »Oder willst du gar nicht wissen, was drin ist?«

»Doch ... aber ich öffne es in *meinem* Zimmer!« Amy nahm das Stoffpaket an sich und ging los. »Offensichtlich ist es nämlich für *mich!*«

»Hey, warte!« Sunny stürmte hinter ihr her, doch Amy warf die Tür vor ihrer Nase ins Schloss und sperrte ab.

Schon fühlte sie sich mies. Auch wenn Sunny die Tendenz hatte, alles an sich zu reißen, tat sie es ja nie, um Amy zu ärgern. Sie konnte bloß nicht anders und das fing meistens frühmorgens an, wenn Amy sich noch eher tot als lebendig fühlte. Sunny wachte auf und begann, überall im Haus zu summen und zu singen. Sie war *immer* gut gelaunt. Kein Wunder, dass die Jungs bei ihrer kleinen Schwester Schlange standen.

Sunny hämmerte gegen die Tür. »Wieso benimmst du dich plötzlich wie die letzte Bitch? Manchmal bist du echt gemein, Amy. Lass mich rein! Ist es, weil du glaubst, ich würde Jonas mit Max betrügen?«

Nein, stellte Amy überrascht fest. Dieses Treffen fand sie zwar ziemlich mies von Sunny, aber das war es nicht. Eigentlich wusste Amy auch nicht so genau, warum sie das Paket unbedingt für sich alleine haben wollte. Natürlich gefiel es ihr, endlich mal selbst interessant zu sein. Denn ihre Schwester verstand sich meisterhaft darauf, abgefahrene Dinge zu tun, wie zum Beispiel ihre neueste Idee mit den »Unsingsworten«.

Sunny hatte Songs aus Fantasieworten kreiert, die schön klangen, aber keinerlei Bedeutung hatten. Mit denen hatte sie einen Kanal bei YouTube eröffnet und plante nun eine große Karriere als Sängerin. Und Sunny war davon überzeugt, dass es klappen würde, weil sie dazu ihren magischen Glückscode verwendete. Sie reihte die Unsingsworte nämlich nicht einfach nur so aneinander, sondern nach den Zahlen ihres Geburtstages, dem 3.7.2002, den sie für ein mystisches Datum hielt.

Amy fand das vor allem deshalb etwas lächerlich, weil sie am selben Tag Geburtstag hatten. Nur dass Sunny eben ein

Jahr jünger war, auch wenn sie leider meistens für die ältere gehalten wurde.

Ihre Schwester sang also dreimal *Ommm-sa-mianda* oder so was, dann siebenmal irgendein anderes Unsingswort und dieses Muster wiederholte sie viermal, weil das die Quersumme von 2002 ergab. Auf diese Weise baute sie ganze Lieder auf, was Amy wenig originell und reichlich faul fand. Ihre Schwester hatte nämlich gar keine Lust, sich echte Worte oder gar einen Text zu überlegen oder darüber nachzudenken, was sie mit einem Song eigentlich sagen wollte.

Sunny behauptete, es wäre für sie nur wegen ihrer Rechtschreibschwäche zu mühsam, aber Amy nahm ihr das nicht ab, denn ihre Schwester wollte ganz einfach nur auf Teufel komm raus immer etwas ganz Besonderes sein.

»Wenn du nicht meine Schwester wärst, würde ich denken, du bist tatsächlich in Jonas verknallt!«, rief Sunny wieder durch die Tür.

»Schwachsinn!«, gab Amy zurück, obwohl ihr sofort die Röte ins Gesicht stieg. Sunny musste ziemlich sauer auf sie sein, denn sonst fuhr sie nie derart gemeine Geschütze auf. Dabei würde Amy lieber sterben, als mit Jonas auch nur ein Wort zu wechseln!

»Dann beweise mir das Gegenteil«, brüllte Sunny, »indem du mich reinlässt!«

»Ich muss dir gar nix beweisen!«

»Jonas weiß übrigens, dass ich Max nur getroffen habe, weil ich euch verkuppeln wollte«, erklärt Sunny nun wieder versöhnlicher.

Amy erstarrte. Sunny hatte wohl den Verstand verloren!

Wie dämlich stand sie denn jetzt vor dem Freund ihrer Schwester da? Und erst recht vor diesem Max!

»Du hast sie doch nicht mehr alle«, murmelte Amy hinter der Tür.

»Hey, Moonie, das hab ich gehört!« Sunny rüttelte an der Klinke. »Dabei hab ich Max erzählt, was für ein Sprachgenie du bist und dass du sogar Altgriechisch lernst. Das fand er echt total ... cool.«

Amy unterdrückte ein Stöhnen. Super. Da war ja eine Rechenaufgabe mit Sunnys Geburtstagscode noch interessanter.

»Und wie toll du Delfinschwimmen kannst und dass du beim DLRG letztes Jahr im Sommer schon Leben gerettet hast. Natürlich habe ich deine Nähkünste erwähnt ...«

Oh ja, na klar. Amy sah es direkt vor sich. Max starrte sabbernd ihre hübsche, vor Freude sprühende Schwester an und schaltete auf Durchzug, in der Hoffnung, nicht einzuschlafen, bis sie mit den Mutter-Teresa-Geschichten über ihre öde große Schwester fertig war. Nicht mal in den Ohren eines Heiligen klang Amys Leben irgendwie sexy.

Sunny räusperte sich. »Und dann hab ich ihn gefragt, ob er dein großes Geheimnis wissen will.«

Angespannt trat Amy näher zur Tür, hoffte aber stark, dass ihre Schwester keine Ahnung hatte, welches Geheimnis sie *wirklich* vor ihr verbarg.

»Natürlich war er da dann total heiß drauf, und damit er dich nicht für eine Langweilerin hält, habe ich ihm verraten ...« Sunny legte eine Kunstpause ein und Amy merkte, dass sie unwillkürlich die Luft anhielt. »Also, ich hab ihm verraten, dass du die Nationalhymne furzen kannst, das allerdings nur für gute Freunde bei Fußballländerspielen zum Besten gibst ...«

Sunny fing an laut zu kichern und Amy hätte vor Erleichterung beinahe mitgelacht, aber sie beherrschte sich, denn sie fand diese Verkupplungsaktion trotzdem reichlich bescheuert. Vor allem, weil es nicht das erste Mal war, dass Sunny so etwas machte.

Ja, Amy sehnte sich schon danach, sich zu verlieben, aber doch nur in jemanden, den sie sich selbst aussuchte!

»Haha, wie lustig!«, sagte Amy deshalb streng. »Hörst du dir eigentlich manchmal selber zu? Du musst komplett verrückt sein! Wann kapierst du endlich, dass du dich aus meinem Leben raushalten sollst? Verschwinde!«

Damit wendete sich Amy wieder dem Paket auf ihrem Bett zu. Es fühlte sich gut an, etwas zu haben, auf das Sunny so scharf war. Na ja, und auch ein bisschen gemein. Ihre Schwester hatte das mit Max bestimmt gut gemeint.

Als Amy das Paket nun wieder berührte, öffnete sich diese seitliche Lade ein Stückchen weiter und enthüllte ihren Inhalt.

In dem Paket lag ein Kleid und obendrauf eine schwarze Karte. Auch wenn es ihr schwerfiel, ignorierte Amy das Kleid zunächst und nahm stattdessen die Karte in die Hand. Das Schwarz verwandelte sich sogleich in ein sehr helles, glänzendes Weiß, was Amy kurz zusammenzucken ließ. Reagierte das Papier etwa auf Lichteinfall? Ja, das musste es sein. Und dann, plötzlich, traten auch noch purpurne Buchstaben hervor.

Einladung zum Alabasterball

Verehrtes Fräulein Amy,
Sie sind für den diesjährigen Alabasterball auf der Insel Kallystoga auserwählt worden. Beglücken Sie uns mit Ihrer Anwesenheit auf dem elegantesten und berühmtesten Tanzball des Universums und erleben Sie eine unvergessliche Nacht, die Ihr Leben für immer verändern wird.
Drei junge Frauen und drei junge Männer tanzen vor den klügsten und mächtigsten Menschen der Welt und kämpfen um den Titel der Ballkönigin und des Ballkönigs. Den beiden Siegern erfüllen wir ihren innigsten Herzenswunsch.
Wir laden Sie und Ihre fünf Mitstreiter schon drei Tage vor dem Ball auf unsere Insel ein, wo es Ihnen an nichts mangeln wird. Sie durchlaufen gemeinsam die Präliminarien und rüsten sich so für das einzigartige Ballfinale unter dem Alabastermond.
Unsere Einladung gilt ausschließlich für Sie und ist nicht übertragbar.
Voller Vorfreude sehen wir Ihrem Kommen entgegen!
Mit den besten Empfehlungen sowie ergebensten Grüßen,

Ihre Familie Strandham

PS: Sehen Sie das beiliegende Ballkleid als kleinen Ausdruck unserer Wertschätzung. Bitte bringen Sie es mit auf die Insel, denn es wird Ihnen im Wettstreit um den Sieg geradezu magische Kräfte verleihen.

PPS: Sämtliche Erste-Klasse-Reisekosten für die An- und Abreise werden selbstverständlich von uns übernommen.

Amy las die Karte einmal, dann noch mal und schließlich noch ein drittes Mal.

Sie sollte an einem Wettbewerb teilnehmen und Königin werden, auf einem Tanzball. Und das Ballkönigspaar bekam jeweils einen Wunsch erfüllt – ernsthaft? Einen Wunsch. Einen Herzenswunsch. Amy schüttelte den Kopf. Das war doch völlig verrückt! *Alabasterball?* Das klang, als hätte da jemand zu viele Märchen gelesen. Oder hatte sich Sunny einen Scherz mit ihr erlaubt?

Amy warf die Karte aufs Bett und nahm stattdessen das Kleid hoch. Es knisterte leicht, als das hauchzarte Seidenpapier, in das es eingeschlagen war, herunterfiel, und bei diesem Anblick wurde ihr sofort klar, dass Sunny auf keinen Fall dahinterstecken konnte. Das Kleid war bodenlang und eine Sinfonie aus glitzernden Kupfer- und Grüntönen. Das Grün kam ihr bekannt vor, und als Amy sich das Kleid anhielt und in den Spiegel neben ihrem Bett blickte, wusste sie auch, warum: Es war genau das Grün ihrer Augen.

Woher hatten die Strandhams das gewusst – oder war das nur ein Zufall?

Jetzt konnte sie nicht mehr anders, sie musste dieses Kleid anziehen. Sofort!

Und tatsächlich: Es passte wie angegossen. Als ob die Strandhams auch ihre Kleidergröße kannten. Der schulterfreie Ausschnitt brachte ihre vom Schwimmen trainierten Schultern und Arme perfekt zur Geltung. Es schmiegte sich eng an Hüften und Po und fiel dann in weiten, tüllähnlichen Schwüngen bis zum Boden. Aber das Beste war dieses schimmernde Kupfergrün, denn es schmeichelte ihrem

Teint und ihre kinnlangen Haare sahen nun nicht mehr aus wie tot gekochte Karotten. Zum ersten Mal in ihrem Leben wirkte sie nicht gespensterbleich, sondern einfach nur ... zart.

Amy bewegte sich verträumt vor dem Spiegel hin und her. Einen Moment lang war sie davon überzeugt, wenn Jonas sie so sehen könnte, dann würde er sogar ihre Schwester vergessen und sich sofort in sie verlieben. Aber natürlich war er für immer tabu, denn so etwas Mieses taten sich nur böse Stiefschwestern an.

Im selben Moment hämmerte Sunny schon wieder gegen die Tür.

»Amy, ist alles okay bei dir? Es ist so still. Nicht, dass nachher eine Spinne oder eine giftige Schlange in dem Paket versteckt war. Jetzt mach schon auf!«

Amy betrachtete sich in dem Kleid und musste lachen. Definitiv keine giftigen Schlangen oder Spinnen. Sie öffnete die Tür.

Ihre Schwester erstarrte. Dann ging sie einen Schritt zurück, als stünde sie vor dem achten Weltwunder, und blinzelte, als könnte sie es nicht glauben. »Was ... was ist das?«, hauchte sie. »Mir fehlen die Worte. Du siehst aus wie ... ich habe keine Ahnung, lass mich überlegen ...« Sunny tanzte um sie herum. »Doch! Jetzt fällt es mir ein, wie eine *Mondprinzessin*. Geradezu mondmirakulös!« Sie klapste Amy spielerisch auf ihren Allerwertesten. »Und sogar von hinten der Hit. Sag schon, woher kommt das Paket? Hast du einen heimlichen Verehrer?« Sie setzte sich auf das Bett und schnappte sich die Einladungskarte.

»Abgefahren«, sagte Sunny nach wenigen Sekunden. Fasziniert betrachtete sie das Auftauchen und Verschwinden der Buchstaben, je nachdem, wie sie die Karte im Licht drehte. »Das ist wie bei diesen komischen Gefühlsringen, die ihre Farbe ändern und anzeigen, ob man wütend oder traurig ist. *Alabasterball?* Klingt megaspannend! Wo soll das sein? Thousand Islands? Ich dachte, das wär bloß ein Salatdressing?«

Sunny hielt plötzlich inne und warf Amy einen übertrieben hilflosen Blick zu. Amy unterdrückte ein Grinsen, weil sie Sunny durchschaute – denn die wusste genau, wie sehr Amy es mochte, von ihr für allwissend gehalten zu werden. Es gab schließlich sonst kaum etwas, das Sunny an ihr bewunderte, außer ihre Schwimmkünste vielleicht.

»Die Thousand Islands liegen im Grenzgebiet zwischen Kanada und den USA«, erklärte Amy also geduldig. »Im Sankt-Lorenz-Strom. Der fließt vom Ontariosee Richtung Atlantik. Ich glaube, die Niagarafälle sind da auch irgendwo in der Nähe.«

»Aber was will denn jemand von *dort* ausgerechnet von *dir?* Wieso schicken die dir so ein Traumkleid? Ich meine, stell dir doch mal vor, wie ich in einem YouTube-Video damit rüberkäme.« Aufgeregt durchsuchte Sunny das Paket und fand tatsächlich noch einen Umschlag.

Sie fing schon an, ihn aufzureißen, als Amy sich lautstark räusperte.

»Ist ja gut!«, sagte Sunny, hielt inne und gab ihrer Schwester den Umschlag.

Amy öffnete ihn vorsichtig und hielt ein Hin- und Rückflugticket nach Toronto in den Händen. Sie musste zweimal hinsehen. Nicht Economy, nicht Business, nein, es war tatsächlich ein First-Class-Ticket. Sie musste sich setzen und tief durchatmen.

»Das gibt's doch nicht, daran muss irgendwas faul sein«, murmelte sie. »Das ist Fake, garantiert. Ein Pishingbrief für ... irgendwas.«

Sunny sprang auf, grapschte sich das Ticket und starrte es an. »Boah, das wird ja immer besser«, sagte sie und wedelte begeistert mit dem Ticket durch die Luft. »Was sollte daran bitte faul sein? Ein Mädchenhändler würde doch garantiert kein Rückflugticket mitschicken!«

Das klang logisch, machte das Ganze aber nicht weniger unglaublich.

Jetzt wollte Amy auch mehr wissen. Sie griff nach ihrem Handy und gab die Worte *Alabasterball* und *Strandham* in die Suchmaschine ein. Doch noch bevor sie lesen konnte, was angezeigt wurde, entriss Sunny ihr das Smartphone.

»Wow, das sind ja jede Menge Artikel«, erklärte sie und scrollte weiter. »Gott, ist das cool! Einige Zeitungen schreiben, dass die Strandhams praktisch die ganze Region fördern. Es gibt auch Interviews mit Ehrengästen und den ehemaligen Ballköniginnen und -königen, die werden von den Strandhams ihr ganzes Leben lang unterstützt.« Sunny hielt inne und betrachtete Amy mit glänzenden Augen. »Moonie, so unglaublich, wie du in dem Kleid aussiehst – und du bist ja noch nicht mal geschminkt –, würdest *du* sofort die Ballkönigin sein. Und du bist auch noch so klug und hast in Englisch immer eine glatte Eins, das ist sicher kein Hindernis ...« Sie seufzte schwer. »Mann, ist das unfair!«

»Was steht denn in den Interviews?«, fragte Amy, um davon abzulenken, wie sehr ihr Sunnys Komplimente schmeichelten.

Sunny überflog ein paar Seiten. »Nur Gutes. Ballkönig und Ballkönigin bekamen je einen Wunsch erfüllt und wohl auch viel Geld und eine top Ausbildung.«

»Lies weiter, da muss doch irgendwo ein Haken sein. Das klingt mir viel zu schön, um wahr zu sein.«

Sunny wischte sich durch die nächsten Seiten. »Hm, es gibt nur ein paar vereinzelte negative Stimmen – aber wenn du mich fragst, stammen die von Menschen, die nur deshalb sauer sind, weil sie nicht eingeladen wurden. Aus lauter Neid entwickeln genau solche Leute dann Verschwörungstheorien. Die hier gefällt mir besonders gut.« Sunny grinste und schüttelte den Kopf. »Ein gewisser Greggg mit drei g – na, der kann ja wohl nur bescheuert sein, oder? –, also, der schreibt, Kallystoga sei in der Hand des Teufels und der Ball das Fest einer Sekte von Teufelsanbetern.« Sunny hielt inne. »Ich meine, selbst wenn das wahr sein sollte, würde ich dorthin fliegen. Das wär mir so was von egal. Oder würdest du nicht gern mal mit dem Teufel plaudern? Der ist in jedem Fall kein Langweiler, so wie dieser Greggg mit drei g. Und sexy ist der Teufel sicher auch!«

Amy gelang es endlich, Sunny das Smartphone abzunehmen. »Hm, du hast wohl recht. Greggg schreibt für ein Sensationsblatt, während alle anderen Artikel von seriösen Zeitungen sind. Anscheinend dürfen nur ausgewählte Journalisten dorthin. Die Insel ist sonst für die Öffentlichkeit nicht zugänglich.« Amy biss sich auf die Unterlippe. »Findest du das nicht alles ziemlich … mysteriös?«

»Ja, aber das größte Mysteri-öööösum ist ja wohl die Frage, wieso du gefragt wurdest und nicht ich!« Sunny betrachtete wieder das Kleid und zog dabei einen Schmollmund. »Dieser Stoff ist der reine Wahnsinn, Moonie.«

Amy strich über die kleinen Rosen am Ausschnitt. Es war unfassbar, wie gut sich das anfühlte. Sie drehte sich einmal um sich selbst, ungläubig, wie schön sie aussah. So traumhaft, dass man beinahe glauben konnte, dass diese Strandhams auch wirklich Wünsche erfüllen konnten.

»Ich meine, klar bist du toll und die beste Schwester der Welt«, fuhr Sunny fort, »aber das muss trotzdem ein Irrtum sein, denn zu mir würde so eine rätselhafte Einladung doch viel besser passen, oder?«

Leider hatte Sunny recht, aber das würde Amy auf keinen Fall zugeben. Sie fing an, das Kleid vorsichtig wieder auszuziehen.

»Kann ich das auch mal anprobieren?«, bettelte ihre Schwester.

»Wozu?«, fragte Amy, um nicht Nein sagen zu müssen. Es wunderte sie selbst, dass sie das auf gar keinen Fall wollte. Schon bei dem Gedanken daran, dass Sunny *ihr* Kleid tragen würde, bekam sie eine Gänsehaut. Da erinnerte sich Amy an die Sage von Medea, die sie letzte Woche in der Griechischstunde durchgenommen hatten. Medea hatte ihre Rivalin Glauke mit einem vergifteten Kleid ermordet. Amy wurde es plötzlich ganz heiß. Unsinn, sagte sie sich, warum sollte ihr jemand ein vergiftetes Kleid schicken?

»Jetzt sei nicht so zickig!«, maulte Sunny. »Wir haben doch immer alles geteilt!«

Amy verschluckte sich beinahe. Immer alles geteilt? Es war wohl eher so, dass Sunny sich alles von Amy nahm, wonach ihr der Sinn stand. Das würde sie nicht unbedingt teilen nennen!

Sunny streichelte mit einer Hand über das Kleid, das jetzt auf Amys Schoß lag. »Na gut, vielleicht war das mit Max doch keine so gute Idee«, gab sie schließlich zu.

»Natürlich nicht«, stimmte Amy zu. »So was ist einfach nur peinlich! Tu das nie wieder, okay?«

»Versprochen«, sagte Sunny mit diesem Unterton, bei dem Amy sofort wusste, dass sie ihr nur recht gab, weil sie schon etwas anderes im Schilde führte.

»Also – lässt du mich endlich das Kleid probieren?«

»Nein.« Jetzt krampfte sich sogar Amys Magen zusammen. Es fühlte sich an, als ob sie das um jeden Preis verhindern musste.

Sunny wirkte ernsthaft beleidigt. »Du bist doch sonst nicht so stur!«

»Es gibt immer ein erstes Mal.«

»Gott, du hörst dich schlimmer an als Mom!« Sunny verdrehte die Augen, was sie so gut konnte, dass – wie in einem Horrorfilm – fast nur noch das Weiß ihrer Augäpfel zu sehen war.

Amy blickte zurück auf die Einladungskarte. »Was meinst du, was Mom wohl zu alldem sagen wird?«

»Na, dass du hinfahren sollst!« Sunny richtete ihren Blick wieder auf Amys Kleid. »Seit Papas Unfall arbeitet sie sich krumm, damit es uns gut geht, und trotzdem redet sie immer davon, dass man sein Leben genießen soll. Und wenn du gewinnst, kannst du dir auch noch *alles* wünschen, was du willst. Was gibt es denn da zu überlegen? Das ist besser als ein Sechser im Lotto.«

»Aber ... Überleg mal. Wie wollen diese Strandhams das bitte machen? Nur mal angenommen, ich würde mir einen Tag mit Paps wünschen. So etwas kann niemand erfüllen – niemand kann Tote wiederauferstehen lassen.«

»Stimmt«, flüsterte Sunny und wirkte auf einmal seltsam nachdenklich. »Aber so etwas würdest du dir nicht wirklich wünschen, oder? Es würde dich doch nur traurig machen. Und was hätten Mom und ich davon? Es wäre viel normaler, wenn du dir, so wie ich, einfach einen Haufen Schotter wünschen würdest – dann könnte Mom ihren Job im Krankenhaus schmeißen und wir könnten meine YouTube-Videos professionell angehen.« Sunny suchte ihren Blick und Amy hatte das dumpfe Gefühl, dass keine von ihnen gerade die ganze Wahrheit über ihre Wünsche gesagt hatte.

Sosehr Amy ihren Vater manchmal auch vermisste, sie wollte ihn in Erinnerung behalten, wie er gewesen war. Sunny hatte recht, allein den Wunsch auszusprechen, ihn wiedersehen zu wollen, würde ihr nur das Herz brechen. Sie hatte mit diesem Beispiel Sunny ja nur klarmachen wollen, dass die Versprechungen der Strandhams unmöglich real sein konnten. Das alles war eine einzige Lüge!

»Ich frage mich schon, warum ausgerechnet ich so eine Einladung bekommen habe«, sagte Amy und legte das Kleid wieder zurück in das Paket. »Dafür muss es einen Grund geben.«

»Na klar, weil du *die Ältere* bist.« Sunny klang ungewohnt bitter. »Und weil du gerade siebzehn geworden bist!«

Amy musste sich beherrschen, um ernst zu bleiben. »Schwesterchen, auf der ganzen Welt sind, ich weiß nicht wie viele Mädels, gerade siebzehn geworden. Aber laut Google kriegen nur drei diese Einladungskarten.«

»Da verstehe ich erst recht nicht, was es da zu überlegen gibt!«

»Eine Menge. Wir könnten Ticket und Kleid einfach verkaufen und von dem Geld mit Mom ans Meer fahren.«

»Du spinnst doch!« Sunny tippte sich an die Stirn. »Mom würde wollen, dass du so eine Chance nutzt. Und jetzt lass mich endlich das Kleid anprobieren!«

»Später vielleicht. Ich muss noch ein bisschen was fürs Abi lernen.«

»Dazu brauchst du doch das Kleid nicht.« Ihre Schwester verdrehte die Augen, diesmal nur genervt und nicht wie im Horrorfilm.

»Nee, aber ich möchte es dabei im Blick haben.«

Prompt ging Sunny zur Tür und warf sie knallend hinter sich ins Schloss. »Manchmal hasse ich dich wirklich!«, brüllte sie durch den Flur.

Amy nahm das Kleid wieder aus der Schachtel und befühlte den Stoff. Seit sie einen Faden durch ein Nadelöhr ziehen konnte, nähte sie leidenschaftlich gern und sie wusste einiges über Stoffe. Doch das hier war weder Seide noch Baumwolle, es war kein Taft, kein Musselin, kein Damast – was zur Hölle war es dann? Vielleicht eine neue Bambus- oder Kunstfaser?

Sie beugte sich vor zu dem Ausschnitt, der mit all diesen kleinen kupfernen Rosen verziert war, die ihr vorhin schon so gut gefallen hatten. Einer spontanen Eingebung folgend, schnitt sie eine der Rosen ab, so vorsichtig, dass man sie später wieder drannähen könnte. Die wollte sie mit in ihren Lieblingsstoffladen nehmen und nachfragen.

Wieder fiel Amys Blick auf die merkwürdige Einladung und sie fasste einen Entschluss: Auf gar keinen Fall würde sie überstürzt auf diese Insel fliegen, denn so schön dieses Kleid auch war, auf diesen Protz und das altmodische Getue fielen so gutgläubige Menschen wie Sunny natürlich sofort rein. Nein, sie musste erst ganz sicher sein, dass es bei dieser traumhaften Einladung mit rechten Dingen zuging. Sie betastete noch einmal den zarten Stoff des Kleides und seufzte.

Träume sind was für Kinder, ermahnte sich Amy und genau deshalb musste sie für ihre Mom und ihre Schwester da sein ... um sie zur Not vor sich selbst zu beschützen.

EIN JAHR SPÄTER

- DREI TAGE BIS ZUM ALABASTERBALL -

2

Das war es also: *Kallystoga.* Nervös starrte Amy auf die näher kommende Insel. Von beiden Seiten spritzte das Wasser des Thousand Island Pond über die Reling des kleinen Motorbootes und Amy musste sich gut festhalten, um nicht über Bord zu gehen. Stürmischer Wind pfiff ihr um die Ohren und sie war froh, dass sie den schwarzen Fransenponcho angezogen hatte, den Sunny ihr letztes Jahr zum Geburtstag geschenkt hatte.

Wie dumm sie damals gewesen war! Amy hätte ahnen müssen, dass Sunny sich ihre Einladung und das Kleid »ausleihen« würde, um Ballkönigin zu werden. Und dass es schiefgehen würde. Denn seit Sunny Kallystoga betreten hatte, fehlte jede Spur von ihr.

Deshalb würde Amy ihre Suche hier beginnen. Um sich zu beruhigen, betrachtete sie den Ring an ihrer linken Hand. Sie hatte sich aus der kupfernen Rose, die sie damals von ihrem Ballkleid abgeschnitten hatte, und winzigen Perlen einen Talisman gemacht, und zwar genau so, wie Sunny es getan hätte. Drei grüne Perlen, sieben blaue und das Ganze viermal. Damit wollte Amy sich nicht nur Mut für ihre

Mission machen, sondern sich auch daran erinnern, dass sie hier als *Loreley Schillinger* antreten musste.

Es war fast unmöglich gewesen, eine der diesjährigen Alabasterball-Kandidatinnen ausfindig zu machen. Erst durch einen Instagram-Beitrag, auf dem Loreley das Paket fotografiert hatte, war Amy auf sie aufmerksam geworden.

Die echte Loreley lebte zwar auch in Deutschland, also hatten sie sich treffen können, aber sie dazu zu bringen, auf ihre Einladung zum Alabasterball zu verzichten, war alles andere als einfach gewesen. Als Amy ihr verraten hatte, warum sie unbedingt nach Kallystoga musste, war sie dabei in Tränen ausgebrochen. Das hatte Loreley zwar gerührt, allerdings nicht so sehr, dass sie bereit gewesen wäre, auf all das Geld zu verzichten, das die Strandhams ihr in Aussicht stellten.

Also hatte Amy ihr das Kleid und die Tickets abgekauft, und ihr noch dazu einen dicken Bonus ausgezahlt. Dafür war ihr gesamtes Erspartes draufgegangen sowie ein Zuschuss von Jonas, der sich genauso um Sunny sorgte wie sie.

Zudem musste sie Loreley versprechen, ihr nach dem Ball das Kleid zurückzugeben. Professionell gereinigt, natürlich.

Im Austausch dafür hatte Loreley ihr alles über sich erzählt, damit Amy ihre Rolle auf Kallystoga auch perfekt spielen konnte. Und um ganz sicherzugehen, hatte Amy sich dann auch noch wie Loreley ihre Haare schwarz gefärbt. Falls einer der anderen Kandidaten ebenfalls recherchiert hatte.

Als ihre Mutter über diese Veränderung ziemlich erstaunt

war, hatte Amy mit sehr schlechtem Gewissen behauptet, sie fände, es wäre jetzt, nach dem Abi, Zeit für eine Veränderung. Und sie hatte ihre Mom gefragt, ob es okay für sie wäre, wenn sie ihre Freundin Martha besuchen würde, die in New York als Au-pair arbeitete.

Ihre Mutter hatte nichts dagegen. Sie fand, Amy hätte nach allem, was passiert war, eine Auszeit verdient, und sie war stolz, dass ihre Tochter das Abi geschafft hatte. Und natürlich musste man es einfach ausnutzen, wenn man in New York eine Freundin hatte, bei der man wohnen konnte.

Amy hatte sich schon Bilder von New York runtergeladen, die sie ihrer Mutter per WhatsApp schicken wollte, damit die sich keine Sorgen machte. Schlimm genug, dass Sunny verschwunden war. Ein Grund mehr, dafür zu sorgen, dass sie alle beide wieder gesund zurückkamen.

Alles war also perfekt vorbereitet. Jetzt galt es nur noch, keine Fehler zu machen, sobald sie den Strandhams begegnete.

Je größer die Insel vor ihr wurde, desto kleiner fühlte sich Amy. Natürlich hatte sie seit Sunnys Verschwinden immer wieder Bilder von Kallystoga und dem Schloss angeschaut. Aber es war ein gewaltiger Unterschied zwischen dem Schloss auf einem Monitor und dem mächtigen Ungetüm, das sich vor ihr auf der Insel erhob.

Das also war der Ort, von dem Sunny spurlos verschwunden war.

Nicht ganz spurlos, korrigierte Amy sich, es gab immerhin ihre Postkarten. Die erste war eine Woche nach dem Ball gekommen. Dabei hatte ihre Schwester, die es hasste, mit der Hand zu schreiben, Postkarten als unverantwortlichen, baumfressenden Oldschool-Blödsinn abgelehnt – wozu gab es schließlich WhatsApp? Doch nach dem Ball waren auf einmal aus der ganzen Welt Karten von ihr eingetrudelt. Karten mit der leicht chaotischen Schrift ihrer Schwester und mit exakt denselben Fehlern, die Sunny wegen ihrer Rechtschreibschwäche gemacht hatte.

Amy konnte trotzdem nicht glauben, dass sie wirklich von Sunny waren. Warum sollte die Königin der Selfies plötzlich *Postkarten* schicken? Immer wieder hatte Amy sie nach verborgenen Hinweisen oder Codes abgesucht. Leider hatte sie nichts dergleichen gefunden. Keine geheimen Botschaften. Kein Hilferuf. Keine Entschuldigung fürs Weglaufen. Nichts.

Das Einzige, was Amy irgendwann auffiel, waren die »pfeifenden Schmetterlinge«, von denen Sunny immer wieder schrieb. Was bitte schön sollten *pfeifende Schmetterlinge* sein? Sunny meinte, sie wären gelb und schwarz wie Bienen. Sogar auf der Karte aus Nuuk in Grönland hatte sie davon erzählt. Daraufhin hatte sich Amy wochenlang mit der Fauna Grönlands beschäftigt, aber pfeifende Schmetterlinge hatte sie keine gefunden. Falls das also doch so etwas wie ein Code sein sollte, konnte sie ihn nicht knacken.

Ansonsten stand da meistens nur belangloses Blabla. Hier war das Wetter so, da war das Wetter anders, diese Sehenswürdigkeit war toll, diese eher nicht – keine einzige Karte gab ihr die alte Sunny zurück, ihre quirlige, nervige und verrückte Schwester, die sie über alles liebte und ohne die es ihr zu Hause wie in einem Grab vorgekommen war.

Ihre Mutter jedoch klammerte sich eisern an Sunnys Karten. Es hatte Monate gedauert, bis sie akzeptieren konnte, dass ihre flatterhafte jüngste Tochter die Schule geschmissen hatte und nun durch die Welt reiste. Natürlich waren sie bei der Polizei gewesen, immerhin war Sunny bei ihrem Verschwinden noch nicht volljährig. Doch man hatte ihnen wenig Hoffnung gemacht. So ein Abtauchen würde bei jungen Erwachsenen oft vorkommen und in aller Regel würden sie schnell wieder auftauchen. Aktiv könnte man nur werden, wenn Hinweise auf ein Verbrechen vorlägen. Da ja aber die Karten eindeutig von Sunny geschrieben waren, sah niemand Handlungsbedarf. Niemand außer Amy, die es kaum ertragen konnte, ihre Mutter so traurig zu sehen.

Nach ein paar Wochen hatte Amy sogar versucht, einen Privatdetektiv anzuheuern, aber ihr Geld reichte hinten und vorne nicht. Also hatte sie sich zusammen mit Jonas an die Recherche gemacht, und nachdem sie mit vereinten Kräften herausgefunden hatten, wo sie nachfragen mussten, waren sie ziemlich weit gekommen. Das Ergebnis war jedoch ernüchternd: Es gab nirgends auch nur den kleinsten Beweis, dass ihre Schwester wirklich in irgendeines ihrer »Postkarten-Länder« ein- oder ausgereist war, nie hatte sie dort ein Visum beantragt, nie war sie in einem Hostel aufgekreuzt, nie hatte sie etwas über Airbnb gebucht oder sich beim Couchsurfen gemeldet.

Kallystoga war der letzte Ort, an dem andere Menschen Sunny nachweislich gesehen hatten, dort verlief sich ihre Spur. Also hatte Amy alles getan, um eine zweite Einladung zum Alabasterball zu bekommen.

Denn selbst wenn sie hier keine Hinweise zu Sunnys

Verbleib fand, könnte sie sich immer noch ihren Herzenswunsch von den Strandhams erfüllen lassen.

Und sie würde sich wünschen, ihre Schwester Sunny zurückzubekommen.

Das Einzige, was Amy dafür tun musste, war, die anderen zwei Mädchen auszustechen und an der Seite von einem der Jungs Ballkönigin zu werden. Und das *würde* sie ... denn sie hatte sich akribisch auf das Tanzen vorbereitet.

Das monströse Schloss rückte immer näher, der Wind wurde stärker, als wollte er das Boot am Vorankommen hindern. Es war eine seltsame Mischung aus Neuschwanstein, Disneyland und mittelalterlicher Ritterburg. In einem Moment wirkten die kitschigen runden Türmchen mit ihren spitzen goldenen Dächern hochromantisch, dann plötzlich traten die finsteren Zinnen aus Ziegelstein mit den schwer vergitterten Fenstern und achteckigen Schießscharten in den Vordergrund.

Beklommen drehte Amy an ihrem Talisman-Ring, musste sich dann aber sofort wieder festhalten, um nicht aus dem Boot zu fallen. Was würde sie hier erwarten? Wer waren diese Strandhams? Konnte sie nach Sunny fragen, ohne ihre Tarnung zu gefährden? Was musste sie tun, um die anderen beim Wettbewerb zu besiegen – und wer waren die anderen überhaupt?

Das Schloss stand etwas nach links versetzt auf einer kleinen Anhöhe, zu der breite Steintreppen mit grünen Moosteppichen führten. Vom Anlegesteg schlängelte sich ein Weg hinauf. Er war rechts und links von lebensgroßen, aus Buchsbaum geformten Tieren gesäumt. Amy erkannte Drachen, Elefanten und Zentauren.

Von den Jasminblüten, die in Kübeln am Weg standen, verbreitete sich ein süßer aromatischer Duft über die Insel, der Amy beim Aussteigen in der Nase kitzelte. Verblüfft merkte sie, dass der Wind jetzt nur noch eine laue Brise war. Ihr wurde warm, sie zog den Poncho aus, und kaum hatte sie sich den Stoff vom Kopf gezerrt, sah sie eine Gestalt, die sich ihr näherte – oder besser gesagt: *vier Gestalten*. Ein Mann mit drei Hunden, die so groß waren, dass sie ihm bis zur Taille reichten.

Das fing ja gut an! Allerdings konnten die Strandhams ja nicht wissen, dass Amy Angst vor Hunden hatte, seit sie im Kindergarten von einem Pudel gebissen worden war. Beruhige dich, ermahnte sie sich, das waren bestimmt nette Riesenhunde, wenn die sogar die Gäste begrüßen durften.

Der Mann fokussierte Amy mit seinem Blick – und Amy konnte nicht anders, als etwas hilflos zurückzustarren. War das eine weiße Lockenperücke? Eine goldverzierte Jacke, Ärmel mit Spitzen und dann noch Kniehosen aus Samt? Unglaublich, der Typ sah aus, als wäre er einem Kostümfilm über Ludwig den Vierzehnten entsprungen.

Und trotzdem: Er wirkte kein bisschen lächerlich, sondern so, als wäre er in diesen Klamotten geboren, so als wäre dies das einzig passende Outfit für ihn.

Die drei Riesenhunde kamen immer näher. Sie hatten alle unterschiedliche Fellfarben, Schwarz-Weiß, Braun-Weiß und Rötlichweiß. Amy versuchte, entspannt zu bleiben, ging aber automatisch einen Schritt zurück und war erleichtert, als die Collies kurz vor ihr in einer perfekten Linie zum Stehen kamen.

»Baron Aranda, es ist mir eine große Ehre«, stellte sich der Mann mit einer angedeuteten Verbeugung vor und reichte Amy seine Hand. »Im Namen der Strandhams möchte ich Sie auf Kallystoga herzlich willkommen heißen. Es freut mich, Sie kennenzulernen, Mademoiselle Loreley! Möge Ihr Aufenthalt allen zur Freude gereichen!«

»Ähm ... danke«, brachte Amy hervor. »Ich freue mich auch, hier zu sein.« Dabei lugte Amy immer wieder beunruhigt zu den Hunden. Sie fühlte sich von ihren Blicken wie von Pfeilen durchbohrt, fast so, als wüssten sie, dass Amy sich unter falschem Namen auf ihre Insel schlich. Unsinn, versuchte sie, sich zu beruhigen, und tastete nach ihrem Talisman. Sie war nur nervös. Und das hier waren bloß drei Collies. *Riesige Collies,* aber natürlich keine Gedankenleser. Sie sollte sich lieber auf den Baron konzentrieren.

»Ich möchte Ihnen auch meine Begleiter vorstellen«, sagte Aranda. »Das hier ist Apanu«, er zeigte auf den Collie mit dem rötlichen Fell, »Bendis«, der braune Collie, »und nicht zuletzt unsere schwarz-weiße Nortia.«

»Äh, hallo«, sagte Amy etwas unsicher und hoffte, es wurde nicht von ihr erwartet, dass sie die drei streichelte. Ob sie ihm wohl sagen konnte, dass sie Angst vor Hunden hatte? Wobei – hatte Loreley Angst vor Hunden? Amy konnte sich plötzlich nicht mehr erinnern. Und weil sie nicht wusste, wie viel ihre Gastgeber wirklich über die Teilnehmer wussten, war es wahrscheinlich besser, nicht zu viel von sich preiszugeben.

Der Baron trat näher zu ihr hin, die Hunde ebenfalls. Wieder machte Amy einen Schritt zurück.

»Mademoiselle Loreley, bevor wir uns zum Schloss aufmachen, wo ich Sie mit Ihren Rivalen und den Regeln des Alabasterballes bekannt machen werde, ist es très importante für die Strandhams, dass Sie sich über die wichtigste Regel von Anfang an im Klaren sind.«

»Welche ... Regel?«, fragte Amy, der das Blut in die Wangen schoss. Müsste sie das wissen? Hatte Loreley etwa vergessen, das ihr gegenüber zu erwähnen?

»Wenn Sie Kallystoga einmal betreten haben, ist es nicht mehr möglich, die Insel vor Ende des Alabasterballes wieder zu verlassen. Es gibt keine Ausnahmen – das sind die Spielregeln. Jetzt hätten Sie allerdings noch die Chance. Die Strandhams wären naturellement enttäuscht, aber oui, es wäre möglich – Alors, wie entscheiden Sie sich?«

Verunsichert blickte Amy dem Baron ins Gesicht. Seine opalgrauen Augen musterten sie gespannt. Von dieser Regel hatte sie bei ihren Recherchen zum Ball tatsächlich noch nie gehört. Das war doch Schwachsinn, oder? Hier gab es überall Boote – wenn sie es wirklich darauf anlegte, konnte sie natürlich verschwinden!

»Nun, Mademoiselle?« Sein bemüht glattes Lächeln verströmte die Wärme von Wasser, das im Frühling von Eiszapfen tropft, so als hätte Amy seine Geduld bereits überstrapaziert.

»Ich stimme zu«, presste Amy hervor. »Da ich unbedingt Ballkönigin werden möchte, lasse ich mir diese Chance nicht entgehen.«

Der Baron schien entzückt. »Très bon!«, rief er, klatschte in die Hände und wies Richtung Treppe. Dabei blitzten die

Juwelen an seiner linken Hand in der Sonne auf, hell und scharf wie Messerspitzen.

Amy zögerte einen Moment. Sollte sie ihre Koffer nicht lieber mitnehmen? Der Baron merkte es und sah sie irritiert an.

»Mein Gepäck?«, fragte sie und drehte sich danach um, doch es war verschwunden.

Er machte eine wegwerfende Bewegung. »Schon erledigt. Ihr Gepäck erwartet Sie auf Ihrem Zimmer.«

Amy stutzte. Abgesehen vom Bootskapitän, war doch niemand hier. Andererseits musste es Bedienstete geben. Ganz allein konnte man so ein gewaltiges Anwesen auf keinen Fall bewirtschaften.

Danach bemühte Amy sich, dem Baron und den Hunden zu folgen. Während sie mit schnellen Schritten die Stufen hochstiegen, erklärte er, wie gern er Deutsch mit ihr plaudern würde, sie ansonsten auf der Insel jedoch Englisch sprächen, denn ihre Mitstreiter kämen ja von den unterschiedlichsten Orten aus der ganzen Welt.

Noch während Amy sich fragte, wie Sunny hier jemals mit ihren miesen Englischkenntnissen zurechtgekommen war, beschleunigte Baron Aranda seine Schritte. Auf hohen Samtschuhen eilte er voran und geriet kein bisschen außer Atem. Amy war froh, als sie endlich oben am Eingang zum Schloss angekommen waren. Mit seiner ringgeschmückten Hand zeigte der Baron auf verschiedene Gebäude. »Es wird Sie sicher interessieren, was es damit auf sich hat. Dort ...«, er zeigte nach links, »ist unser kleiner Jachthafen.« Er ging etwas auf die Zehenspitzen und wies hinter den Hafen. »Und am Ende der Südküste sehen Sie unser Treibhaus. Es ist très jolie und steht unter Denkmalschutz«, verkündete er mit einigem Stolz in der Stimme. Dann wandte er sich zum Gehen.

»Und was ist dort drüben?«, fragte Amy und deutete auf einen im Dunst verschwimmenden Turm auf der Nordseite der Insel, den sie zwischen den verschiedenen Teilen des Schlosses entdeckt hatte.

»Das ist der Leuchtturm, der die Schiffe im Thousand Island Pond vor den Klippen und Untiefen dieser Insel schützt. Er steht jedoch am äußersten Nordzipfel, die Wege dort sind très dangereux und daher nicht passierbar.« Er räusperte sich. »Wenn es Ihnen beliebt, zeige ich Ihnen nun Ihr Zimmer. Die Strandhams hoffen sehr, dass Sie sich dort wohlfühlen werden!«

Amy nickte, obwohl es ihr herzlich egal war, ob sie sich hier wohlfühlen würde. Sie prägte sich alles genau ein, die Wege, die einzelnen Gebäude. Wenn sie hier Hinweise auf Sunnys Verschwinden finden wollte, musste sie so schnell wie möglich verstehen, welche Gebäude auf dieser Insel wichtig waren. Sie hatte im Vorfeld nach einer Karte der Insel gesucht, um sich optimal auf ihre Suche vorzubereiten, aber rein gar nichts gefunden, nur verpixelte Umrisse auf Google Maps.

Der Baron lief weiter voran in das Schloss hinein, das sich in Ost- und Westflügel gliederte, wie er ihr erklärte. Die Gebäudeteile waren in der Mitte durch ein gewaltiges, bestimmt zwanzig Meter hohes Treppenhaus verbunden. Es war so hell, dass Amy die Augenlider schließen musste; sie blinzelte ein paar Mal und sah dann nach oben. Eine große Glaskuppel überdachte das Treppenhaus, das Amy an eine Kathedrale erinnerte. Das Licht fiel so warm auf eine mächtige Frauenstatue aus Alabaster, dass diese fast lebendig wirkte. Sie war nackt, aber das lange, üppige Haar umhüllte sie wie ein Kleid.

Als sie im zweiten Stock etwa auf Bauchnabelhöhe der Statue angekommen waren, bogen sie nach rechts ab und liefen über dunkelrote Läufer einen breiten Korridor entlang, in dem auf beiden Seiten Ritterrüstungen aufgereiht waren. Die Hunde trabten so geräuschlos neben dem Baron her, dass Amy jedes Mal überrascht war, sie zu sehen, wenn sie hinüberschaute.

Nachdem sie an unzähligen Türen vorbeigegangen waren, öffnete der Baron eine Tür aus hohen Doppelflügeln und führte sie hinein. Die drei Collies blieben jedoch reglos im Türrahmen stehen.

»Voilà«, sagte der Baron und zeigte auf ihren Koffer, der tatsächlich schon auf einem hölzernen Gestell vor einem der Fenster lag. Unglaublich – wie war der so schnell hierhergekommen? Amy wendete den Blick ab und betrachtete das Zimmer, was etwa so groß war wie die kleine Turnhalle ihrer Schule. Allerdings roch es hier deutlich besser, nach Lavendel und Möbelpolitur. In dem Bett in der Mitte des Raumes hätte sie zusammen mit Sunny und all ihren Freundinnen eine Pyjamaparty feiern können.

»Dort drüben ist das Badezimmer«, sagte der Baron und deutete auf die andere Seite des Raumes. Amy folgte seiner Hand mit ihrem Blick, konnte aber beim besten Willen keine Tür entdecken. Nur Wände mit seidenen Tapeten, auf denen altmodisch-ländliche Szenen zu sehen waren. Keine Tür. Nirgends.

Der Baron schüttelte amüsiert den Kopf, lief zur Wand, drückte mit der Hand zweimal gegen ein aufgemaltes, schäkerndes Liebespaar und öffnete eine Tapetentür. »Et voilà!«

Im selben Moment öffnete sich eine weitere Tapetentür direkt daneben. Heraus kam eine Frau in einer grau-lila Uniform. Ihre kurzen schwarzen Haare lagen wie ein Helm um ihren Kopf und glänzten wie Elsterfedern. Sie neigte den Kopf tief nach vorne und blieb dann schweigend stehen.

Fragend blickte Amy zum Baron.

»Ah«, sagte der Baron. »Beinahe hätte ich vergessen, es zu erwähnen. Das hier ist Ihre persönliche Dienerin.«

»Meine *Dienerin?«*, wiederholte Amy und fühlte sich noch unwohler. »Aber ... ich brauche niemanden.«

Baron Aranda zog eine Augenbraue hoch und musterte sie belustigt. »Oh, ma petite, da irren Sie sich. Sie werden noch sehr dankbar sein. Denken Sie an all die Herausforderungen, die auf Sie warten! Allein die Kleider für das Menuett – in die müssen Sie schließlich erst einmal hineinkommen, n'est-ce-pas? Das ist Elara, aber ihr Name spielt keine Rolle. Nennen Sie sie, wie Sie wollen. Elara wird sich um Ihr Wohlbefinden kümmern. Wann immer Sie einen Wunsch haben, scheuen Sie sich nicht, ihr diesen mitzuteilen. Sie ist jederzeit für Sie da und schläft gleich hier in der Kammer.« Der Baron zeigte auf die Tür, aus der Elara gerade gekommen war, und schickte sie mit einem Kopfnicken dorthin zurück. Elara verschwand, ohne sich aus ihrer Verbeugung aufzurichten.

»Früher schliefen die Diener neben dem Bett auf dem Boden, aber das ist ja nun bedauerlicherweise passé. Bitte ziehen Sie sich nun mithilfe von Elara um und kommen Sie dann, wenn der Gong dreimal ertönt, in den Blauen Salon im Erdgeschoss. Ich erwarte Sie alle dort, um Sie dann mit Miss Morina Strandham bekannt zu machen, die Ihnen die Regeln und Abläufe der Ballvorbereitungen erläutern wird.« Baron Aranda schnalzte mit der Zunge, was die Collies in Bewegung versetzte. Gemeinsam verließen sie das Zimmer, bevor er sanft die Flügeltüren hinter sich schloss.

Amy atmete tief durch. Endlich! Und so schlecht war es ja gar nicht gelaufen – immerhin hatte der Baron nicht bemerkt, dass sie nicht Loreley Schillinger war. Sie lief zu der Flügeltür, um nachzusehen, ob man sie abschließen konnte, doch da war weder ein Schloss noch ein Schlüssel. Es konnte also jederzeit jemand hereinkommen. Und von der anderen Seite konnte diese Dienerin auftauchen. Na klasse. Das würde es schwerer machen, sich unbemerkt nachts rauszuschleichen, um nach Hinweisen zu suchen. Egal, sie würde es trotzdem versuchen, denn tagsüber mussten sie bestimmt die ganze Zeit für ihre Gastgeber da sein – und Amy durfte auf keinen Fall unangenehm auffallen.

Als Amy sich zur Tapetentür umdrehte, wäre sie vor Schreck fast umgefallen. Da stand sie ja schon, diese Elara, mitten im Zimmer und machte sich daran, ihren Koffer auszupacken. Wie hatte sie das nur so lautlos geschafft?

»Entschuldigen Sie bitte, das möchte ich selbst tun.« Amy

trat zu ihr hin und reichte ihr die Hand. »Mein Name ist Loreley«, sagte sie. »Es ist sehr freundlich, dass Sie mir helfen werden, aber ich brauche Sie jetzt wirklich nicht.«

Elara ignorierte die Hand und deutete wortlos auf den geöffneten Schrank. Was wollte sie ihr damit sagen? Und wieso *sagte* sie es nicht einfach?

»Danke! Ich schaffe das schon!«, rief Amy nun sehr laut und deutlich.

Elara zögerte, doch dann verneigte sie sich und verschwand, ohne auch nur das kleinste Geräusch zu verursachen, wieder in der Wandtür.

Amy lief eine Gänsehaut über den Rücken. Was war das für ein Zimmer, in das Elara gegangen war? Konnte sie dort etwa alles hören, was Amy sagte und tat? Am liebsten hätte sie sich das gleich mal genauer angeschaut, aber damit würde sie Elara vielleicht zu nahetreten. Und es war sicher keine gute Idee, es sich am ersten Tag mit ihr zu verderben.

Dann galt es jetzt, doppelt vorsichtig zu sein.

Amy warf einen kurzen Blick in das Badezimmer. Der reinste Wellnesstempel, das hatte Sunny sicher sehr gemocht. Dann trat sie ans Bett, es war so hoch, dass sie sich auf die Zehenspitzen stellen musste, um sich darauf setzen zu können.

Plötzlich fragte sie sich, wo Sunny vor einem Jahr wohl geschlafen hatte. Hier womöglich? Mist, das hätte sie vorher herausfinden können. Denn sie hatte ja Kontakt mit Asuka, der Ballkönigin des letzten Jahres, aufgenommen und sie tagelang über den Alabasterball und Sunny ausgefragt.

Asuka kam aus Japan, konnte aber zum Glück fließend

Englisch. Mit einem leisen Kichern hatte sie bestätigt, dass ihr Wunsch und auch der des Ballkönigs wirklich in Erfüllung gegangen waren. Und auch, wenn sie ihr nicht verraten wollte, *was* sie sich gewünscht hatte, war Amy nach ihrem Gespräch ganz sicher, dass ihr Plan funktionieren konnte: Wenn sie auf Kallystoga zur Ballkönigin ernannt würde, könnte sie sich wünschen, Sunny wiederzusehen.

Asuka hatte ihren Sieg auf ihr tänzerisches Können zurückgeführt, und weil Amy da eine völlige Niete gewesen war, hatte sie sich in wochenlanger Arbeit und mithilfe von YouTube alle gängigen Tanzschritte beigebracht. Asuka hielt den Gedanken, dass ihrer Schwester auf Kallystoga etwas zugestoßen sein könnte, für völlig verrückt. Der Ball wäre wundervoll gewesen und Amy, die in Wahrheit Sunny war, sei am letzten Abend ausgesprochen glücklich gewesen, ja, sie hätte geradezu verliebt gewirkt. Erst vor sechs Wochen hatte Asuka von ihr eine Karte aus Katmandu in Nepal bekommen.

Doch was bedeutete das alles schon? Sunny war ja trotzdem nirgends zu finden, telefonierte, mailte und chattete mit niemandem, es war, als wäre sie ein Geist. Geister schreiben aber keine Karten, hatte Asuka ihr versichert. Sunny *musste* also irgendwo leben. Und daran klammerte sich Amy.

Es half auch nicht, dass Amys schlechtes Gewissen immer größer wurde, weil sie sich am Tag vor Sunnys Verschwinden so heftig gestritten hatten. Das passierte oft und sie hatten sich immer schnell wieder versöhnt, allerdings war es meistens Sunny gewesen, die ein Friedensangebot gemacht hatte. Amy erinnerte sich, wie Sunny einmal eine Schokoladentafel platt geklopft und unter der Tür durchgeschoben hatte, mit einer aufgemalten weißen Flagge.

Amy schluckte, stand vom Bett auf, lief zu der langen Fensterfront und starrte nach draußen. Wie zur Hölle könnte sie etwas über Sunnys Zeit auf Kallystoga herausfinden? Und eine leise, aber quälende Stimme fragte Amy, ob Asuka nicht vielleicht doch recht hatte und sie sich das alles bloß einredete.

Aber wo sollte sie ihre Suche beginnen? In dem großen Park, den sie von hier sehen konnte, in dem Labyrinth mit dem riesigen Springbrunnen in der Mitte?

Entschlossen drehte Amy sich zurück zum Zimmer – sie sollte jetzt ihren Koffer weiter auspacken, ihre Konkurrentinnen standen schließlich auch schon in den Startlöchern.

Nachdem sie die Badezimmertapetentür endlich wiedergefunden hatte, beschloss Amy, sie ab jetzt immer leicht offen zu lassen.

Sie holte ihre Sachen aus dem Kulturbeutel und stellte sie auf die goldene Ablage über dem Waschbecken. Eigentlich hätte sie gar nichts mitzubringen brauchen, überall waren hübsche Kristallflakons mit Lotions, Cremes und Badeölen verteilt. Das duftete alles viel zu gut, um es wirklich zu benutzen – sie traute sich kaum, die Hände zu waschen, tat es dann aber doch und prompt pingte genau dann ihr Handy im Nebenzimmer. Amy rannte mit eingeschäumten Händen hinüber und erschrak wieder fast zu Tode, weil Elara bereits im Zimmer stand und ihr zuvorgekommen war. Stumm reichte sie ihr das Handy.

»Sie können doch nicht einfach ständig hier reinkommen«, sagte Amy, verkniff sich angesichts Elaras großer Augen aber alles Weitere. »Bitte *gehen* Sie«, sagte sie stattdessen, klemmte sich ihr Handy unter den Arm und lief zurück ins Bad. Dort wusch sie sich den Schaum ab und trocknete die Hände, um nachzuschauen, wer ihr eine Nachricht geschickt hatte. Hoffentlich hatte Elara die nicht auch gesehen.

Die Nachricht war von Jonas. Obwohl Sunny schon ein paar Wochen vor dem Ball mit ihm Schluss gemacht hatte, war er furchtbar besorgt um ihre Schwester und vermisste sie genauso wie Amy.

Zwar wurde seine Nachricht auf dem Display angezeigt, aber Amy konnte sie nicht aufrufen. Hier drin hatte sie keinen Empfang, auch als sie mit dem Handy ein paar Schritte im Wellnesstempel herumging. Dabei fiel ihr Blick in den Spiegel und sie zuckte zusammen, wie jedes Mal, wenn sie ihre schwarz gefärbten Haare sah. Wie ein Engel des Todes sah sie aus, blass und müde.

»Du schaffst das«, ermutigte sie sich und griff nach dem silbernen Anhänger an ihrer Halskette, den Sunny ihr geschenkt hatte. Sofort erinnerte sie sich an den Moment vor vier oder fünf Jahren, als Sunny sie das erste Mal Moonie genannt hatte, so deutlich, als ob es gerade eben erst passiert wäre.

Sie waren an der Nordsee gewesen, damals noch mit Mom und Dad, und Sunny hatte ihr am Strand eine weiße Muschel geschenkt.

»Das ist eine Mondmuschel«, hatte Sunny erklärt. »Sie ist für dich, weil du genauso bist wie eine Muschel, verschlossen, geheimnisvoll, aber innen drin bist du wie eine Perle. Komm, knie dich hin!«

»Aber ...«, hatte Amy protestiert, »der Sand ist nass und ich hab Jeans an.«

»Stell dich nicht so an.« Sunny hatte sich suchend umgesehen, dann war sie weiter nach vorne gerannt, wo sie einen Treibholzstock aufhob. »Los, komm, sei nicht immer so eine Spielverderberin!«

Amy hatte sich ergeben und war auf die Knie gegangen, woraufhin Sunny ihr mit großem Ernst den Stock auf ihre Schulter legte.

»Hiermit taufe ich dich auf den Namen Princess Moon. Du bist Moonie und ich bin Sunny. Du darfst dich erheben. Schau mal, ich hab mir auch schon ein Zeichen für uns ausgedacht.« Sunny war in die Hocke gegangen und schrieb mit dem Stock die beiden Namen in den Sand. Daneben malte sie eine Sonne, die fast zur Hälfte aus der Sichel eines Mondes bestand.

»Schön, oder?«, hatte sie gefragt. »Das sind wir beide, und weil du die Ältere bist, geht die Mondsichel vom linken Rand der Sonne bis zur Mitte und dann erst wird der Mond zur Sonne.«

Plötzlich mischte sich ein anderes Geräusch unter die Erinnerung an Sunnys Stimme. Es war Elara, die unerwartet herrisch an die Tür klopfte. »Sie müssen sich jetzt wirklich umziehen – zum Menuett. Sie werden unten im richtigen Kostüm erwartet!«

Das war das erste Mal, dass Elara überhaupt sprach, und das auch noch in akzentfreiem Deutsch. Amy verließ das

Bad und blickte zu Elara, die steif auf den Schrank deutete.

»Danke«, sagte Amy, auch wenn sie wenig Lust darauf hatte, sich hier neu einkleiden zu lassen – sie musste sich unbedingt an alle Regeln halten. »Das ist sehr freundlich. Legen Sie doch bitte schon mal alles Nötige raus, ja? Ich bin gleich so weit.«

Damit trat sie ans Fenster, um zu lesen, was Jonas geschrieben hatte. Schließlich war er der Einzige, den sie in ihren Plan eingeweiht hatte. Ihrer Mutter hatte sie vorsichtshalber schon gleich nach der Ankunft am Flughafen erste Bilder aus New York geschickt, damit sie beruhigt war.

Elara lief zum Kleiderschrank und machte sich daran zu schaffen. Hastig sah Amy auf das Display ihres Handys: Jonas wollte wissen, ob sie gut angekommen oder schon aufgeflogen war. Sie schickte ihm eine Nachricht und bat ihn dringend, nicht mehr zu schreiben – beziehungsweise nur, wenn Sunny überraschend zu Hause auftauchen sollte. Dann löschte sie ihre Unterhaltung. Sie hatte sich fest vorgenommen, nirgendwo Beweise für ihren Betrug zu hinterlassen.

»*Das* soll ich anziehen?«, fragte Amy, als Elara nicht nur mit einem Korsett, sondern auch mit Reifröcken wedelte. Die hatte Asuka definitiv mit keiner Silbe erwähnt.

Amy stöhnte innerlich. Jetzt machte das, was Baron Aranda gesagt hatte, auch Sinn: Auf keinen Fall würde sie es alleine schaffen, sich anzuziehen. Und sie konnte es nicht riskieren, als Einzige falsch angezogen zu sein. Sie musste schließlich gewinnen!

Während sie sich auszog, versuchte sie, mit Elara zu reden, in der Hoffnung, dass es ihr dann weniger peinlich wäre, sich in Unterwäsche von einer Fremden ankleiden zu lassen.

Aber Elara antwortete weder auf die Frage, was der Name Elara bedeutete, noch darauf, wie lange sie auf Kallystoga arbeitete oder ob sie letztes Jahr bei dem Ball auch schon Kandidatinnen betreut hatte.

Sie zuckte immer nur mit den Schultern und schnürte das fleischfarbene Mieder dann so fest zu, dass es Amy einen Moment lang schwarz vor Augen wurde. Ihre Brust wurde dabei zu unnatürlich hohen Halbkugeln in dem weit ausgeschnittenen Dekolleté hochgedrückt. Ein seltsames Gefühl.

Es gongte und Elara fing an, sich etwas schneller zu bewegen.

Zügig legte sie ihr an der Taille ein Gestell mit Reifröcken an, die Amys Hüften rechts und links um je einen halben Meter verbreiterten. Kaum waren sie festgeschnürt, gongte es auch schon zum zweiten Mal.

Hastig warf Elara ihr vier Unterröcke über und zupfte sie zurecht. Nun zwängte sie Amy in ein eisblaues Seidenkleid mit schmalen Ärmeln bis zum Ellenbogen, wo eine Fülle spinnwebzarter Spitzenborten angenäht war, die bei jeder Bewegung flatterten.

Schließlich musste sie noch in hohe blaue Samtschuhe schlüpfen, die ihr allerdings viel zu eng waren, aber da musste sie jetzt durch.

Neugierig betrachtete Amy sich im Spiegel. Als wäre sie jemand anderes – mit den schwarzen Haaren und in diesem

Kleid. Sie versuchte, ein paar Schritte zu gehen, und kam ziemlich ins Trudeln. Das Kleid war unglaublich schwer und sie konnte kaum atmen. Es gongte zum dritten Mal.

»Sie müssen sofort in den Blauen Salon!«, sagte Elara plötzlich wieder so herrisch wie vorhin.

»Aber wie soll ich mich denn damit bewegen, geschweige denn *tanzen?«*, fragte Amy, doch ihre Frage verhallte im leeren Zimmer, denn Elara war schon hinter ihrer Tapetentür verschwunden.

Es blieb ihr also nichts anderes übrig, als sich in langsamen Trippelschritten zum Treppenhaus zu begeben. Während sie die Stufen hinabschwankte und immer wieder stehen bleiben und Luft holen musste, wurde Amy klar, dass sie vielleicht doch weniger gut auf diesen Tanzwettbewerb vorbereitet war, als sie gedacht hatte. Ja, sie hatte die Schritte geübt, aber nicht so. Nicht in so einem Kleid, in dem man sich bestimmt noch schwerer bewegen konnte als in einer der vielen Ritterrüstungen, die in den Gängen standen.

Andererseits war das eben ihre Rüstung, mit der sie in den Kampf um Sunny ziehen würde!

3

Am Fuße der Treppe blieb Amy unschlüssig stehen, während ihr Kleid mitsamt den Reifröcken immer noch ein wenig hin und her schwankte.

Wo konnte sich der Blaue Salon wohl befinden? Rechts? Links? Sie entschied sich für rechts und nach ein paar Schritten stieg ihr Kaffeeduft in die Nase, dem sie folgte. Als sich leise Stimmen dazumischten, war Amy erleichtert. Menschen! Da konnte sie immerhin jemanden fragen. Sie folgte den Stimmen durch drei gewaltige, offen stehende Flügeltüren und fand sich in einem blauen Zimmer wieder. Das hätten sie jedoch besser den *Pfauenthronsaal* nennen sollen, ging es Amy durch den Kopf, als sie sich umsah. Auf den Wänden prangten nämlich überall detailreich gemalte Pfauen mit weit gespreizten Rädern und so lebendig schillernden Pfauenaugen in Türkis, Grün und Gold, dass Amy sich von ihnen regelrecht angestarrt fühlte.

Es gab breite Sofas, Sessel und Récamieren, die mit Samt bezogen waren, der in allen Blautönen hin und her changierte. Von den weit geöffneten Terrassentüren kam entferntes Wellenplätschern herein, das sich mit Vogelgezwitscher, Mückensummen und einem merkwürdigen Zirpen mischte. Draußen standen ausladende Loomchairs neben Palmenkübeln, was Amy an die Decks von Ozeandampfern wie die Titanic erinnerte.

Auch etwas, über das sie und Sunny erbittert gestritten hatten. Sunny liebte Leonardo DiCaprio und Amy hasste den Film wegen des katastrophalen Endes der Liebesgeschichte.

Und jetzt war sie hier, wegen einer anderen Art von Katastrophe. Amy versuchte, tief Luft zu holen – nicht so einfach mit dem festgeschnürten Mieder. Dann betrat sie den letzten blauen Raum, in dem sich zwei Mädchen und drei Jungs leise unterhielten.

Das waren sie also – die anderen Tänzer.

Amy blickte von einem zum anderen, wollte so schnell wie möglich erfassen, um wen es sich handelte und vor wem man sich besser in Acht nehmen sollte. Vor allem auf die zwei Mädchen musste sie ein Auge haben, denn gegen die musste sie schließlich antreten.

Als Erstes merkte Amy jedoch verblüfft, dass sich niemand außer ihr für das Menuett umgezogen hatte. Die Jungs trugen Kakishorts, Jeans und T-Shirts, ein Mädchen stand im Minikleid herum, ein anderes hatte sogar Kopfhörer auf. War das nun gut oder schlecht, dass sie als Einzige die Regeln befolgt hatte? Stand sie jetzt womöglich wie die letzte Streberin da?

Amy fühlte sich noch angespannter als in den Momenten auf dem Startblock, kurz bevor sie bei einem Wettkampf ins Wasser springen durfte. Denn diesen Wettkampf wollte sie nicht nur gewinnen, hier *musste* sie am Ende die Siegerin sein. Wenn die Strandhams wirklich so allmächtig waren, wie sie vorgaben zu sein, dann könnten sie auch einen Wunsch wie diesen erfüllen.

Einer nach dem anderen drehten sie sich um und starrten Amy wortlos an. Einer pfiff sogar bewundernd, aber sie hatte nicht mitbekommen, wer es war, denn ihr Blick lag voll und ganz auf dem Jungen vor ihr.

Bis gerade eben noch hatte er lebhaft auf die anderen eingeredet und sich dabei ständig mit den Händen durch die braunen welligen Haare gefahren, nur um sie dann genervt hinter seine Ohren zu stopfen. Alle hatten sie ihm zugehört, so als wären sie wie elektrisiert von seiner unbändigen Energie.

Mit einem Mal jedoch stockte er, als hätte er gemerkt, dass ihn jemand fixierte. Dann drehte er sich um und sah Amy suchend ins Gesicht.

»Hi«, sagte er mit einer vollen, etwas kratzigen Stimme. »Du bist bestimmt die letzte Teilnehmerin, oder? Ich bin Matt.« Seine blauen Augen musterten sie, während er ihr seine Hand reichte. »Das Kleid steht dir gut!«

»Hi«, gab Amy lahm zurück. Blut schoss heiß in ihre Wangen. Gott, was war nur mit ihr los? Was würden die anderen nur von ihr denken?

»Und ... wer bist du?«, wollte er wissen und zwinkerte ihr dabei beruhigend zu.

»Loreley«, sagte sie so, wie sie es Tausende Male mit fester Stimme trainiert hatte.

»Ah. Und wo kommst du her?«

»Aus Deutschland.« Plötzlich wusste sie nicht mehr, aus

welchem Ort Loreley stammte, irgendein winziges Kaff im Odenwald. Sie starrte hilflos auf das Grübchen in seinem breiten Kinn und versuchte, sich zu konzentrieren. Hektisch rief sie alle Daten ab, die sie über Loreley gelernt hatte, wo geboren, welche Schule, in welchem Jahr Geburtstag, Hobbys, Leibspeisen. Hoffentlich fragte er nichts, worüber sie nicht Bescheid wusste.

»Und wer bist du?«, fragte sie dann schnell, statt zu antworten.

»Ich bin Matthew aus Dublin, aber bitte nenn mich Matt«, erklärte er, dann fiel sein Blick auf die Kette, die Sunny ihr geschenkt hatte. »Interessanter Anhänger.«

»Danke. Er ist von meiner Schwes…« Loreley hatte keine Schwester, also brach Amy den Satz ab. Dann wusste sie jedoch nicht, was sie sonst sagen sollte, und fühlte sich noch mehr wie ein Trottel und kein bisschen wie eine angehende Ballkönigin.

»Hi, Loreley!« Ein großes gletscherblondes Mädchen kam forsch auf sie zu. »Ich bin Lilja aus Finnland, und nur damit du dir keine falschen Hoffnungen machst«, sie betrachtete mit widerwilliger Bewunderung Amys Kleid, »ich *werde* nicht Ballkönigin, ich *bin* die Ballkönigin.« Sie grinste, aber Amy zweifelte keine Sekunde daran, dass sie es absolut ernst meinte.

»Dann ist es schade, dass du noch nicht umgezogen bist«, sagte Amy mit nur einem winzigen bisschen Schadenfreude. »In dem kurzen Kleid siehst du jedenfalls nicht gerade wie eine Königin aus.«

»Oh, glaub mir … die Letzten werden die Ersten sein.« Lilja

musterte Amys Kleid mit zusammengepressten Lippen und es war ziemlich deutlich, wie sehr es sie wurmte, dass Amy ihr zuvorgekommen war. »Aber ja, du hast recht. Wenn mein Flieger nicht so extrem verspätet gewesen wäre, hätte ich es sicher auch noch geschafft, mich umzuziehen. Aber du kannst sicher sein, dass ich keinen derartigen Fehler mehr machen werde.«

»Es haben ja noch mehr Leute nicht geschafft, das ist bestimmt kein Beinbruch«, mischte sich Matt wieder ins Gespräch. »Es geht doch nicht jetzt und hier schon um einen Liveact, der in die ganze Welt übertragen wird, sondern nur um einen Ball, der erst in drei Tagen stattfindet.«

»Also ich bin jedenfalls nicht zum Spaß hier!«, schnaubte Lilja kämpferisch.

Matt verdrehte zu Amy hin die Augen und grinste. »Der Schönling da drüben ist übrigens Ryan«, er zeigte auf einen blonden Jungen in Kakishorts, der aussah, als würde er die Hauptrolle in einem kalifornischen Surferfilm spielen. Breite Schultern, schmale Taille, graue Augen – obwohl, Amy stutzte: Nein, das stimmte gar nicht, er hatte ein graues und ein blaues Auge. Sein Mund war ein bisschen schmal, aber als er sie jetzt freundlich anlächelte und ihr zuwinkte, wirkte er so offen und freundlich, dass ihm jeder sofort sein Geld, sein Leben oder sein Hundebaby anvertraut hätte. So jemand bekam sicher sehr viele Sympathiepunkte, die dann auch auf seine Tanzpartnerin abfallen würden. Vielleicht sollte sich Amy an ihn halten?

»Und ...«, begann Matt wieder, wurde aber von dem anderen Jungen unterbrochen, der neben Ryan gesessen hatte.

»Du musst nicht gleich alles an dich reißen«, sagte er mit einem breiten wölfischen Grinsen in Matts Richtung. Dem würde Amy eher kein Hundebaby überlassen, aber das war ihm sicher egal, denn der Kerl war ... echt schön. Rastalocken mit Perlen umrahmten hohe Wangenknochen und große, unerwartet helle Bernsteinaugen. Er brauchte gar nicht Ballkönig zu werden, er sah *jetzt* schon aus wie ein Fürst. Und auch das konnte ein Vorteil sein, überlegte Amy.

»Ich bin Pepper«, erklärte er mit weit ausgebreiteten Armen, was Amy dann doch ziemlich albern fand. »Und verschont mich bitte alle mit blöden Witzen von wegen *Salt and Pepper* – weiß und schwarz. Sein Blick wanderte zur Seite. »Weiß eigentlich inzwischen *irgendjemand,* wer die Kleine da ist?«, fragte er dann und deutete auf das letzte Mädchen, das mit einem Kopfhörer vor der Terrassentür stand und nach draußen starrte. Der Hörer wirkte auf ihren dunklen, strubbeligen Haaren wie angewachsene Monsterohren, viel zu groß für ein so schmales Gesicht.

Lilja legte dem Mädchen die Hand auf den Arm und drückte ihn. Daraufhin streifte das Mädchen den Kopfhörer zurück und sah sie erwartungsvoll an. »Ja?«

»Wir wollen wissen, wer du bist.«

»Millie«, sagte die und griff schon wieder nach dem Kopfhörer. Dabei fügte sie leise hinzu: »Ich bin aus Südfrankreich, mein Name ist eigentlich Camille und ... eure Namen habe ich schon mitgekriegt, also ...« Sie zog den Hörer wieder auf und Amy fielen ein paar seltsame Narben an ihren Unterarmen auf. Als Millie ihren Blick bemerkte, schob sie ihre Ärmel sofort herunter.

»Klingt, als hätte sie kein gesteigertes Interesse daran, Ballkönigin zu werden«, sagte Pepper und grinste Lilja an. »Eine Rivalin weniger für dich.«

Millie schob den Hörer wieder runter. »Da täuscht ihr euch. Ich brauche den Schotter und dafür würde ich zur Not über Leichen gehen. So eine Chance bekomme ich nämlich nie wieder.«

Das hatte gesessen. Alle warfen sich angespannte Blicke zu – ja, das hier war definitiv vor allem ein Wettbewerb. Und jeder wollte gewinnen.

»Hat denn jemand von euch eine Erklärung, warum ausgerechnet wir diese Einladung bekommen haben?«, fragte Amy, um die Stille zu brechen.

Sie hatte versucht, Asuka darüber auszufragen, aber die hatte entweder nichts gewusst oder nichts gesagt. So oder so war es Amy nach wie vor rätselhaft, wieso ausgerechnet sie diese Einladung vor über einem Jahr bekommen hatte.

Matt zuckte mit den Schultern. »Nein, keine Ahnung, warum wir hier sind. *Cinniúint,* schätze ich.«

Alle starrten ihn fragend an.

»Das war Irisch für Schicksal.« Er grinste, als wäre damit alles gesagt.

»Ich dachte, es wäre vielleicht eine zweite Chance«, schlug Millie mit ihrer leisen Stimme vor. Und obwohl sie dabei trotzdem leicht gereizt wirkte, hätte Amy ihr stundenlang zuhören können. Ihr Englisch mit diesem französischen Akzent klang einfach süß.

»Interessanter Gedanke«, murmelte Pepper.

»Vielleicht ist es auch bloß eine Belohnung«, überlegte

Ryan. Millie fing an zu husten und Lilja verzog ihren Mund zu einem spöttischen Grinsen. »Jaja, ich weiß. Nicht bei mir. Ich war immer schon ein böses Mädchen.«

Pepper verdrehte die Augen. »Das dachte ich mir schon.« Und dann fügte er nach einem kurzen Zögern mit einem Lächeln hinzu: »Und wie gut wir zwei deswegen zusammenpassen würden.«

»Vielleicht wurden wir ausgelost? Schon mal daran gedacht?«, warf Matt sichtlich gelangweilt ein.

»Aber aus welchem Pool sollte *uns* jemand auslosen?« Ryan deutete vage von einem zum anderen. »Soweit ich das sehen kann, gibt es überhaupt keine Verbindungen zwischen uns. Wir sehen uns nicht ähnlich, unsere Familien kennen sich nicht.«

Plötzlich fing Lilja an zu grinsen. »Wetten, die Strandhams haben die schönsten jungen Menschen dieses Planeten für ihren Ball ausgesucht?«

Millie verdrehte die Augen. »Ich kann mir beim besten Willen nicht vorstellen, dass so oberflächliche Kriterien wie Schönheit der Grund für unsere Anwesenheit auf der Insel sind«, sagte sie. »Viel wichtiger ist doch, was wir der Welt zu geben haben, oder?«

»Was *wir* der Welt zu geben haben?«, äffte Lilja. »Jetzt mal ehrlich, Leute, nach dem Ball öffnet die Welt uns ihre Türen zu den oberen Zehntausend. Und das werde ich für mich selbst nutzen. Nur deshalb will ich gewinnen.«

»Aber es ist doch seltsam, dass man die Insel in den nächsten Tagen nicht verlassen kann, oder?«, fragte Millie.

»Wieso bitte sollten wir vor dem Ball gehen?« Lilja verdrehte ihre Augen. »Du meldest dich doch auch nicht bei der Olympiade an und gehst dann mittendrin wieder, oder? Wenn ihr so denkt, hättet ihr echt zu Hause bleiben sollen! Wir sind hier auf einem Schloss mit einer jahrhundertealten Tradition. Genießt es einfach, solange ihr könnt!« Sie zwinkerte Amy und Millie zu. »Besonders ihr beide, denn die Siegerin des Alabasterballes werde auf jeden Fall *ich!*«

4

Amy fuhr zusammen, als plötzlich jemand hinter ihnen fest in die Hände klatschte. Als sie sich umdrehte, hätte sie den Baron kaum wiedererkannt in seiner weiß-blauen Uniform mit goldenen Kordeln an den Schultern, einem Säbel an der Taille und einem Dreispitz-Hut auf dem Kopf. Es war seltsam, es sah fast aus, als wäre er ... irgendwie gewachsen, außerdem wirkte er jünger und stärker als noch vorhin am Steg. Obwohl er klatschte, war er aber ganz und gar nicht amüsiert, sondern offensichtlich aufgebracht.

»Es empört mich, wie wenig Sie meinen Wünschen Folge geleistet haben!«, rief er in die Runde. »Très incroyable! Ich hatte Sie alle gebeten, sich umzuziehen, Ihre Diener wussten Bescheid. Sie hätten für die erste Runde Ihr Menuettgewand anlegen sollen. Nun, immerhin. Mademoiselle Loreley ist schon bereit, das wird Ihnen Zusatzpunkte einbringen!«

»Streberin«, murmelte Millie.

Der Baron zog eine Taschenuhr zurate und schüttelte den Kopf. »Wir sind schon zu spät. Wie soll ich Sie denn *so* Miss Strandham präsentieren?« Er steckte wütend die Uhr weg und rückte den Dreispitz gerade. »Nun gut, dieses Mal nehme ich die Schuld auf mich, aber es ist das erste und letzte Mal! Folgen Sie mir nun zu unserem Alabastersaal, dort wartet bereits Miss Morina Strandham auf Sie, um Sie mit den Regeln von Kallystoga vertraut zu machen.«

»Très originell ist er ja gerade nicht, in dieser Uniform«, flüsterte Lilja Amy zu, während sie dem Baron folgten.

Amy konnte nicht anders, sie musste grinsen. Da hatte Lilja wirklich recht ... und offensichtlich hatte Lilja vor nichts Angst, denn wenn der Baron das gehört hätte, wäre er sicherlich an die Decke gegangen.

Amy hatte große Mühe, mit den anderen Schritt zu halten. Schließlich kamen sie an eine Treppe, die nach unten führte. Brachte der Baron sie etwa in den Keller? Dieses Schloss war so riesig, es war Sommer, es gab einen Park und man hieß sie im *Keller* willkommen?

Nachdem sie die Treppe hinabgegangen waren, blieb der Baron in einem größeren Vorraum stehen, entzündete sieben Fackeln, nahm sich die erste und reichte dann jedem von ihnen eine.

»Wie dramatisch!« Lilja klang entzückt und schwenkte ihre Fackel wie eine Feuerschluckerin.

»Alle Kandidaten, deren Fackel ausgeht, werden tout de suite vom heutigen Tanz disqualifiziert«, rief der Baron angesichts Liljas Herumgefuchtel.

»Très schade«, flüsterte Lilja unbeeindruckt.

Amy zuckte zusammen, als plötzlich jemand links von ihr auftauchte. »Loreley ist übrigens ein hübscher Name«, sagte Matt und schob sich mit seiner Fackel elegant neben sie. »Dabei siehst du kein bisschen aus wie Loreley.«

Amy schluckte ein paarmal trocken und konzentrierte sich darauf, mit ihren Samtschuhen nicht über die bröckligen Stufen zu stolpern. »Wie meinst du das?«

»Na, jedenfalls siehst du nicht wie die blonde Loreley vom Rhein aus, die Ritter ins Unglück stürzt, oder?«

Erleichtert atmete Amy aus. Für einen Moment hatte sie schon gedacht, er würde die echte Loreley Schillinger kennen. Andererseits – die Chance, dass die anderen Kandidaten so genau über Loreley Bescheid wüssten, war ziemlich gering.

Bevor Amy imstande war, ihm etwas zu entgegen, mischte sich schon Pepper ein.

»Vielleicht ist sie ja eher wie Lorelai aus *Gilmore Girls*«, warf Pepper ein. »Die stürzt zwar auch viele ins Unglück, ist aber nicht blond. Ich hab mir sämtliche Staffeln angeschaut, natürlich nur zu Forschungszwecken.«

Unwillkürlich dachte Amy an Sunny, die sich *Gilmore Girls* gefühlt hundert Mal angeschaut hatte und die jeden Dialog zwischen Rory und Jess, dem Bad Boy der Serie, mitsprechen konnte.

»Forschungszwecken?«, wiederholte Lilja und kicherte. »Was soll das denn heißen?«

»Ich wollte eben wissen, was in den weiblichen Wesen so vor sich geht.«

»Und hast du es herausgefunden?«, fragte Matt, während sie noch zwei weitere Treppen hinabstiegen. Es wurde deutlich kälter und feuchter. Ihre Stimmen klangen inzwischen dumpf und Amy war froh, dass sie hier nicht alleine war.

»Na ja«, sagte Pepper. »Bisher hat sich noch keine beschw…«

Als Ryan entsetzt aufschrie, fuhren alle nervös zusammen. Der Baron drehte sich zu ihnen um. »Was ist denn nun? Contenance, bitte.«

»Die Spinne, die gerade auf meine Schulter gesprungen ist, war groß wie 'ne Ratte!«, rief Ryan. »Da hört es bei mir auf mit der Contenance! Shit, ich hasse Spinnen. Und ich glaube, da sind noch mehr …«

»Ei auta itku markkinoilla«, murmelte Lilja und dann lauter: »Auf dem Markt hilft kein Weinen. Also reißt euch zusammen.« Lilja drängte Amy mit ihrer freien Hand ungeduldig weiter. »Los jetzt!«

Die schweren Reifröcke fingen an, hin und her zu pendeln, und Amy hatte Mühe, die Balance zu halten. Wie mies von Lilja, dachte Amy, im selben Moment fing Matt an zu schreien: »Achtung!«, aber es war zu spät.

Amy stolperte über ein Loch in der Stufe, geriet ins Strudeln und wurde nur durch Matts schnell zupackende Hand gehalten.

»D…danke«, stotterte Amy und versuchte, ihr pochendes Herz unter Kontrolle zu bekommen. Sie hatte ihr Gleichgewicht wieder und ließ Matts Hand langsam los. »Findest du es nicht auch seltsam, dass wir als Erstes durch so ein Rattenloch geführt werden?«, flüsterte sie ihm zu.

»Die Strandhams scheinen etwas exzentrisch zu sein«, gab Matt zurück und Amy hatte das Gefühl, er wollte noch mehr sagen, doch er verstummte, als der Baron alle um ihre Aufmerksamkeit bat.

»Bitte geben Sie mir die Fackeln, die werden wir jetzt nicht mehr brauchen.« Aranda steckte die Fackeln in eine Reihe von Ringen, die an der Kellerwand angebracht waren. Dann deutete er auf eine feuchte, mit dicken Moospolstern bewachsene Kellerwand. »Bitte – wir sind da.«

»Wirklich vielsprechend.« Lilja versuchte, amüsiert zu klingen. »Hier würde ein Ballkleid aus dem Fell eines toten Mammuts aber besser passen als das Traumkleid, dass ich per Post bekommen habe ...« Sie fuhr erschrocken zusammen, als der Baron mit dem Säbel dreimal gegen die Wand schlug, die daraufhin sofort im Boden versank.

»Wow!«, entfuhr es Pepper und auch die anderen wirkten beeindruckt.

Amy war einfach nur sprachlos angesichts dieser plötzlichen, geradezu überirdischen Helligkeit, die ihnen aus dem Raum entgegenstrahlte. Für einen Moment schloss sie geblendet die Augen, riss sie dann aber sofort wieder auf.

Alles in diesem Raum war funkelnd weiß. So musste sich ein Sonnentag im ewigen Eis anfühlen, dachte Amy während ihre Augen sich langsam daran gewöhnten. Die Strandhams waren wirklich Meister der Inszenierung – womöglich arbeitete einer von ihnen ja beim Theater als Bühnenbildner?

Als sie den Raum betraten, ertönten Fanfarenklänge. Das kam so laut und unerwartet nach der dumpfen Stille der Kellerräume, dass Amy zusammenzuckte, genau wie Lilja, die rechts, und Matt, der links neben ihr stand. Amy und er wechselten einen Blick. Er schien genauso überrascht wie sie.

Denn vor ihnen stand eine nicht sehr große ältere Frau, die sie alle etwas verkniffen betrachtete. So als würde sie mit dem Schlimmsten rechnen. Auch ihre Garderobe, ein zotteliger tiefschwarzer Wollrock samt schwarz-weißer Bluse, verströmte etwas Deprimierendes. Ihre Bluse zeigte immerhin ein schwarz-weißes Muster, irgendwelche spitzen Gegenstände, die Amy nicht genau erkennen konnte. Regenschirme? Würde irgendwie zu ihrem Gesichtsausdruck passen.

»Meine Damen und Herren«, setzte Baron Aranda an. »Darf ich vorstellen – das ist Miss Morina Strandham, eine Ihrer Gastgeberinnen!«

Die Fanfaren erklangen wieder, doch egal, wie prunkvoll alles hier wirkte, ihre Gastgeber hatte sich Amy nach den Ankündigungen der Einladung wirklich ... glamouröser vorgestellt. Morina Strandham erinnerte Amy eher an ihre strenge Griechischlehrerin, wenn die eine Klausur zurückgab, von deren Ergebnis sie sehr enttäuscht war. Amys Augen hatten sich jetzt vollständig an das Licht gewöhnt und sie erkannte, dass es doch keine Regenschirme auf der Bluse waren, sondern Scheren.

Morina Strandham musterte jeden von ihnen gründlich, schüttelte leicht verärgert den Kopf, dann begann sie mit einer überraschend tiefen und wohlklingenden Stimme zu sprechen.

»Herzlich willkommen auf Kallystoga«, sagte sie. »Natürlich gibt es einen weitaus angenehmeren Weg in unseren Begrüßungssaal, doch der ist nur für diejenigen Kandidaten reserviert, die unsere Wünsche respektieren und den Ansagen des Barons Folge leisten. Leider hat es nur eine von Ihnen für nötig gehalten – immerhin erfreulich, dass niemand gestürzt ist.«

Ja, aber ich war nah dran, dachte Amy. Wenn Matt ihr nicht geholfen hätte, dann hätte sonst was passieren können.

»Bevor wir uns gleich um *Ihre* Wünsche kümmern, möchte ich Ihnen noch etwas über die Insel und ihre Traditionen, den Ball und seine Regeln erzählen. Bereits seit Jahrhunderten gibt es den Alabasterball der Familie Strandham und man kann sagen, dass die mächtigsten Männer und Frauen der Welt hier waren. Sie kommen gern zu uns, denn eine Einladung gilt als Türöffner für jedes erfolgreiche und erfüllte Leben. Besuchen Sie unbedingt unsere Dachgalerie im Westflügel, dort werden Sie Porträts der letzten Ballkönige und Ballköniginnen finden. Sie werden überrascht sein, wer alles darunter ist.«

Morina Strandham sah Amy nun direkt in die Augen und ihr Blick ging Amy durch und durch. Ich bin paranoid, sagte sie sich und kämpfte gegen die aufsteigende Angst. Miss Strandham schaute sie bloß so genau an, weil es ihr gefiel, dass Amy schon ihr Menuettkleid trug. Nur weil sie selbst eine Lügnerin war, witterte sie überall Misstrauen. Sie versuchte also, Morinas Blick standzuhalten, und schaffte es erst, als sie wie ein Mantra immer wieder innerlich *Sunny, Sunny, Sunny* vor sich hin sagte.

»Alabaster«, fuhr Miss Morina fort und musterte jetzt Lilja, die rechts von Amy stand. »Das haben Sie sicher schon herausgefunden, ist ein reinweiß schimmernder Werkstoff, der früher ähnlich wie Marmor verwendet wurde. Doch warum ein Alabasterball?«

Ihr Gesicht schwenkte zurück zu Amy, als würde etwas an ihr sie nun doch stutzig machen. Kalter Schweiß trat auf Amys Stirn. Lässig bleiben, mahnte sie sich. Morina presste ihre Lippen einen Moment irritiert aufeinander, dann ließ sie ihren Blick weiterwandern. »Wir Strandhams sind davon überzeugt, dass Weiß die Farbe des Anfangs ist, ein unbeschriebenes Blatt. Weiß steht für die Unschuld derjenigen, die noch keine Fehler gemacht haben. Weiß ist das Licht, der Anfang und das Ende, denn in der Farbe Weiß ist schon alles enthalten, das ganze Spektrum. Das Licht des Alabastervollmondes ist von einzigartiger Schönheit, doch davon können Sie sich selbst überzeugen, denn Sie sind auserwählt, dieses Naturereignis in drei Tagen zu erleben.« Morinas Lippen deuteten ein Lächeln an. »Ein sehr kluger Mann, Albert Einstein, hat einmal gesagt: ›Tänzer sind die Athleten Gottes‹, ... und genau das haben wir uns hier in Kallystoga auf die Fahnen geschrieben. Unser Ball wird, das versichere ich Ihnen, das edelste, das gewaltigste und spannendste Erlebnis Ihres Lebens sein. Damit es Ihnen auch gelingen wird, sich dieser Ehre würdig zu erweisen, werde ich Sie mit den Regeln der Insel vertraut machen. Womöglich werden Ihnen einige Dinge hier etwas altmodisch vorkommen, doch es sind erprobte Traditionen, an denen niemand von Ihnen rütteln wird! Wir werden daher auch Ihr Sozialverhalten unter die Lupe nehmen und zusätzlich zu ihren Tanzleistungen mit Punkten bewerten.« Sie warf jedem Einzelnen von ihnen einen vernichtenden Blick zu. »Ja, das bedeutet, Sie stehen von nun an immer unter Beobachtung, aber nur so finden wir heraus, wer würdig ist, unsere Königin und unser König zu werden. Sie alle haben eingewilligt, die Insel erst nach dem Ball zu verlassen.« Sie lächelte in ihrer etwas verkniffenen Art. »Falls Sie die Insel jedoch aus Enttäuschung über Ihr schlechtes Abschneiden in den Vorkämpfen *vorher* verlassen wollen ... nun, egal, wie peinlich Ihnen Ihr Versagen auch erscheinen mag, ein Ausstieg ist unmöglich. Sie sind nun hier bei uns und werden bleiben, bis alles zu Ende ist.«

Vorkämpfe? Amy wurde es eiskalt. War das ein Witz? Was denn für Vorkämpfe, wieso überhaupt *Kämpfe?* Davon hatte Asuka rein gar nichts erzählt. Im Gegenteil, sie hatte es so dargestellt, als wäre der Aufenthalt hier ein rauschendes dreitägiges Fest mit Kostümen und witzigen Partyspielen.

»Ich warne Sie«, fuhr Morina fort. »Es ist unmöglich, mit einem Boot zurück an Land zu gelangen, denn rund um die Insel gibt es gefährliche Strudel und Strömungen, durch die man nur mit erfahrenen Steuermännern gelangen kann. Das liegt daran, dass unser geliebtes Kallystoga sich in einem sehr speziellen, man könnte auch sagen, magischen Raum-Zeit-Kontinuum befindet.«

Magie, was meinte sie denn damit? Amy erlaubte sich einen seitlichen Blick zu Lilja, die ihre Augen verdrehte, als fände sie das alles reichlich abstrus. Dann sah sie nach links zu Matt, aber der starrte auf seine Zehenspitzen und wirkte auf Amy einfach nur gelangweilt.

»Geben Sie also auf sich acht, denn nicht immer ist das, was Sie sehen, auch das, was es zu sein scheint. Zu Ihrer eigenen Sicherheit raten wir Ihnen dringend davon ab, allein über die Insel zu streifen, ganz besonders nachts. Wir empfehlen, immer zu zweit zusammenzubleiben. Falls das nicht möglich ist, weil Sie eventuell Probleme mit Ihren Rivalen haben, können Sie jederzeit mit Ihren persönlichen Dienerinnen und Dienern zum Lustwandeln aufbrechen.«

Morina Strandham streckte eine Hand in Richtung des Barons aus, der sichtlich erfreut zu ihr schritt und sich neben sie stellte. »Es wird nicht leicht sein zu gewinnen«, sagte sie mit einer nach wie vor strengen, aber nun etwas wärmeren Stimme. »Sie werden hier auf Kallystoga Dinge sehen, die Sie sich nicht erklären können. Doch der Kampf lohnt sich, denn wie Sie bereits wissen, winkt den beiden Gewinnern die Erfüllung des innigsten Herzenswunsches. Was Sie von uns bekommen, ist ein *heiliges Versprechen,* das die Strandhams in Hunderten von Jahren noch niemals gebrochen haben.«

Die Fanfaren erklangen erneut, noch aufgeregter, noch lauter, noch länger. Ohrenbetäubend.

Amy musste zweimal hinsehen, doch schließlich erkannte sie, dass die strahlend weiße Wand sich nun in einzelne helle Seidenfäden aufgelöst hatte, die ähnlich wie Fliegenvorhänge kaum merklich hin und her schwangen. Wie hatte das geschehen können? Amy sah zu Lilja und Millie, dann zu Matt, Pepper und Ryan, die alle genauso verblüfft wirkten wie sie selbst.

»Selbstverständlich behandeln wir Ihre Wünsche vertraulich«, schaltete sich nun Baron Aranda ein. »Da wir jedoch Ihre Gedanken nicht lesen können ... möchten wir Sie bitten, diese nun aufzuschreiben.«

Durch die Seidenvorhänge traten drei Männer und drei Frauen, alle in grau-lila Uniformen und mit Elsternfrisur. Eine von ihnen war Elara, dann musste es sich beim Rest um die persönlichen Diener der anderen handeln. Jeder schob einen kleinen weißen Teewagen vor sich her und auf jedem befanden sich mehrere Briefumschläge in verschiedenen Farben, Tintenfässer und lange Schwanenschreibfedern sowie Siegelwachs und Zündhölzer.

»Völlig irre«, hörte sie Pepper murmeln und Lilja brummte zustimmend.

Die Diener liefen mit gesenktem Kopf zu ihnen, den Blick nur auf die Utensilien gerichtet.

»Bitte nehmen Sie nun Platz und notieren Sie Ihren Wunsch«, sagte der Baron.

Wohin denn setzen, wunderte sich Amy, bis ihr klar wurde, dass sie vom Auftritt der Diener offensichtlich abgelenkt gewesen war, denn nun stand hinter jedem von ihnen ein hoher weißer Lehnstuhl.

Elara half ihr dabei, mit ihren Röcken Platz zu nehmen. Jetzt konnte Amy fast gar nicht mehr atmen. Nachdem sie saß, schob Elara ihr das Tischchen noch näher hin und richtete alles her. Sie legte ein dickes Blatt Pergamentpapier vor sie, nahm eine Feder und erstarrte dann wieder.

»Falten Sie anschließend den Bogen zusammen, schieben Sie ihn in den richtigen Umschlag, dann werden Ihre Diener das Siegelwachs erhitzen.« Baron Aranda lief wie ein Lehrer vor den Tischen entlang. »Um spätere Verwechslungen auszuschließen, ist es zwingend notwendig, dass Sie Ihre DNA hinterlassen und einen kleinen Tropfen Blut mit in das noch warme Wachs auf Ihrem Umschlag drücken. Das wird nicht ohne Schmerzen gehen, doch dieses kleine Opfer wird Sie hervorragend auf Ihren dornigen Weg zum Sieg einstimmen.« Der Baron wedelte mit einem kleinen spitzen Gegenstand, der von Weitem wie ein Skalpell aussah.

»DNA und Blut?«, flüsterte Lilja neben Amy. »Das ist ja wie eine Horrorversion von CSI …«

Amy fand das alles auch ein bisschen übertrieben. Lilja hatte recht, aber natürlich sollte sie als Loreley besser kein Fass aufmachen und einen Tropfen Blut würde sie für Sunny jederzeit spenden.

»Mademoiselle Lilja, möchten Sie uns etwas mitteilen?«, fragte Morina kalt.

Lilja schüttelte den Kopf

»Sonst jemand?« Morina musterte jeden Kandidaten.

Amy starrte die verschiedenfarbigen Umschläge an, dann nahm sie allen Mut zusammen und fragte: »Und welchen dieser Umschläge sollen wir benutzen?«

»Nun, Miss Schillinger«, sagte Morina Strandham. »Jeder hat nur *einen* Wunsch und wir möchten, dass Sie sich darüber im Klaren sind, welche Bedeutung Ihr Wunsch auch für die Zukunft der gesamten Welt haben könnte. Sie sollten nicht leichtherzig Wünsche äußern, das kann gefährlich sein. Manche Wünsche können wie Geister sein, die man ruft und nie mehr loswird. Nutzen Sie also nun diesen Moment, um in sich zu gehen. Wenn Ihr Wunsch nur Ihr eigenes Leben angenehmer machen soll, dann wählen Sie den türkisen Umschlag. Sollte Ihr Wunsch das Ziel haben, unsere Welt zu verbessern, dann nehmen Sie den weißen

Umschlag. Sollte Ihr Wunsch einen Fehler betreffen, den Sie zu verantworten haben und den Sie wiedergutmachen möchten, dann greifen Sie zum roten Umschlag. Wenn Sie jedoch einen Wunsch haben, der das Leben der Menschen, die Sie lieben, erfreulicher machen soll, wählen Sie den grünen Umschlag.« Ein eindeutig spöttisches Lächeln kräuselte nun Morina Strandhams Lippen. »Falls Sie unfähig sein sollten zu entscheiden, in welche Kategorie Ihr Wunsch gehört, stecken Sie ihn in den grauen Umschlag. Für uns spielt es keine Rolle – wichtig ist nur, dass *Sie selbst* sich über die Tragweite von dem, was Ihr Herz begehrt, im Klaren sind.«

Die Fanfaren erklangen. Dann reichten die Diener jedem von ihnen absolut synchron und in derselben Sekunde mit derselben angedeuteten Verneigung die weiße Feder.

Amy würde den roten Umschlag wählen, das war klar, aber wie sollte sie den Wunsch formulieren? Während sie die Feder in das Tintenfass tunkte, wurde ihr klar, dass sie auf keinen Fall schreiben konnte *Ich möchte meine Schwester Sunny wiederfinden,* denn Loreley hatte ja keine Schwester.

Lilja grinste die ganze Zeit, so als würde sie das alles nicht besonders ernst nehmen, griff sich aber zu Amys Verwunderung nicht den türkisen, sondern den grünen Umschlag. Millie sah hingegen gerade leichenblass aus und wählte verstohlen den roten Umschlag. Ryan wirkte sehr viel lockerer als vorhin. Vielleicht wünschte er sich, den Weltrekord beim Big-Wave-Surfen in Nazaré zu brechen? Allerdings hätte er ja dann den türkisen Umschlag nehmen müssen und nicht den grauen. Matt kräuselte amüsiert die Lippen, als wäre das alles unter seiner Würde, und griff ebenfalls nach einem grauen Umschlag, während Pepper das Amulett, das um seinen Hals hing, innig küsste, bevor er seinen Pergamentbogen in den roten Umschlag schob.

Alle waren fertig, man schien nur noch auf sie zu warten. Amy spürte, dass alle zu ihr hinschielten, ihr Puls trommelte immer lauter in ihren Ohren. Schließlich schrieb Amy: *Ich wünsche mir, dass Sunny gesund und glücklich wieder nach Hause kommt.*

Amy griff sich den roten Umschlag und legte ihren Wunsch ein. Darauf hatten die Diener und der Baron gewartet, denn nun lief Baron Aranda zu jedem Kandidaten, pikste kurz in deren Daumen, währenddessen tropften die Diener das heiße Wachs auf die Umschläge. Amy biss sich auf die Lippen und starrte den Blutstropfen an, der aus ihrem Daumen quoll. Ja, dachte sie, ich würde alles tun für diesen Wunsch. Wirklich alles.

»Bitte jetzt mit Ihrem Daumen versiegeln!«, befahl der Baron und die Diener gingen einen Schritt zur Seite.

Als Amy den verletzten Daumen ins schwarze Siegelwachs drückte, schnappte sie nach Luft und biss sich innen in ihre Wange, um nicht laut aufzuschreien.

Auch alle anderen blieben stumm, während ihre Blicke jedoch sehnsüchtig auf die Umschläge gerichtet waren.

Ganz klar: Der Wettstreit hatte begonnen.

5

Nachdem sie ihre Wünsche aufgeschrieben hatten, wurden sie mitsamt ihrer Diener zurück in die Zimmer geschickt, um sich für das Menuett umzuziehen. Baron Aranda gab ihnen eine halbe Stunde, dann sollten sie sich wieder im Ballsaal treffen, ansonsten sei mit weiteren Minuspunkten zu rechnen.

Super, dachte Amy – diese Zeit würde sie dazu nutzen, sich die Dachgalerie anzuschauen, von der Morina Strandham gesprochen hatte. Vielleicht gab es dort auch Karten der Insel, die es ihr leichter machen würden, ihre Suche zu planen. Denn wenn sie tagsüber tanzen mussten, konnte sie ja nur nachts losziehen. Eine Karte wäre da sehr hilfreich. Und womöglich gab es dort ja auch Bilder der Ballteilnehmer, die nicht gewonnen hatten?

So schnell Amy es in ihrem Gewand vermochte, stieg sie die Treppen hoch in die Dachgalerie. Außer Atem betrat sie den unerwartet dunklen und fensterlosen Raum. Die Wände waren in einem tiefen Bordeauxrot gestrichen und durch blaue Samtvorhänge unterteilt, die von Kordeln seitlich weggehalten wurden. Auf dem Boden lagen Teppiche, die jedes Geräusch verschluckten, sodass Amy sich plötzlich merkwürdig taub fühlte. Licht ging nur von den Punktstrahlern aus, die direkt auf die Bilder gerichtet waren.

Eilig trat Amy näher, um keine Zeit zu verlieren, denn sie musste ja in einer halben Stunde wieder unten sein.

Das erste Gemälde sah aus wie eine Wandmalerei aus Pompeji. Drei gesichtslose Frauen in togaähnlichen Gewändern waren darauf zu sehen. Alle drei hielten etwas in den Händen, aber weil an vielen Stellen die Farbe von der Wand gebröckelt war, konnte Amy nur raten, was da fehlte. Sollten das Musen sein, Gesang und Kunst oder so was?

Das nächste Bild war ein Ölgemälde, auf dem man nur noch eine weite Mittelmeer-Landschaft erkennen konnte. War das Griechenland? Oder eine Insel wie Kreta? So oder so – leider war es keine Karte *dieser* Insel!

Jetzt kamen die Porträts der ehemaligen Ballkönigspaare. Für jedes Jahr hing das Bild eines Mädchens neben dem eines Jungen, beide hatten jeweils eine Art Krone auf dem Kopf. Unglaublich, da waren alle wichtigen Präsidenten der letzten Jahrhunderte, Fürsten und UNO-Botschafter, Schriftsteller, Schauspielerinnen und Künstler.

Neugierig betrachtete sie Asuka, die Amy sich wegen ihrer Piepsstimme wie eine puppenhafte japanische Prinzessin vorgestellt hatte und die ihr jetzt eher kriegerisch wie eine Mangaheldin entgegenlachte.

Schnell ging Amy weiter, suchte nach Bildern der anderen Teilnehmer, konnte aber keine entdecken. Im Vorbeigehen betrachtete sie die Vitrine in der Mitte, in der ein uraltes

Spinnrad ausgestellt war, das aussah, als wäre es aus Treibholz gebaut worden. Daneben fand sich eine weitere Vitrine mit Steinen, die Amy an die Tontäfelchen erinnerten, auf die schon die Römer geschrieben hatten. Und es gab eine dritte Vitrine, in der verschiedene Scheren gezeigt wurden. Waren die ersten Strandhams Schneider gewesen? Das würde nicht nur das Muster auf Morinas Bluse erklären, sondern auch die Kleider und Anzüge, die sie zusammen mit der Einladung geschickt bekommen hatten. Obwohl einige Scheren mit Edelsteinen besetzt waren, ging genau wie von Morina etwas Düsteres von ihnen aus und Amy beeilte sich, die Vitrinen hinter sich zu lassen.

Als sie um die nächste Ecke bog, gelangte Amy in einen Bereich ganz ohne Bilder. Darin stand nur eine Skulptur, doch die beherrschte den Raum. Ein großer, nackter, durchtrainierter Mann saß schlafend auf einem Felsen. Seine rechte Hand griff in seine lockigen Haare, sein rechter Fuß war aufgestützt. Aus schwarzem Marmor gemeißelt, wirkte er so lebendig, als könnte er jeden Moment aufwachen.

Ein unbehaglicher Schauer ließ Amy frösteln, als sie näher lief. Wer war dieser Mann? Sie las das Schild im Sockel des Felsens. *Dyx* stand dort. Sonst nichts. Im ersten Moment kam Amy der Name bekannt vor, aber dann wurde ihr klar, dass sie das mit etwas anderem aus ihrem Altgriechischkurs verwechselt hatte. Mit *Styx,* dem Fluss in der Unterwelt. Oder hatte sie an *Nyx* gedacht, die Göttin der Nacht, vor der sich angeblich sogar Zeus gefürchtet hatte?

Warum nahm so eine große Statue so viel Raum in einer kleinen Galerie auf Kallystoga ein? Und warum zur Hölle gab es nirgends eine Karte der Insel oder wenigstens eine Postkarte davon – irgendwas?!

Im daran anschließenden Raum waren auch nur Gemälde von Kindern zu sehen. Als Amy sie mit wachsender Frustration betrachtete, hatte sie das Gefühl, es wäre immer dasselbe Kind porträtiert worden, wobei es schwer zu sagen war, ob es sich um einen Jungen oder ein Mädchen handelte. Seltsam ernst und irgendwie entschuldigend, blickte das Kind den Betrachter an, so als wollte es um Nachsicht bitten. Man sah es nie beim Spielen, sondern immer nur unbeholfen und aufrecht stehend, entweder inmitten von Pfauen, Schmetterlingen oder Leoparden.

Amy hatte schon die Hand an der Tür zum Ausgang, als sie plötzlich ein Geräusch aus dem Raum vom schlafenden Dyx hörte. Was war das? War ihr jemand gefolgt? Die anderen hatten doch gar keine Zeit, hier herumzulungern! Das Geräusch wurde lauter und nun konnte sie es einordnen: Es war ein Schluchzen. Jemand weinte herzzerreißend. Was jetzt? Amy war hin- und hergerissen. Obwohl das Herz in ihrer Brust hämmerte und sie nicht mehr viel Zeit hatte, siegte ihre Neugier und sie schlich zurück, um nachzuschauen.

Zu Füßen der schwarzen Männerstatue lag eine blonde Frau und weinte. Woher war die denn hier reingekommen?

»Warum hast du mich nur verlassen, Geliebter?«, schluchzte sie.

Amy zog die Schuhe aus und schlich noch näher, um die Frau besser betrachten zu können.

»Das ist allein deine Schuld! Du hast uns verhext. Das

alles hätte nie passieren dürfen, niemals hätte ich den anderen das antun dürfen. Aber ich hab's getan, ich bin nicht stolz darauf, aber was wäre eine Liebe denn wert, die beim kleinsten Hindernis verschwindet wie Tau in der Sonne?« Sie fing wieder an, heftig zu schluchzen, und klammerte sich an den Mann aus Stein, als könnten ihre Tränen ihn lebendig machen. Doch natürlich rührte er sich nicht.

Weit entfernt hört Amy einen Gong. Mist! Beim dritten Schlag musste sie unten am Ballsaal sein!

Vorsichtig schlich Amy zum Ausgang der Galerie, schlüpfte in ihre Schuhe, hob die vielen Unterröcke und rannte los, so gut es ging. Jetzt konnte sie sich schon viel besser in dem Kleid bewegen als vorhin. Während sie die Treppen hinablief, ging immer wieder dieselbe Frage durch ihren Kopf: Wer war diese Frau? Und hatte sie etwas mit Sunny zu tun?

Doch so interessant ihr Ausflug in die Galerie auch gewesen war, Amy hatte immer noch keine Karte von der Insel und allmählich fragte sie sich, ob das womöglich Absicht war. Wollten die Strandhams vielleicht verhindern, dass jemand ihre Insel zu gut kennenlernte?

Trotzdem würde sie heute Nacht ihre Suche beginnen. Sie würde herausfinden, was Sunny auf Kallystoga widerfahren war. Ob ihre Gastgeber das wollten oder nicht.

6

Amy schaffte es, zusammen mit den anderen rechtzeitig am Westflügel im Erdgeschoss zu sein, und musste sich dann sogleich ein Lächeln verkneifen. Alle waren umgezogen, aber nur bei Pepper wirkte es nicht wie verkleidet. In dem Gehrock aus goldenem Brokat und den dazu passenden Schnallenschuhen sah er nun aus wie ein besonders verwegener Fürst.

Als er merkte, dass sie ihn begutachtete, zwinkerte er ihr zu. Dann machte er eine Bewegung mit den Händen, die eine Sanduhr andeuten sollte, und reckte den Daumen nach oben.

Als Amy begriff, was er damit meinte, schoss ihr das Blut in die Wangen. Wirklich lächerlich, da war ihr Körper umhüllt von so viel Stoff, Spitze und Bändern wie noch nie in ihrem Leben, aber ihr war nicht bewusst gewesen, wie sehr das ihre Figur betonte.

Bevor Amy sich genauer anschauen konnte, wie ihre Konkurrentinnen aussahen, tauchte schon der Baron auf, nun wieder mit demselben Aufzug, mit dem er sie am Steg begrüßt hatte. Er hatte einen dicken, geschnitzten Stock in der

Hand, der länger war als er und am oberen Ende mit einer großen Kugel aus schimmerndem Opal verziert war. Damit klopfte er wie ein Zeremonienmeister dreimal auf den Boden. »Alors!«, rief er, als die Flügeltüren aufgingen und den Blick auf das Innere des Ballsaals freigaben.

Schon nach zwei Schritten blieben sie alle wie angewurzelt stehen und blickten sich sprachlos um, denn das hier war kein *Saal,* sondern eine goldschimmernde endlose Nacht.

Wände und Boden waren schwarz verspiegelt. Amy fühlte sich wie umgeben von dunklem Wasser, in dem das Licht Hunderter Kristallleuchter funkelte. Und weil dieser Glanz sich bis ins Unendliche fortsetzte, war es ihr unmöglich zu bestimmen, wo der Raum endete und wo er anfing. Amy kam sich vor, als hätte man sie in der Milchstraße mitten im Universum abgesetzt.

»Miss Strandham hat recht gehabt«, flüsterte Millie, die in ihrem maigrünen Kleid jetzt noch viel zarter und puppenhafter aussah. »Diese Insel ist wirklich magisch.«

»Na ja, sie nutzen eben die Magie von Prismen und Lichtern«, stellte Ryan trocken fest, fügte dann aber noch hinzu: »Und das machen sie echt gut!«

Amy wusste nicht, ob man das Ganze wirklich so einfach erklären konnte. Dieser Raum war unglaublich – so etwas hatte sie noch nie gesehen. Natürlich musste es irgendeine Erklärung geben, irgendeinen Trick, eine Raffiniertheit, aber Amy fiel nun mal keine ein.

»Oh mein Gott!«, rief Lilja dramatisch und riss Amy aus ihren Gedanken. »Oh mein Gott, Leute«, wiederholte Lilja noch lauter, nur um sicherzugehen, dass alle sie anschauten, als sie sich in Pose warf. »Ist das alles hier nicht zauberhaft! Und die Ballkönigin ist schon mittendrin.«

Das weinrote Menuettkleid saß an ihr wie angegossen und Lilja bewegte sich so leicht, als wäre sie in dem tonnenschweren Kleid geboren worden. Sie breitete die Arme aus und wiegte sich hin und her, die Spitzenbüschel an ihren Ellenbogen flatterten und ließen ihre Arme noch graziöser aussehen. Dann drehte sie sich exakt und mit gerader Haltung einmal um sich selbst. Dabei ruhte sie völlig in sich und etwas in diesem konzentrierten Blick erinnerte Amy plötzlich an Sunny. Es war wie bei ihrer Schwester: Man *musste* Lilja einfach anschauen.

Nachdem Lilja sich vergewissert hatte, dass wirklich alle Blicke an ihr klebten, trat sie einen Schritt vor und tanzte eine Pirouette nach der anderen diagonal durch den Saal, bis sie irgendwo im Universum verschwand, nur um dann überraschend hinter ihnen aufzutauchen und gleich wieder davonzuwirbeln. Amy wurde es vom Zusehen schon ganz schwindelig. Sie zwang sich, tief durchzuatmen. Nur weil Lilja offensichtlich besser im Tanzen war als sie, hieß das noch nichts. Und Amy würde sich auf keinen Fall von ihr einschüchtern lassen.

»Nicht schlecht«, sagte Pepper, der zusammen mit den anderen jede Drehung mit einem bewundernden Blick verfolgte. »Wie in *Black Swan.*«

»Aber Lilja ist noch verrückter als Natalie Portman«, murmelte Millie düster.

Als Lilja außer Atem wieder bei ihnen ankam, glitzerte selbst der Schweiß auf ihrer Stirn nur dezent wie Sternenstaub. Oje, es würde wirklich harte Arbeit werden, Lilja zu schlagen.

»Merveilleux!«, sagte der Baron bewundernd zu Lilja. »Très fantastique! Wir werden nun einige Grundschritte üben, danach wird Miss Asmarantha Strandham Sie mit der eigentlichen Choreografie des Menuetts, dem ersten Tanz des Alabasterballs vertraut machen.« Er klopfte mit seinem Stock auf den Boden und hob schwungvoll beide Arme.

Sofort perlte klassische Musik mit Geigen, Flöten und Pianoforte durch den Raum und versetzte die Kristalle der Leuchter in sanfte Schwingungen.

»WLAN«, murmelte Ryan, als müsste er sich selbst beruhigen.

»Und wo sind die Lautsprecher?«, fragte Millie neben ihm, woraufhin beide die schwarze Unendlichkeit dieser Spiegelwände absuchten.

Doch der Baron ließ ihnen keine Zeit, sondern trieb sie dazu an, sich aufzustellen. Dann erklärte er ihnen, was ein Schritt im Menuett genau bedeutete. Die Füße hatten im rechten Winkel nebeneinanderzustehen, dabei sollten sich die Fersen berühren und die Schritte begannen mit dem rechten Fuß dann links – mit einem dezent angedeuteten Plié, bei dem die linke Ferse leicht das rechte Bein berührte –, dann weiter rechts, links, rechts Plié. Das Ganze dann vorwärts und rückwärts und seitlich und umeinander. Die Damen sollten auf Zehenspitzen schreiten und die Arme elegant nach außen und unten strecken. Wenn man die Hand des Partners nahm, dann durfte man auf keinen Fall zu stark drücken, bei Drehungen legte man die Hände flach aneinander, mit exakt neunzig Grad angewinkelten Armen, und die Männer hatten die freie Hand in der Taille zu justieren, wo sie lässig aufliegen sollte. Im Laufe dieses Reigens begegneten sich alle immer wieder, drehten sich eine Runde zusammen und trennten sich dann.

Und dann ging es los. Amy rief sich alles, was sie in den Anleitungen gelernt hatte, wieder ins Gedächtnis. Sie konnte das! Doch zu Hause in ihrem Zimmer hatte es sich leichter getanzt als hier, unter den Blicken der anderen. Vor allem Lilja schien sie keine Sekunde aus den Augen zu lassen.

Baron Aranda nahm den Stock zu Hilfe, wenn immer er fand, dass sie sich nicht genug Mühe gaben. Er drückte und klopfte gegen schlampige Haltungen und nicht korrekte Schritte.

Beim ersten Mal war das ja noch ganz witzig, doch dann wurden seine »Korrekturen« immer härter. Man konnte zwar nicht direkt von Prügel reden, weil die vielen Schichten ihrer Kleider den Aufprall bremsten, aber Amy fand, es war nicht weit davon entfernt. Von den Mädchen ließ er Amy die Korrekturen am meisten spüren. Sie hasste das Gefühl! Denn auch wenn es nur wenig schmerzte, war es so ungemein demütigend, jedes Mal wieder wurde sie rot vor Scham. Aber wenn er gedacht hatte, dass er sie so mürbe machen konnte, hatte er sich geschnitten. Sie dachte an das Blut auf ihrem Siegel. Nichts würde sie zum Aufgeben zwingen.

Doch egal, wie sehr Amy sich auch anstrengte, der Baron war nie mit ihr zufrieden. Ihre Schritte waren zu groß, zu klein, zu plump, zu graziös. Ganz eindeutig: Er hatte sie auf dem Kieker. War das eine Art Strafe, weil Amy als Erste das Kleid angehabt hatte? Aber das war doch unlogisch, schließlich hatte der Baron das ja von ihnen gewollt.

Amy bekam in ihrem eng geschnürten Mieder kaum Luft, der Schweiß tropfte ihr aus allen Poren und sie fand es zunehmend ungerechter, dass er jedes Trippelschrittchen von Lilja lobte, als wäre es das achte Weltwunder. Nicht mehr lange und ich platze, dachte Amy. Aber so gewinnt man nicht.

Als die Schritte des Menuetts Matt wieder näher zu ihr brachten, beugte er sich nah zu Amy. »Bleib stark«, flüsterte er. »Ich glaube, er versucht nur herauszufinden, wer das schwächste Glied von uns ist. Lass nicht zu, dass du das bist, okay?«

»Da täuscht er sich«, gab Amy zurück, merkte aber, wie gut sich seine Unterstützung anfühlte. »Danke trotzdem. Was glaubst du, warum er das macht?«

Bevor Matt darauf reagieren konnte, fuhr der Stock des Barons mit einem gezischten »Non!« zwischen sie. Amy zuckte zusammen und konnte der Opalkugel nur mit Mühe ausweichen, geriet jedoch aus dem Gleichgewicht und stürzte.

Amy biss die Zähne zusammen. Sunny, ich tue das hier für Sunny, sagte sie sich. Pepper und Matt reichten ihr gleichzeitig die Hände und mussten sie wegen all der Röcke geradezu hochzerren.

»Bloß nichts anmerken lassen«, sagte Matt und lächelte ihr zu.

Amy versuchte weiterzutanzen, doch als der Baron den Stock wieder gegen ihren unteren Rücken schwang, war ihre Geduld am Ende. Noch nie in ihrem Leben hatte irgendjemand es gewagt, sie dermaßen respektlos zu behandeln. Und jetzt war Schluss damit!

Als ob jemand Amys Wunsch gehört hätte, stoppte die Musik und ging in eine Fanfare über.

Als die Fanfaren noch lauter wurden, drehten sich alle um. Das musste dann wohl die nächste Strandham-Schwester sein, dachte sich Amy. Asamara oder so ähnlich.

Schon von Weitem wurde deutlich, dass sich die beiden Schwestern kaum unähnlicher sein könnten, denn diese Frau war viel jünger und hübscher. Sie trug eine Krone auf ihrem flammend roten Haar und schwebte ihnen, umgeben von den sechs Dienern, geradezu entgegen. Dabei hielt sie mit einer königlichen Haltung den Rock ihres rotgoldenen Kleides leicht gerafft.

Die Diener hatten Mühe, ihr Tempo mitzuhalten, denn sie trugen etwas, das von Weitem so aussah, als wären es sechs Schleppen. Erst als sie sich näherten, erkannte Amy, dass es dicke in sich gedrehte Fäden waren, die sich von der Krone auf ihrem Kopf wie ein Schleier bis zu den Dienern zogen.

Zusammen mit dieser Strandham-Schwester strömte eine frische Brise aus Limonen und Maiglöckchen in den Saal und Amy fühlte sich plötzlich sehr viel besser.

»Bitte begrüßen Sie mit mir Miss Asmarantha Strandham!«, rief der Baron und verbeugte sich. Als sich keiner bewegte, bedeutete er ihnen, es ihm nachzutun.

Innerlich verdrehte Amy die Augen, trotzdem knickste sie, wie sie es gerade gelernt hatte.

Deutlich besser gelaunt als ihre Schwester Morina, erklärte Asmarantha ihnen, dass der Baron sie lange genug getriezt hätte und nun der vergnügliche Teil käme.

Das bezweifelte Amy dann doch, denn das Einzige, was sie jetzt wirklich *vergnüglich* fände, wäre, Mieder und Reifröcke von sich zu werfen und schwimmen zu gehen. Wer hätte gedacht, dass Tanzen so anstrengend sein konnte?

»Ich freue mich schon seit Wochen darauf, mit Ihnen meinen Lieblingstanz durchführen zu können!«, rief Asmarantha mit fröhlichem Ton. »Dabei ist mir eine Sache sehr wichtig und ich möchte, dass Sie sie *niemals* vergessen: Meine Schwester Morina hat Ihnen sicher davon erzählt, dass wir auf Kallystoga die Tänzer als Athleten Gottes betrachten. Doch für mich ist das Tanzen vor allem die verborgene Sprache unserer Seele. Dazu zählen auch die kleinsten Bewegungen. Ich bitte Sie also, zeigen Sie uns mit all Ihrer Hingabe, wie es in Ihrer Seele aussieht!«

Einsam, dachte Amy und schüttelte dann den Kopf über sich selbst. Sie war hier, um etwas über *Sunnys* Verschwinden zu erfahren, es ging bei alldem doch nicht um ihre Seele!

Die anderen hingen wie gebannt an Asmaranthas Lippen, die ihnen nun erläuterte, dass sie alle zusammen durch die Bewegungen des Tanzes die Fäden ihrer Krone verweben würden. Bei jedem Schritt, bei jeder Drehung würden sich die Fäden miteinander verbinden und am Ende, wenn jeder alles richtig machte, hätten sie ein Netz von einzigartiger Schönheit gewebt. Doch wann immer jemand danebenträte, sich falsch herumdrehte oder sonst wie nicht aufpasste, bekäme das Netz ein hässliches Loch. Und das würde sicher niemand wollen.

»Wir werden in den Vorwettkämpfen Punkte verteilen«, erklärte Asmarantha gut gelaunt. »So ermitteln wir bis zum Ball klare Favoriten. Die letzten, alles entscheidenden Punkte erhalten Sie jedoch am Abend des Balles direkt vom Publikum. Bedenken Sie jedoch während der Präliminarien, dass Fehlverhalten jederzeit dazu führen kann, dass Sie erzielte Punkte auch wieder verlieren! Bei diesem Menuett geht es darum, keine Schrittfehler zu machen und unter allen Umständen Haltung zu bewahren. Sie alle bekommen nun hundert Punkte geschenkt, aber für jeden Schritt oder Haltungsfehler werden davon zehn Punkte abgezogen. Ist das verständlich für Sie?«

Alle nickten. Eine schöne Idee, fand Amy und nahm gleich noch kämpferischer eine gerade Haltung an, weil sie keinen einzigen dieser kostbaren Punkte verlieren wollte.

Der Baron klopfte dreimal auf den Boden und alle stellten sich so auf, wie er es ihnen in den letzten beiden Stunden erläutert hatte, mit Asmarantha in der Mitte. Die Diener brachten jedem einen der Fäden. Unerwartet schwer lag er in Amys Hand, mit einer unebenen Oberfläche wie die einer Goldmünze.

Obwohl ihr jeder Knochen im Leib wehtat, hatte Amy jetzt sehr viel mehr Energie. Sie würde nicht schlappmachen und bis an Ende aller Tage Netze weben, wenn das ihre Schwester zurückbrachte. Und als das Pianoforte zusammen mit der Harfe einsetzte, war sie mehr als bereit, wieder bis zum Äußersten zu gehen.

Der Baron sagte die Schrittfolgen an, während Asmarantha sich in ihrer Mitte um sich selbst drehte.

Erstaunt merkte Amy, dass sie die Schritte nun besser als gedacht verinnerlicht hatte. Nur Ryan und Millie hatten ständig Aussetzer, tanzten nach links anstatt nach rechts, ließen die Hände ihrer Partner zu früh los und drehten sich in die falsche Richtung umeinander.

Jedes Mal ächzte der Baron zwar entsetzt auf, doch seinen Stock brachte er jetzt nicht mehr zum Einsatz. Amy fühlte sich viel leichter, fast als hätte der Sturz eine Blockade gelöst, und als Asmarantha ihr bei einer Drehung ermutigend zulächelte, schöpfte sie Hoffnung, alles zu schaffen.

Beim nächsten Partnerwechsel geriet sie erneut an Matt. Nachdem sie ihre Hand auf seine gelegt hatte und sie den ersten Schritt umeinandertanzten, suchte sie seinen Blick.

»Danke für vorhin«, wisperte sie ihm zu, und als er nicht antwortete, drückte sie seine Hand.

»Das war doch nichts Besonderes«, antwortete Matt.

»Du hast mir quasi das Leben gerettet.« Amy versuchte ein Lächeln.

Matt neigte den Kopf näher zu ihr und betrachtete sie. Es war seltsam, fast kam es ihr so vor, als wäre da ein trauriger Schleier in seinen Augen, der das leuchtende Blau überlagerte, aber dann grinste er ihre Einbildung wieder weg. »Wenn Lebenretten so einfach ist, sollte ich das vielleicht beruflich machen.«

Bevor Amy etwas antworten konnte, musste Matt weiterziehen und Ryan hielt ihre Hand, während Pepper und Millie ihnen gegenüberstanden.

»Alles okay mit dir?«, fragte Ryan, kaum dass er neben ihr stand. »Tut mir echt leid, es war nicht in Ordnung, wie der Baron dich behandelt hat. Ich hätte mich einmischen müssen.«

Völlig verblüfft stockte Amy und geriet aus dem Takt. Zusammen rempelten sie die anderen an; Millie fluchte und hatte Mühe, zurück in ihre Position zu finden. Die Fäden waren einen Moment so verknäult, dass Amy dachte, sie müssten augenblicklich damit aufhören. Doch Asmarantha drehte sich einfach nur weiter und schon entwirrten sich die Fäden.

Da endete die Musik. Atemlos blieben sie stehen und schauten fragend zu Asmarantha.

»Schließen Sie die Augen!«, befahl diese und gab die Fäden den Dienern zurück. »Erst wenn Baron Aranda es mit seinem Stock ansagt, öffnen Sie sie wieder.«

»Wie spannend«, murmelte Lilja.

»Bitte schweigen Sie«, sagte Asmarantha, die allerdings wirklich ein wenig aufgeregt klang.

Elara trat zu Amy und nahm ihr den Faden aus der Hand. Sofort stellte sich in Amy ein Gefühl von Leere ein, als hätte Elara viel mehr als nur den Faden von ihr weggenommen. Langsam kroch das Gefühl durch ihren Arm bis hin zur Brust, wo es sich ausbreitete wie Tinte in Wasser und plötzlich hatte Amy ein Bild von Sunny vor Augen, das grau und verwaschen war. Sie war so fahl und bleich, als würde kein Blut mehr durch ihre Adern fließen, fast so, als wäre sie ...

»Ruhe, Demoiselle Loreley!«, befahl der Baron ungehalten und erst jetzt merkt Amy, dass sie geschrien hatte. »Noch einen Moment Geduld!«

Das Bild verschwand und Amy schlug sich die Hand vor

den Mund. Was hatte das zu bedeuten? Amy spürte ganz deutlich, dass zwischen Sunny und dieser Insel eine Verbindung herrschte – aber *welche?* Was war hier bloß mit Sunny passiert?

Als der Baron ihnen nach einer gefühlten Ewigkeit erlaubte, die Augen zu öffnen, war Amy völlig perplex. Der eben noch von Kristallleuchtern und Kerzen erhellte Ballsaal war nun vollkommen ohne Licht. Irritiert sah Amy sich um, spürte die anderen mehr neben sich, als dass sie sie sehen konnte, und dann entdeckte sie das Netz: Es schwebte über ihnen wie ein Geflecht aus rotgoldenen Tautropfen. Nie hätte sie gedacht, dass man beim Tanzen etwas so Schönes erschaffen könnte. Doch dann stutzte sie, ging ein paar Schritte, betrachtete es noch einmal und stellte fest, dass sie beim Tanzen ein gigantisches Spinnennetz gewebt hatten. Sie hatte es durch die dunklen Löcher nicht gleich erkannt – Löcher, die wohl ihre Fehltritte anzeigten.

»Wow«, durchbrach Ryan die Stille. »Aber von mir aus könnten wir das Licht wieder anmachen, ich hab's nicht so mit Spinnen.«

»Du bist so uncool«, sagte Millie. »Das ist das Zauberhafteste, was ich seit Langem gesehen habe. Ich könnte mir das den ganzen Tag anschauen!«

»Das wird leider nicht möglich sein«, ließ sich der Baron vernehmen. Er schlug seinen Stock in den Boden und im selben Moment war der Ballsaal wieder erhellt, aber ohne Kerzen, ohne Kristallleuchter, mit einem Mal wirkte alles furchtbar nüchtern und von Asmarantha Strandham war keine Spur mehr zu sehen.

»Mesdames et Monsieurs, Ihre erste Herausforderung haben Sie bestanden. Miss Asmarantha lässt sich entschuldigen, sie hat noch sehr viel mit weiteren Ballvorbereitungen zu tun. Ich möchte Sie nun bitten, sich zum Mittagessen wieder umzukleiden, dann werde ich Ihnen Ihre ersten Punktzahlen und das weitere Vorgehen erläutern. Bitte beeilen Sie sich!«

7

Eine halbe Stunde später saßen sie in ihren normalen Kleidern beim Mittagessen, das überraschend nur aus ein paar Sandwiches bestand. Der Baron, der mit den Collies am Kopfende des Tisches residierte, wies darauf hin, dass sie auf Kallystoga für gewöhnlich ein sehr reichhaltiges Essen einnehmen würden. Weil sie sich aber heute Morgen geweigert hatten, seinen Ansagen nachzukommen, und es daher zu einer Verzögerung gekommen war, bliebe ihnen heute nur Zeit für einen kleinen Imbiss.

Amy nahm ein Käsesandwich und musterte ihre Mitstreiter. Wie sollte sie die jemals besiegen? Keiner der anderen sah so erschöpft aus, wie sie sich fühlte. Sie war sogar froh gewesen, dass Elara ihr aus dem Kleid geholfen hatte, denn sie fühlte sich wie erschlagen und hatte von dem Sturz Prellungen am Rücken und an den Oberschenkeln, die wahrscheinlich blaue Flecke geben würden.

Der Baron verkündete, dass nur Lilja und Pepper ihre hundert Punkte vom Menuett behalten hätten, alle anderen hätten durch ihre Fehltritte ihre Punkte verloren. Allerdings wurden Amy zehn Punkte zugebilligt, weil sie sich als Einzige an die Anweisung mit dem Kleid gehalten hatte.

Lilja stand auf, rannte zu Pepper, hielt ihm die Hand zum High Five hin und warf Amy einen triumphierenden Blick zu.

Unwillkürlich schossen Amy wütende Tränen in die Augen. Hastig gab sie vor, niesen zu müssen, damit es nur ja niemand merkte. Welcher Teufel hatte sie geritten zu glauben, aus ihr würde eine graziöse Tänzerin, nur weil sie ein paar YouTube-Videos angesehen hatte! Keinen einzigen Punkt hatte sie fürs Tanzen bekommen! Ihr Mut sank in völlig ungeahnte Tiefen ... aber sie durfte jetzt auf keinen Fall schlappmachen. Amy schnäuzte sich und blinzelte ein paarmal, um die Tränen zu vertreiben, sah auf ... und ihr Blick landete direkt in Matts besorgt fragenden Augen.

Er hatte sie offensichtlich beobachtet, denn jetzt reichte er ihr ein frisches Tempotaschentuch. »Ich hab auch öfter mal Allergie«, verkündete er laut, beugte sich zu ihr und flüsterte dann leiser in ihr Ohr: »Sehr starke Liljaallergie, gemischt mit mäßiger Tanzallergie.«

Amy musste lachen und fühlte sich schlagartig besser.

»Freut euch bloß nicht zu früh«, raunte da Ryan in Liljas und Peppers Richtung. »Die erste Welle ist nie die, auf der man den langen Run hat.«

Neben ihm nickte Millie düster. »Genau, wer zuletzt lacht und so!«

Lilja lächelte nur spöttisch. »Blödsinn, von Anfang an Gas geben, das ist die einzige Methode, mit der man gewinnen kann!«

Matt stupste Amy leicht in die Seite und nickte ihr auffordernd zu, als wollte er sagen: »Na, da hat sie irgendwie recht.«

Und es stimmte ja auch. Wenn Amy sich hier behaupten wollte, musste sie dieses Tief dringend und vor allem schnell überwinden.

»Wie hast du noch gleich gesagt, Lilja?«, fragte Amy. »Die Letzten werden die Ersten sein.«

»Das habe ich doch nur so gesagt.« Lilja lachte verächtlich. »Nur weil *du* beim Tanzen versagt hast, muss *ich* mich doch nicht schlecht fühlen. Ich habe mich eben vorbereitet auf diesen Ball, mein Tanztraining erhöht ... *so* macht man das, wenn man gewinnen will!«

»Wohl gesprochen, Miss Lilja!«, mischte sich der Baron ein. »Damit kommen wir auch schon zu unserer nächsten Aufgabe: Sie werden in den nächsten Stunden Videos über sich drehen, die den Gästen am Ballabend einen Eindruck von Ihnen vermitteln sollen. Weil die Frauen auf dieser Insel das Sagen haben«, der Baron lachte etwas gequält, »werden Sie heute die Videos der Demoisellen drehen und übermorgen dann die Videos der Monsieurs. Sie sollten sich dabei besser kennenlernen und Ihre kreativen Seiten zum Ausdruck bringen. Die Paarungen wurden bereits von Miss Morina ausgelost. Sie dürfen überall auf der gesamten Südseite der Insel drehen, nutzen Sie also all die schönen Drehorte, die es hier gibt! Natürlich erhalten Sie dazu auch das nötige Equipment ...«

Videos? Sofort musste Amy an Sunny denken. Na, wenn es diese Aufgabe letztes Jahr bereits gegeben hatte, hatte sie Sunny ganz sicher gewonnen.

Schon rollten die Diener sechs Teewagen herein, auf denen mehrere Tablet-PCs lagen. »Sie können mit den Geräten sowohl filmen als auch schneiden. Falls Sie Fragen haben, wenden Sie sich an Ihren Diener.«

Lilja wurde bleich. »Videos drehen? Was ist das denn für ein Schwachs...« Sie verbiss sich den Rest, als sie das Grinsen in den Gesichtern der anderen bemerkte.

»Ich bin sicher, ein so topvorbereiteter Star wie du wird ganz wundervolle Ideen haben«, sagte Millie hämisch.

»Können wir uns denn beim Tanzen filmen?«, fragte Lilja und ihr Gesichtsausdruck hellte sich gleich auf.

»Klar, wie wär's mit einem Striptease«, murmelte Pepper und kassierte dafür gleich einen bösen Blick des Barons.

»Sie können drehen, was Sie wollen«, meinte Aranda. »Das ist Ihnen überlassen. Wie schon gesagt, bleiben Sie nur bitte auf der Südseite, auf die besonderen Gegebenheiten der Insel hat Miss Strandham Sie ja bereits hingewiesen. Zu diesem Zweck bitten wir jedes Paar, einen der Collies mitzunehmen. Sie kennen sich aus und werden dafür sorgen, dass Sie jederzeit in Sicherheit sind.«

Was denn für eine Sicherheit? Auf so einer Insel gab es doch nichts, wovor man sich fürchten musste, dachte Amy zähneknirschend. Es sei denn, man hatte Angst vor Hunden. Was für ein Pech, dass dieser Exzentriker seine Hunde für geniale Beschützer zu halten schien.

»Folgende Paare wurden ausgelost«, fuhr der Baron fort. »Ryan und Lilja, Sie nehmen Nortia mit. Millie und Pepper, Sie bekommen Apanu. Loreley und Matt, Sie werden von Bendis begleitet. Sie haben Zeit bis zum Abendessen, das um 20.30 Uhr serviert wird. Bitte erscheinen Sie dieses Mal in angemessener Kleidung.«

»Und wie lang sollen die Videos werden?«, fragte Ryan.

»Nicht länger als neunzig Sekunden für jeden von Ihnen, sonst dauert das für die Gäste am Ballabend zu lange.«

Elara brachte Amy eins der Tablets und reichte ihr dazu Bendis' Leine.

»Ich denke, wir brauchen nur eins, oder?«, fragte Matt mit einem Blick auf das Tablet.

Amy nickte angespannt, denn sie war zu sehr damit beschäftigt, Bendis so weit von sich wegzuhalten wie möglich. Sie durfte auf keinen Fall schon wieder versagen – wie gerade beim Menuett. Matt sollte sie nicht auch noch für feige halten! Also blieb sie mit dem Riesencollie vor Matt stehen und beäugte Bendis misstrauisch.

»Wir gehen ins Treibhaus«, verkündete Pepper und zog Millie mit einem Arm um ihre Schultern an sich. »Dort gibt es viele Schmetterlinge, da können wir dich gut in Szene setzen.«

Viele Schmetterlinge, überlegte Amy. Dann sollte sie dort auch hingehen und nachschauen, ob es hier diese pfeifenden Schmetterlinge gab, von denen Sunny immer geschrieben hatte. Aber erst, wenn die anderen alle dort verschwunden waren.

»Auf gar keinen Fall!«, widersprach Lilja wutschnaubend. »Das ist unser Videoplatz. Pepper, du hast bei uns gelauscht!«

Pepper grinste in die Runde. »Ich muss meinen Vorsprung eben noch weiter ausbauen, tut mir echt leid, Lilja!« Er warf ihr eine Kusshand zu, drehte sich dann zu Millie und sagte: »Wer zuerst dort ist, macht die schöneren Bilder!« Und dann sprintete er mit wehenden Rastalocken zusammen mit Apanu los und Millie folgte ihnen.

Lilja zögerte nur einen winzigen Moment, dann stürmte sie den beiden hinterher. Als Ryan nicht gleich mitrannte, brüllte sie ihm ungehalten über die Schulter hinweg zu: »Das lasse ich mir doch nicht bieten, los, komm endlich, du Surfchamp.«

Ryan zuckte mit den Schultern, sah zu Amy und Matt, verdrehte die Augen und folgte Lilja.

»Okaaaaay ...«, meinte Matt. »Wenn du mich fragst: Treibhäuser sind sowieso überbewertet. Hast du 'ne andere Idee, was und wo wir drehen könnten?«

»Nicht ... wirklich«, sagte Amy, die noch viel zu sehr damit beschäftigt war, sich Bendis so weit wie möglich vom Leib zuhalten. Als ihr Blick auf die Leine der Hündin fiel, runzelte Amy unwillkürlich die Stirn. Die Leine war aus Lederbändern hergestellt, am Hals waren es nur Bänder, aber in die eigentliche Leine, die Amy in der Hand hielt, waren Perlen eingeflochten.

Und zwar drei blaue, sieben rote und das Ganze viermal, dann drei rote, sieben blaue und das viermal.

Unmöglich. Entgeistert starrte Amy die Leine an. Hatte Sunny das etwa angefertigt? War das eine *ihrer* Aufgaben während des Alabasterballs gewesen? Am liebsten hätte Amy die Leine abgemacht und sich um den Arm gewickelt. Das war endlich eine Spur und ein Grund mehr weiterzusuchen!

»Was ist denn los?«, fragte Matt hörbar besorgt. »Alles in Ordnung?«

Amy nickte, während die Gedanken durch ihren Kopf schwirrten. Vielleicht war Bendis Sunnys Liebling gewesen und sie hatte ihr deshalb diese Leine geflochten? Oder hatten *alle* so eine Leine? Amy kniete sich neben Bendis und betrachtete die lange Collieschnauze, erfüllt von einem Mut, der sie selbst erstaunte.

Was weißt du über Sunny, das ich nicht weiß?, fragte sie die Hündin im Stillen, aber natürlich stand Bendis einfach nur da und wartete.

Amy schüttelte den Kopf. Die Leine war bei näherem Hinsehen schon ein bisschen abgeschabt und das Leder weich vom vielen Benutzen. Bestimmt war es lange her, dass sie angefertigt worden war, viel länger als nur ein Jahr.

»Ähh, Amy?«, fragte Matt. »Können wir dann? Die anderen sind schon weg, also ... was machen wir?«

Amy betrachtete nachdenklich die Perlen in Bendis' Leine. »Wie wäre es, wenn wir die Videos der Kandidaten vom letzten Jahr anschauen? Das inspiriert uns vielleicht.«

Matt schüttelte abschätzig den Kopf. »Warum denn, das ist doch Schnee von gestern. Hast du kein Vertrauen in unsere Fantasie?«

Der Gedanke, dass sie auf den Videos Sunny hätte sehen können, glücklich und voller Elan für den Ball, schnürte Amy die Kehle zu, aber davon konnte sie Matt noch weniger erzählen als von ihrer Angst vor Hunden.

»Was ist denn mit dir los?«, fragte Matt. »Geht es dir nicht gut? Du siehst so blass aus.«

»Nein, alles in Ordnung«, flüsterte Amy.

»Gut, denn wir wollen beide Punkte hier abräumen, oder? Du willst ja auch gewinnen?«

»Viel mehr, als du denkst«, stimmte Amy zu.

Matt betrachtete sie neugierig. »Schön«, sagte er und lächelte. »Lass uns gut nachdenken, denn ich wette, egal, was Lilja macht, es wird eine oscarreife Performance. Kannst du denn irgendwas richtig gut?«

Amy überlegte fieberhaft. Sie durfte jetzt auf keinen Fall aus der Rolle fallen. Schließlich wusste man immer noch nicht, welche Punkte in ihrer Bio die Strandhams dazu gebracht hatten, sie alle auszuwählen. Und es war unbestritten, dass sie viel über ihre Kandidaten wussten.

Loreley konnte laut eigener Aussage ganz leckere Muffins backen und beim Capoeira war sie unschlagbar. Aber Amy fand Backen furchtbar und brasilianischen Kampftanz kannte sie nur dank Google, das kam also auch nicht infrage.

Da fiel ihr etwas ein. Etwas, das schließlich fast jeder konnte.

»Ich kann gut schwimmen«, sagte sie und fragte sich im selben Atemzug, warum sie ihr Licht immer so unter den Scheffel stellen musste. Selbst jetzt, selbst hier unter diesen Umständen. »Ich bin sogar wirklich super darin«, fügte sie deshalb mit neu erwachtem Kampfgeist hinzu.

Matt hob eine Augenbraue. »Schwimmen? Und was willst du damit machen? Hm. Lass mal überlegen ... da müssen wir schon mit etwas ganz Außergewöhnlichem punkten. Oh!« Er grinste, breitete seine Arme aus und sah in den Himmel. »Ich empfange gerade eine Inspiration aus dem Universum …«

»Und, was sagt sie?«, fragte Amy.

»Dreh einen Film von Loreley im Wasser. Ganz deutlich.« Matt hielt inne und tat weiter so, als würde er jemanden belauschen. Dann grinste er frech. »Aber da, die Stimme offenbart noch etwas … Loreley sollte dabei so natürlich, so frei und unbekleidet sein, wie sie auf diese Welt gekommen ist.«

Amy konnte nicht anders, sie musste lachen, aber das würde sie ihm nicht so einfach durchgehen lassen. »Wie seltsam, meine Inspirationsquelle schlägt vor, dass wir das dann beide tun sollten, *so ganz natürlich und so ganz nackt.«*

Matt lachte schallend. »Jede Wette, das wäre der Knaller, denn das traut sich sonst niemand.«

»Wenn Lilja und Pepper zusammen wären, dann vielleicht schon«, sagte Amy jetzt wieder ernster. »Aber davon mal ganz abgesehen, brauchen wir natürlich auch eine Story.«

»Die kann ich in der Nachbearbeitung dann drauflegen.«

»Ach was«, meinte Amy mit übertrieben gespielter Bewunderung, »das machst du einfach so mit links in der Nachbearbeitung!«

Matt nickte. »Wir haben im Kunstunterricht in Dublin auch Videos gedreht. Wir durften uns damals in der National Gallery of Art ein Bild aussuchen und dazu einen Minifilm drehen.«

»Und welches Bild hast du genommen?« Amy war sehr gespannt. Was Matt wohl ausgesucht hatte? Eine Schlachtenszene? Eine Landschaft? Ein Porträt?

»Eins von Francis Burton, den kennt in Irland jedes Kind: Hellelil und Hildebrand, ein Liebespaar.«

»Nie davon gehört, aber es klingt romantisch.«

»Ist es aber nicht, es geht böse aus.« Matt zuckte mit den Schultern, sein Lächeln verschwand. »Der Klassiker: Die beiden Verliebten dürfen nicht zusammenkommen. Sie bezahlen ihre Liebe mit dem Tod.«

Amy musterte ihn überrascht. Da war ein Ausdruck in seinen Augen, den sie nicht deuten konnte – er wirkte ehrlich bewegt. Aber wegen eines *Bildes?*

»Bei uns ist es ja fast genauso dramatisch. Gewinnen oder verlieren«, versuchte sie es schließlich ein bisschen scherzhaft. »Lass uns einfach anfangen. Wir holen Badeklamotten und drehen im Wasser. Wie wäre es am Jachthaus? Vielleicht kommt uns die Idee dann, wenn wir loslegen.«

Amy reichte ihm ganz selbstverständlich Bendis' Leine, als hätten sie das auch gerade so besprochen. Verdutzt nahm er sie ihr ab, doch als ihre Hände sich kurz berührten, huschte wieder dieser merkwürdige Ausdruck über sein Gesicht und dieses Mal hatte sie den Eindruck, es wäre Trauer.

Unsicher, wie sie damit umgehen sollte, drehte Amy sich um und stürmte zurück ins Schloss.

8

Zwanzig Minuten später trafen sie sich auf dem Steg am Jachthaus. Die Badekleidung hatte natürlich schon wie von Zauberhand in Amys Zimmer bereitgelegen und sie vermutete, dass es Matt auch so gegangen war.

Als Amy auf Matt zulief, saß Bendis neben ihm und betrachtete ihn aufmerksam.

Gerade schwenkte er Flossen durch das Wasser, zog sie hoch und schlüpfte dann, auf einem Bein balancierend, in eine nach der anderen.

Durchtrainiert wie ein Trampolin- oder Turmspringer, dachte Amy und konnte sich einen längeren Blick nicht verkneifen. Und seine Haut sah so weich aus, als ob sie sich sehr angenehm anfühlen würde.

Oh Gott, Schluss damit! Amy schüttelte den Kopf. Sie war nur aus einem einzigen Grund hier: um zu erfahren, was aus Sunny geworden war. Wenn Matt ihr dabei helfen konnte, ihre Rivalinnen zu besiegen, dann war das in Ordnung, aber sie konnte es sich nicht leisten, sich von ihm oder wem auch immer ablenken zu lassen!

Als sie näher kam, drehte sich Matt zu ihr um. Er hielt ihr

etwas entgegen und Amy brauchte einen Moment, um dieses Etwas als eine Monoflosse zu erkennen.

»Das ist nicht dein Ernst«, kommentierte sie sofort.

»Nun ja, die himmlische Spitzenidee hat sich weiterentwickelt«, erklärte Matt und wedelte zusätzlich mit einem glitzernden weißen Schleier herum.

»Aber ... wo hast du das alles aufgetrieben?«

Matt zuckte wieder mit den Schultern. »Im Jachthaus war eine Kiste voller Zeug. Ich habe eigentlich nur eine Taucherbrille gesucht und dann das hier gefunden. Da wir ja trotz der harten Konkurrenz, mit der wir zu kämpfen haben, nicht wirklich bereit für die Nudistennummer waren«, er zwinkerte ihr zu, »inszenieren wir dich eben als Brautmeerjungfrau.«

»Als ... Brautmeerjungfrau«, wiederholte Amy langsam. »Ich wiederhole mich ja nur ungern, aber: *Ist das dein Ernst?«*

»Ach, komm schon, das wird witzig«, sagte Matt. »Und wenn du gerne schwimmst, dann ist Tauchen für dich bestimmt kein Problem, oder?«

Amy nickte vorsichtig. »Aber ...«

»Kein Aber! Du ziehst einfach diese Flosse an und nimmst den Schleier. Und wenn es authentisch sein soll, müsstest du natürlich wenigstens oben ohne schw...«

Noch bevor Matt zu Ende reden konnte, beschloss Amy, er hätte eine kleine Abkühlung dringend nötig. Kurzerhand schubste sie ihn vom Steg ins Wasser.

»Blödmann!«, rief sie ihm hinterher.

Als Matt platschend im Wasser versank, fing Bendis an zu

bellen. Die Leine schleifte jetzt neben der Hündin am Boden, als sie aufgeregt hin und her lief.

Matt tauchte nicht wieder auf. Hektisch suchte Amy das Wasser ab, aber weit und breit war keine Spur von ihm, obwohl das Wasser kristallklar war und man fast bis zum Grund sehen konnte. Sogar die Oberfläche war vollkommen glatt, so als wäre nie jemand reingesprungen. Wie war das möglich?

»Echt witzig!«, rief Amy laut gegen das Bellen des Hundes an. Wollte Bendis sie damit tatsächlich auf irgendwelche unsichtbaren Gefahren hinweisen, hatte der Baron mit den Collies doch recht gehabt? Hatte Matt sich wirklich was getan? Lauerten hier die gefährlichen Strudel, von denen Morina gesprochen hatte?

Bendis fing an, bösartig zu knurren.

Verzweifelt zog Amy ihre Shorts aus und sprang ins Wasser. Sie öffnete die Augen, dankbar, dass die Insel von Süßwasser umgeben war. Unter der Oberfläche war es dunkler als erwartet und sie brauchte einen Moment, sich zu orientieren.

Das war doch einfach unmöglich. Wo *war* Matt? Amy tauchte unter dem Steg durch, dann tiefer. Schließlich wurde ihr krisselig vor Augen und sie schoss nach oben, um Luft zu holen. Als sie gerade wieder untertauchen wollte, hörte sie Matt spöttisch sagen: »Das sah aber noch nicht sehr filmreif aus.«

Matt stand auf dem Steg und wedelte mit der Monoflosse.

»Du ... blöder Arsch!«, murmelte Amy, und obwohl sie unfassbar wütend war, machte sich auch eine tiefe Erleichterung in ihr breit.

»Das hab ich gehört!«, rief Matt ihr gut gelaunt zu. »›Arsch‹ kann ich übrigens in zwanzig Sprachen sagen, sogar auf Deutsch! Auf Japanisch hört es sich gar nicht so übel an, *shiri,* falls dir mal die englischen Schimpfwörter ausgehen.«

Amy starrte Matt nur fassungslos an. Dabei stellte sie fest, dass Bendis nun wieder ganz friedlich neben ihm saß. Wieso war der Hund dann so durchgedreht, als Matt im Wasser war? Ihm war ja offensichtlich nichts passiert.

Sie schwamm zur Leiter am Steg, Matt kam dazu und wollte ihr helfen, aber sie stieß ihn weg. »Ich kann das auch alleine, danke.«

»Hey, jetzt mal halblang«, entgegnete Matt. »Du hast mich auch nicht gefragt, bevor du mich reingeschubst hast.«

Sie drückte ihre nassen Haare aus. *»Ich* hatte aber jegliches Recht dazu.«

Matt verstummte, dann grinste er. »Das war doch nur ein blöder Witz. Du würdest sogar in einem ...«, er überlegte, »... Jogginganzug als Nixe durchgehen. Aber jetzt zurück zu meinem Plan. Ich filme dich unter Wasser. Vertrau mir, das gibt großartige Bilder und du wirst toll aussehen.«

Amy senkte den Kopf und strich die schwarz gefärbten Haare nach vorne. »Klar, wie eine ertrunkene Katze auf Speed.«

Das brachte Matt zum Lachen. »Okay, vielleicht wären richtig lange und blonde Haare besser, aber der Glitzerschleier wird es rausreißen.«

»Auch eine Monoflosse und ein Schleier zusammen ergeben noch keine Story«, sagte Amy.

»Es wird eine, glaub mir. Und eine, die Lilja schwarzärgern wird. Rate!«

»Hm, keine Ahnung.« Amy wünschte, es wäre anders, denn es war schwer, sich seinem Enthusiasmus zu entziehen.

»Wir tanzen zusammen unter Wasser. Der Prinz und die Meerjungfrau – und darauf legen wir dann den Text. Jetzt drehen wir erst mal und dann erzählst du mir später noch mehr über dich.«

»Aber macht das Sinn«, überlegte Amy, »wenn wir beide im Bild sind? Sollte ich da nicht besser ganz alleine drauf sein? Das verwirrt doch die Jury dann beim Anschauen, weil sie nicht wissen, um wen es geht, oder?«

»Das glaube ich nicht.« Matt wirkte richtig begeistert. »Du erzählst ja dabei über dich, da wird es sehr deutlich. Außerdem ...«, er lächelte verschwörerisch, »... wird es dich sympathisch machen. Denk doch mal an Lilja. Die wird sich bestimmt fett allein ins Bild setzen *und* dazu reden, dein Video wird daneben viel weniger egomanisch und deshalb cooler wirken.«

Amy musste unwillkürlich lachen. Er hatte recht. Sie beide zusammen, das war sehr romantisch und zugegeben ziemlich genial! Denn das Tanzen gehörte schließlich zum Alabasterball und würde ihnen sicher viele Punkte einbringen! Oh, sie würde es dieses Mal nicht vermasseln.

»Und wie willst du das filmen?«, fragte sie und zeigte etwas skeptisch auf das Tablet. »Das ist ja wohl kaum wasserfest, oder?«

Matt zauberte eine Schutzhülle – und einen Selfiestick hervor. »Das Jachthaus war die reinste Schatzkiste.«

»Das hast du alles dort gefunden?«, wunderte sich Amy.
»Seltsam, oder? Als hätten sie gewusst, was wir machen wollen.«

»Mir kommt es eher so vor, als wären die Strandhams einfach auf alles vorbereitet«, sagte Matt, während er das Tablet in die wasserfeste Hülle steckte und dann beides am Stick befestigte. »Kann's endlich losgehen? Soll ich dir mit der Monoflosse helfen?«

»Nein, das schaffe ich schon«, sagte Amy, auch wenn ihr die Sache mit dem Jachthaus noch immer nicht aus dem Kopf ging. Wie hatte Matt überhaupt gewusst, wo er suchen sollte? Er war doch auch erst einen Tag hier oder hatte *er* vielleicht eine Karte der Insel?

Egal, jetzt musste Amy sich auf ihre Aufgabe konzentrieren. Und dafür musste sie sich hinsetzen, um die Monoflosse auch anziehen zu können. Danach knotete sie den Glitzerschleier an den Trägern ihres Sportbadeanzuges fest und fühlte sich dabei plötzlich doch wieder ziemlich lächerlich. So wollten sie gewinnen? »Ich sehe aus wie eine Arielle für Arme«, erklärte sie.

»Quatsch, du bist eine sehr schöne Arielle«, sagte Matt. »Können wir?«

»Einen Moment noch«, wandte Amy ein. »Ich kann nicht stundenlang die Luft anhalten.«

»Macht nix, das schneiden wir dann.«

Amy nickte, sie war bereit. Sie ließ sich neben dem Ruderboot mit dem Kopf voran ins Wasser gleiten und dieses Mal fühlte sie sich gleich in ihrem Element.

Matt sprang seitlich von ihr ins Wasser, tauchte elegant

hoch und winkte ihr zu. »Komm, von dort drüben ist es besser, da kommt die Sonne weiter ins Wasser runter.« Er zeigte auf eine Stelle hinter dem Ruderboot, das am Steg festgebunden war, und tatsächlich war das Wasser dort sehr viel heller.

Als sie an diesem Punkt angekommen waren, deutete Matt unter sich. Amy folgte seinem Blick und entdeckte unterhalb ihrer Füße ein von Sonnenstrahlen beleuchtetes, mit hellen Muscheln überwachsenes Wrack. Viel zu tief, um es ohne Sauerstoff dorthin zu schaffen. Aber Matt schien das anders zu sehen, denn er tauchte mit eleganten Schwüngen ab. Offensichtlich war er ein geübter Taucher, was er Amy verschwiegen hatte. Andererseits hatte *er* ja auch zwei einzelne Flossen.

Okay, sie musste es versuchen. Scheitern war heute keine Option mehr. Vielleicht konnte Matt sie ja nur von weiter unten filmen? Amy nahm tief Luft und tauchte hinab.

Es fühlte sich merkwürdig an, sich wie eine Meerjungfrau zu bewegen. Ihre Beine waren fest zusammengepresst und sie konnte sich nur mit den Wellenbewegungen ihrer Hüfte voranschlängeln. Während sie immer tiefer an blau-gelb aufblitzenden Fischen vorbeitauchte, kam das Schiffswrack inmitten einer Wiese aus Seegras immer näher. An einigen Stellen sah es so aus, als käme Licht aus dem Inneren des Wracks. Immer wenn ein kleiner Fischschwarm dort vorbeischwamm, wurden deren Schuppen zu Reflektoren, die wie große Glühwürmchen das Wasser zum Leuchten brachten.

Auf halber Strecke kam Matt ihr entgegen, dann legte er einen Arm um sie, den anderen streckte er mit Tablet und Selfiestick weit aus. Langsam fingen sie an, sich zu drehen, als würden sie einen Walzer tanzen. Einmal, zweimal, dreimal, der Schleier breitete sich wolkig im Wasser aus, auch vor Amys Augen. Es dauerte nicht lange, bis ihr schwindelig wurde – sie musste dringend Luft holen!

Genau in diesem Moment berührte Matt ihre Lippen mit seinem Zeigefinger. *Warte,* schien er ihr sagen zu wollen, und dann ...

Was passierte da?

Amy kam es so vor, als würden sich ihre Lungen mühelos mit Luft füllen. Ihr Schwindel wurde sofort besser, aber wie hatte er das gemacht? Das war doch unmöglich!

»Dreh dich jetzt einfach um dich selbst, achte gar nicht auf mich«, hörte sie eine Stimme sagen – *Matts Stimme.* Er redete mit ihr ... *unter Wasser?* Passierte das gerade wirklich oder träumte Amy das alles nur? Ein Traum, in dem sie unter Wasser atmen konnte? Nein, das hier war echt! Panik kam in ihr auf. Vielleicht war sie schon am Ertrinken und merkte es noch nicht einmal. Doch da legte Matt wieder eine Hand auf ihre Schulter und Amy wurde ruhiger, als sie in seine blauen Augen sah. Ihre Lungen füllten sich regelmäßig mit Luft, alles war ... gut.

Sie fühlte sich gleich viel besser, seltsam leicht und beschwingt. Er blickte sie fragend an, und als sie nickte, ließ er sie los, schwamm langsam rückwärts und hielt mit einer Hand den Selfiestick samt Tablet auf sie gerichtet, mit der anderen machte er, ohne zu reden, auffordernde Bewegungen. Bestimmt hatte sie sich das mit Matts Stimme nur eingebildet.

Ihr Schleier wirkte offensichtlich anziehend auf einen

Schwarm blau-gelber Fische, die den sanften Wellenbewegungen folgten. Zögerlich fing Amy an, im Wasser eine Pirouette zu drehen, was mit der Monoflosse nicht so einfach war, aber dann dachte sie an Lilja und wie sie vorhin durch den Ballsaal gewirbelt war. Jetzt würde sie den anderen zeigen, was sie konnte.

Wieder und wieder drehte sie sich und schließlich hatte sie den Bogen raus und es fing sogar an, ihr zu gefallen.

Sie hätte nicht sagen können, wie lange sie sich so im Wasser bewegte, alles war ein einziger Rausch, bis Matt wieder vor ihr auftauchte.

»Du siehst wunderschön aus, Loreley«, flüsterte er in ihr Ohr, während er nach dem Schleier griff und ihn wie ein Cape um ihre Schulter drapierte.

Amy warf ihm einen fragenden Blick zu, den Matt nur mit einem zarten Lächeln erwiderte. Dann legte er ganz selbstverständlich einen Arm um ihre Taille und schwamm eng umschlungen mit ihr wieder zurück an die Wasseroberfläche.

Dabei bewegte er sich mit großer Ruhe, so als hätten sie alle Zeit der Welt, so als gäbe es nur ihn und sie. So musste sich Ewigkeit anfühlen, ging es Amy durch den Kopf. Matt zog sie noch näher zu sich heran und sie spürte seinen gar nicht so ruhigen Herzschlag an ihrer Brust, wo er mit ihrem zu einem stummen Rhythmus verschmolz, der nach und nach Besitz von ihrem Körper ergriff. Sie fühlte sich gleichzeitig schläfrig und hellwach und sie lächelte die ganze Zeit, während dieser Rhythmus immer weiter- und weiterschlug. *Jetzt,* schien er zu sagen. *Jetzt und ewig und immer.*

9

Nachdem sie wieder aufgetaucht waren, half Matt ihr wie ein Gentleman aus dem Wasser, dann schüttelte er das Wasser aus seinen eigenen Haaren und lächelte sie an.

»Ziehen wir uns etwas über und treffen wir uns zur Nachbearbeitung im Blauen Salon?«, schlug er vor, als wäre gerade nichts passiert. Als wären sie einfach nur geschwommen.

Amy war immer noch völlig benommen und sprachlos. Sie wollte so gerne etwas sagen, die Worte brannten auf ihrer Zunge wie Feuer, doch sie konnte nur nicken, als Matt Bendis' Leine nahm, ihr zuwinkte und zum Schloss lief.

Sie sah ihm nach, und je länger sie so in der Sonne stand, desto mehr kam sie zu sich und desto heftiger wirbelten die Fragen durch ihren Kopf.

Was war da gerade passiert?

»Matt!«, rief sie ihm nach und wollte ihm, nass und barfuß, wie sie war, hinterherrennen, aber ihr Körper war nach wie vor wie gelähmt und gehorchte ihren Befehlen nur sehr langsam. Als sie sich endlich dem Schloss näherte, waren er und Bendis wie vom Erdboden verschluckt.

Immer noch verwirrt, lief Amy zum Westflügel und rannte

in ihr Zimmer, wo Elara schon auf sie wartete und sie dazu drängte, sich nach dem Duschen ein Cocktailkleid anzuziehen. Das Abendessen würde schon bald serviert und so bliebe ihr mehr Zeit, sich mit der wichtigen Fertigstellung ihres Videos zu befassen.

Amy war jedoch in Gedanken immer noch unter Wasser und viel zu abgelenkt, um zu protestieren. Vor allem wollte sie so schnell wie möglich zu Matt, um zu erfahren, was da gerade vor sich gegangen war.

Schon zehn Minuten später erreichte sie in ihrem dunkelblauen Cocktailkleid und mit hochgesteckten Haaren den Blauen Salon, wo Matt schon in einem lässigen Anzug auf einem breiten Sofa herumlümmelte und dabei auf dem Tablet herumwischte. Bendis saß reglos neben ihm und schien zu schlafen.

»Hi!«, sagte er, als sie auf ihn zukam. »Bereit für das Finale? Ich bin schon fast fertig, wir brauchen nur noch ein paar kleine Statements von dir, dann haben wir dein Video fertig.«

»Matt, so geht das nicht«, platzte es aus Amy heraus. »Wir müssen reden. Ich finde, du bist mir eine Erklärung schuldig. Nein, nicht nur eine, sondern einen ganzen Haufen Erklärungen!«

»Was meinst du?« Er riss seine blauen Augen auf und wirkte ehrlich verblüfft. Das verunsicherte Amy, aber nur einen Moment.

»Was ist da eben passiert?«, fragte sie.

Er zeigte auf das Tablet. »Wir haben das mit Abstand coolste Video gedreht, das ist passiert. Ich habe es schon geschnitten und Musik draufgelegt. Es fehlen nur noch ein paar Infos über dich. Schau's dir mal an!«

»Das meine ich doch nicht. Du hast mit mir geredet, *unter* Wasser und ... und du hast mir Luft gegeben.«

Matt richtete sich auf. »Äh, das klingt wirklich ziemlich komisch. Ich verstehe, dass es dir so vorkommt, als hätten wir geredet, vielleicht weil du etwas übersensibel bist? Oder es liegt daran, dass ich einfach perfekt in Tauchersprache bin und wir ein Superteam sind, das sich auch ohne große Worte versteht. Das sind wir doch, oder nicht?«

»Doch ja«, stotterte Amy. »Aber das mit der Luft ... Du hast mir irgendwie Luft gegeben ... und du warst selbst minutenlang unter Wasser!«

Matt stand auf, dabei rutschte das Tablet aufs Sofa. Durch die ruckartige Bewegung schreckte nun auch Bendis hoch, lief zu Amy hin und fing an zu knurren. Die Leine schleifte hinter ihr her über den Boden und erinnerte Amy wieder daran, dass es hier nicht um sie und Matt ging, sondern um ihre Schwester. Sie fühlte sich wie zerrissen.

Matt bückte sich nach der Leine und nahm sie in eine Hand, mit der anderen zerwühlte er seine Locken. »Also, Loreley, ganz ehrlich, ich will dich nicht verletzen, aber ich glaube, du hast wirklich ein bisschen viel Fantasie. Wir mussten doch ständig wieder hochtauchen.« Er schüttelte den Kopf, dann hielt er inne und strahlte sie an. »Das habe ich aber alles schon rausgeschnitten, keine Sorge. Man merkt nichts mehr davon.«

Was? Das stimmte doch nicht!

»Wir sind kein einziges Mal aufgetaucht«, widersprach

Amy heftig. »Wir waren die ganze Zeit unter Wasser, da bin ich mir sicher. Und ich habe mich dabei so seltsam gefühlt ...«

Matt verdrehte die Augen. »Wie, seltsam? Bin ich dir zu nahe getreten?«

Amy wurde rot. »Nein, das meine ich nicht. Im Gegenteil. Es war eben ...« Sie hatte Hemmungen, es auszusprechen, aber sie wollte Klarheit. »... irgendwie magisch, oder?«

Matt grinste sie breit an. »Na, endlich gibst du es zu, dass meine Idee magisch war. Mit der gewinnen wir ganz sicher! Und das ist es doch, was du willst, oder?«

Ja, da hatte er recht, aber Amy durchschaute sofort, dass er sie ablenken wollte. So leicht würde sie ihn jedoch nicht davonkommen lassen.

»Dann verrate mir doch mal, woher du wusstest, wo du all die Sachen für unseren Dreh findest. Warst du schon mal hier? Hast du vielleicht eine Karte der Insel?«

»Wozu brauchst du denn eine Karte?«, gab Matt entgeistert zurück. Wieder entging es Amy nicht, dass er auf den ersten Teil der Frage mit keinem Wort einging.

»Na, weil ich gewinnen will!«

»Aber zum Tanzen brauchen wir keine Karte.«

Sie stöhnte. Er lenkte schon wieder ab. »Woher wusstest du von all den Sachen im Jachthaus?«, insistierte sie.

Matt zuckte mit den Schultern. »Ich war der Erste, der heute Morgen hier auf der Insel war, und ja klar, da hätte ich mich schon umziehen sollen, aber dazu war ich viel zu neugierig. Deshalb hab mich ein bisschen auf der Insel umgesehen, das hat ja niemand verboten. Aber ganz ehrlich, je länger ich dir zuhöre, desto mehr wünschte ich mir, ich hätte das Video mit Lilja gedreht. *Die* würde mir nicht mit so komischen Fragen kommen, sondern sich freuen und am Video arbeiten.«

»Was würde Lilja?«, erklang prompt Liljas Stimme, und als Amy sich zu ihr umdrehte, standen da nicht nur Lilja und Ryan, sondern auch Pepper und Millie.

Liljas Augen funkelten, als sie erzählte, was für großartige Aufnahmen sie und Ryan zwischen den Schmetterlingen im Treibhaus gemacht hatten. Allerdings fand sie, Ryan hätte sich bei der Kameraführung mehr anstrengen müssen.

»Klar«, stöhnte Ryan genervt. »Der Mann, der es Königin Lilja recht machen kann, muss erst noch geboren werden.«

»Vergesst die Schmetterlinge, ihr habt keine Chance gegen uns«, brüstete sich Matt und wedelte mit dem Tablet, »wollt ihr mal sehen?«

»Aber ...«, protestierte Amy, das Video war schließlich noch nicht fertig.

»Es ist auch ohne deine Statements schon echt genial«, beeilte Matt sich zu versichern und spielte das Video ab.

Staunend sah Amy, dass er wirklich ganze Arbeit geleistet hatte. Er hatte die Videoaufnahmen mit leiser Musik zusammengeschnitten und Amy wirkte ganz und gar nicht wie eine Ariel für Arme, sondern wirklich wie eine Meeresprinzessin. Zum Glück hatte er es mit der Romantik nicht übertrieben und die Bilder hin und wieder mit einem ironischen Kommentar, wie etwa einem Fischblubbern unterlegt, sodass man es anschauen konnte, ohne ins Zuckerkoma zu fallen.

Und tatsächlich konnte Amy nichts Übernatürliches entdecken. Als ob alles, was in ihrer Erinnerung so deutlich war, nie passiert wäre.

Jedenfalls würden sie mit diesem Video ganz sicher alle Punkte abräumen. Und als sie bemerkte, wie säuerlich Lilja wirkte, als sie sich schließlich ein »nice« abringen konnte, war sie sicher, dass sie einem Sieg näher war denn je.

Pepper zögerte und klatschte dann doch begeistert in die Hände. »Okay, also wir haben es definitiv vermasselt. Millie wollte unbedingt ganze Romane über Tierschutz in die Kamera labern und hat sich dazu einfach nur auf den Rasen gesetzt. Vor diese Hecke in Pegasusform am Labyrinth, wo leider auch der Mülleimer im Bild ist. Man hätte was draus machen können, aber so ist es jetzt noch langweiliger als eine Dauernachrichtensendung.«

In diesem Moment gongte es dreimal, weil das Abendessen serviert wurde.

Als sie in dem Saal voller Ritterrüstungen ankamen, residierten Morina Strandham und der Baron bereits an der langen Tafel, die heute für sie gedeckt worden war.

Es gab eine feste Sitzordnung, die Amy zwischen Lilja und Millie zwang, und weil der Tisch so breit war, konnte man kein Wort mit seinem Gegenüber wechseln. Dort saß nämlich Matt, der ihr immer wieder merkwürdige Blicke zuwarf, die sie nicht wirklich einordnen konnte. Einmal dachte sie, es wäre so etwas wie eine Entschuldigung, dann kam es ihr einfach nur wie Neugier vor und dann wieder irgendwie wehmütig, grüblerisch.

Es war zum Verrücktwerden mit ihm. Wie viele Gesichter konnte ein Mensch bitte haben?

Während sich Amy durch das Fünf-Gänge-Menü aß, wurde ihre Laune immer schlechter. Es war bereits ein Tag vergangen und sie hatte noch nichts erreicht! Außerdem musste sie sich eingestehen, dass sie bisher erst lächerliche zehn Punkte bekommen hatte! Das würde sich zwar gleich ändern, aber eine Karte der Insel hatte sie auch noch nicht gefunden, sie musste sich nachher also wirklich ohne jedes Hilfsmittel auf die Suche nach Hinweisen zu Sunny machen.

Nachdem die drei Sorten Nachtisch abgeräumt worden waren, wurden die Videos gezeigt: Zuerst das von Amy, dann folgte das von Lilja. Sie hatte zwischen bunten Schmetterlingen wie eine Ballerina getanzt und dabei abwechselnd auf Finnisch und Englisch aus ihrem Leben erzählt, was eine ganz eigenartige, aber interessante Dynamik ergab. Und Amy fand, dass Ryan seine Sache gut gemacht hatte: Er hatte die Bilder vom Tanz, den Schmetterlingen und Liljas Gesicht zu witzigen Sequenzen zusammengeschnitten.

Dann kam Millies Aufnahme und ihre endlose Rede über Tierschutz war tatsächlich so öde, dass Amys Kopf nach drei Sekunden anfing, sich mit der Frage zu beschäftigen, wie viele Punkte ihr Video wohl abräumen wurde.

Danach erklärte der Baron, auch wenn die Videos der Damen noch nicht ganz fertig seien, gäbe es dafür schon die Wertung der Strandham-Schwestern.

Morina räusperte sich. »Machen wir es kurz: Sie alle sollten sich ausschlafen. Ich habe vor dem Abendessen die Videos zusammen mit meinen Schwestern angeschaut und die Punkte gehen an Miss Camille, sie und Master Pepper erhalten jeweils hundert Punkte.«

Was?

Pepper brach in lautes Siegesgeheul aus, Amy spürte, wie die Enttäuschung sich in ihren Bauch grub. Sie wechselte einen Blick mit Matt, der total genervt die Augen verdrehte, aber weniger überrascht wirkte als alle anderen.

»Könnten Sie uns das vielleicht erläutern?«, fragte Ryan.

Miss Morina musterte ihn streng. »Eigentlich nicht. Aber heute ist Ihr erster Tag – daher will ich eine Ausnahme machen. Miss Camille hat uns mit ihrem Engagement überzeugt. Die anderen Videos konnten zwar mit recht hübschen Bildern aufwarten, doch sie hatten keinerlei Inhalte zu bieten.«

»Na, dann setzen wir Jungs uns doch nächstes Mal vor eine schwarze Wand und lesen aus der Bibel!«, sagte Matt und seine Stimme troff nur so von Ironie. »Von wegen *unsere Kreativität ist gefragt!*«

»Vielleicht schauen Sie es sich noch mal in Ruhe an«, schlug Morina vor.

Verdammt, was war hier los?, dachte Amy. Wenn die Punktevergabe so undurchsichtig war, dann war es viel schwieriger zu gewinnen, als sie gedacht hatte. Sie musste sich gleich heute auf die Suche machen. Nach allem, was sie auf sich genommen hatte, um herzukommen, musste wenigstens *einer* ihrer Pläne klappen!

»Um es noch einmal für alle zusammenzufassen«, sagte der Baron, »bei den Herren liegt Monsieur Pepper in Führung, bei den Demoisellen führt nun Miss Camille.«

»Das ist einfach ungerecht«, zischte Lilja neben ihr. »Sogar euer Video war besser als das von Millie.«

Amy blinzelte. Ein Lob von Lilja? Wo kam das denn auf einmal her?

Der Baron klatschte in seine Hände. »Ruhe bitte, Miss Morina möchte noch etwas sagen.«

»Auch wenn Sie glauben, es geht hier nur um einen Ball, so ist es uns doch außerordentlich wichtig, dass unsere Kandidaten mit einer gewissen Ernsthaftigkeit an ihr Leben herangehen.«

»Bla, bla, bla«, murmelte Lilja. »Ernsthaft von mir aus, aber dermaßen öde, das ist ja wohl echt zu viel. Damit verschreckt man doch alle. Findest du nicht auch?«

Amy nickte geistesabwesend. Dann stand sie auf, gähnte demonstrativ und verkündete, dass sie jetzt schlafen gehen wollte, was von Morina mit einem wohlwollenden Nicken zur Kenntnis genommen wurde.

»Einen Moment noch!«, rief da Baron Aranda. »Bevor Sie gehen, möchte ich Sie alle vor Ihrer ersten Nacht auf der Insel daran erinnern, dass Sie keinesfalls allein über die Insel streifen sollten. Es ist gefährlicher, als Sie glauben, vor allem auf der Nordseite. Sollte es sie dorthin ziehen, wenden Sie sich an Ihre Diener, die kennen sich auf der Insel aus und werden verhindern, dass Sie Schaden nehmen. Bon nuit!«

10

Kaum war Amy in ihrem Zimmer angekommen, schickte sie Elara weg und hoffte, dass sie ihr später nicht folgen würde. Dann sandte sie ihrer Mutter eine lange WhatsApp-Nachricht, die sie im Anschluss sofort wieder löschte. Elara war einfach unheimlich und sie traute ihr ohne Weiteres zu, dass sie ihre PIN knacken konnte.

Sie wartete noch eine halbe Stunde an den offenen Fenstern und starrte nach unten. Der Brunnen im Labyrinth war beleuchtet, sodass man die schäumenden Fontänen gut sehen konnte. Auch die großen Buchsbaumfiguren, die überall im Labyrinth platziert waren, wie Drachen und Elefanten und der Pegasus, waren angestrahlt, doch sonst lag der Park in völliger Dunkelheit. Weiter westlich schien das ringförmige Amphitheater in die Nacht. Vom Mond war noch keine Spur zu sehen.

Wo sollte Amy jetzt anfangen? An welchem Ort könnte sie erfahren, was im letzten Jahr hier mit Sunny passiert war? Im Treibhaus bei den Schmetterlingen?

Aber das hatte im Video so harmlos ausgesehen. Der Baron hatte sie gerade noch mal eindringlich vor der Nordseite gewarnt. Doch wieso sollte dieser Teil der Insel so gefährlich sein?

Was, wenn Sunny dort etwas Schreckliches passiert war und die Strandhams das zu vertuschen versuchten?

Okay, das klang nach einem ersten Plan. Ein Kompass wäre sicher gut, dachte Amy und öffnete gleich die App in ihrem Handy. Dann zog sie ihre Sneaker an und huschte aus dem Zimmer.

Draußen zirpten ein paar Grillen und leichter Wind rauschte durch die Palmen und Büsche, die überall auf der Insel wuchsen und die Aromen von Algen und Orangenblüten in Amys Nase wehten.

Um auf die Nordseite zu kommen, musste sie – das hatte sie von ihrem Fenster aus gesehen – durch das Labyrinth. Einen anderen Weg gab es nicht.

Na, das würde Sunny gefallen, denn mit ihrem Faible für Rätsel und Codes hatte sie sich auch mit Irrgärten beschäftigt und behauptet, ein Labyrinth zu durchqueren, sei ganz einfach, man müsste sich nur links halten, dann würde man wieder rausfinden. Aber Amy wollte ja auf der anderen Seite, der Nordseite, rauskommen und nicht wieder am Eingang bei der Pegasus-Buchsbaum-Statue.

Also gut. Sie wusste, dass in der Mitte des Labyrinths der Springbrunnen lag. Das würde ihr auch bei der Orientierung helfen.

Voller Optimismus lief Amy, ihr Handy samt Kompass in der Hand, zu dem Pegasus am Eingang, der immer noch von unten beleuchtet war.

Was konnte schon passieren? Im schlimmsten Fall würde

sie den Weg zurück erst morgen früh finden, im besten Fall aber einen Hinweis auf ihre Schwester.

Zuerst fühlten sich die Wege zwischen den Buchsbaumhecken wie weicher Rasen unter ihren Füßen an. Sie folgte dem Ausschlag der Kompassnadel nach Norden, und wenn sie in einer Sackgasse landete, lief sie zurück und versuchte es erneut.

Immer wenn sie in einer Sackgasse gestrandet war und umkehren musste, wurde der Weg irgendwie ... holpriger, so als wären plötzlich Wurzeln gewachsen. Amy musste aufpassen, wo sie die Füße hinsetzte. Auch die Buchsbaumhecken rechts und links wurden mit jedem Schritt, den sie voranging, nicht nur höher, sondern rutschten auch enger zusammen und plötzlich wurde der Weg undurchdringlich.

Das war doch der reinste Wahnsinn! Die Wurzeln erschienen Amy jetzt schon so hoch wie die Stufen einer Treppe. Sie drehte ihren Talisman mit der Rose, um nicht in Panik zu verfallen. Sunny! Sie hatte eine Mission zu erledigen.

Schließlich kam Amy gar nicht mehr weiter, sie war wie eingeschlossen in dem Labyrinth, als wäre es in rasender Geschwindigkeit um sie herumgewachsen wie eine Gefängniszelle.

Aber sie würde sich von so einem Labyrinth nicht ausbremsen lassen. Sie holte tief Luft und schob ihre Hände kurzerhand *in* die Hecke, um die Zweige auseinanderzubiegen. Ein Fehler! Sie biss sich auf die Unterlippe, um nicht laut zu schreien.

Verdammt, das waren keine Buchsbaumhecken, sondern welche mit Dornen! Schnell wollte Amy die Hände zurückziehen, doch das war jetzt unmöglich, sie steckten so fest, als wären sie einbetoniert.

Du musst dich nur trauen, ermutigte Amy sich. Dann kratzten sie die Dornen halt, das waren ja keine schlimmen Verletzungen.

Amy zog mit aller Kraft, diesmal gab die Hecke nach, und weil sie unvermutet so leicht freikam, verlor sie das Gleichgewicht, fiel nach hinten und landete auf einem Stein. Und obwohl es nur ein kleiner Stein war, der nur einen kleinen blauen Fleck hinterlassen würde, verlor Amy plötzlich die Fassung.

Was zum Teufel machte sie hier? Wie hatte sie sich einreden können, *sie* würde hier etwas über Sunny herausfinden und es alleine schaffen? Ihre Hände bluteten, ihr Rücken tat weh von den Schlägen des Barons und ihr Stolz war in nur wenigen Stunden ständig mit den Füßen getreten worden. Sie war mit einem Mal unendlich müde und wollte nichts lieber, als endlich in ihrem Bett zu liegen.

Tränen stiegen Amy in die Augen. Sie belog hier jeden, wann immer sie als Loreley den Mund aufmachte. Und warum das alles? Nur wegen ihrer leichtsinnigen Schwester, die sich an ihren Sachen vergriffen hatte, die ihr immer alles wegnahm, was Amy etwas bedeutete: erst ihren Dad, dann Jonas, den Amy ja noch vor ihr kennengelernt hatte. Ständig drängte Sunny sich vor, mit ihrer ewig guten Laune, und schaffte es, dass Amy wie eine griesgrämige Hexe wirkte.

Ein ersticktes Lachen kam über Amys Lippen. Wahrscheinlich hockte Sunny wirklich irgendwo und ließ es sich gut gehen, während sie hier war, auf Kallystoga, wo sie vielleicht schon noch hingefahren wäre, wenn Sunny nicht ihr Kleid und ihre Einladung geklaut hätte und ihr wie immer zuvorgekommen war. Sunny würde lachen, wenn sie von Amys Ausflug hören würde.

Wie oft hatte Amy sich gewünscht, Sunny würde endlich verschwinden und Platz machen, damit sie aus ihrem Schatten treten konnte und man erkannte, dass Amy nicht nur die zweite Wahl war.

Amy schluchzte jetzt haltlos. Die Wahrheit war nämlich die: Sunny war nur weg, weil Amy sie mit ihren bösen Gedanken vertrieben hatte. Weil Amy so neidisch und eifersüchtig gewesen war.

Dabei hatte Sunny sie vom Tag ihrer Geburt an bewundert und immer wieder zum Lachen gebracht. Und sie hatte ihr gern Geschenke gebracht, so wie diese verdammte Mondmuschel.

Moonie!

Amy wurde hin und her geschüttelt, sie war so wütend und gleichzeitig schämte sie sich so. Und sie hatte solche Angst, dass sie Sunny nie wiedersehen würde. Schniefend wischte sie mit dem Unterarm über ihre Nase.

Amy hielt inne. Sie hörte etwas. War das eine Katze? Amy suchte in ihren Shorts nach einem Taschentuch und fand ein völlig verkrumpeltes. Als sie sich schnäuzte, wurde der Ton lauter. Da ... sang jemand. Und während sie noch »jemand« dachte, stellten sich schon alle ihre Haare auf.

Das klang wie Sunny!

War sie vom vielen Weinen nicht mehr ganz bei Trost?

Doch: Es war Sunnys Stimme.

Niemand sonst auf der Welt summte so. Amy erkannte sogar ein paar von Sunnys Lieblingsunsingsworten. Nach dreimal *Ommm-samian-daa* kam *Ba-ramba loso-losso mimanda* – und das siebenmal. Und jedes Mal klang es ferner, so als würde Sunnys Stimme körperlos und unwirklich wie eine Erinnerung aus einer anderen Zeit heranschweben.

Amy stand auf und schüttelte die Hände aus, um den Dornenschmerz zu vertreiben. Konnte das stimmen? War Sunny etwa noch auf Kallystoga? Die ganze Zeit hatte Amy bloß gehofft, irgendwelche Hinweise darauf zu finden, was hier passiert war und Sunny dazu gebracht hatte, nicht mehr nach Haus zu kommen. Und nach allem, was Asuka über den Alabasterballabend erzählt hatte, wäre sie niemals auf die Idee gekommen, dass Sunny die Insel vielleicht nie verlassen hatte. Aber wenn sie noch hier war, warum hatte Sunny dann nicht einfach angerufen und alles erklärt?

»Sunny!«, schrie Amy durch die Nacht – und dann noch einmal und noch einmal. Aber niemand antwortete.

Hektisch sah Amy auf den Kompass. Aus welcher Richtung kam die Stimme? Aus Norden! Sie hatte recht gehabt!

Jetzt nur nicht aufhören, Sunny, dachte sie. Bitte sing, bis ich dich gefunden habe.

Mit neuer Energie biss Amy die Zähne zusammen, bog die Hecke auseinander und schlüpfte hindurch.

Denn jetzt konnte sie gar nichts mehr aufhalten!

11

Nachdem Amy es endlich durch diese Hecke geschafft hatte, landete sie auf einem angenehmen Weg aus Steinplatten, der von Büschen und Kübeln gesäumt wurde. Sie war nicht mehr im Labyrinth.

Mit einem schnellen Blick auf den Kompass vergewisserte sich Amy, dass sie noch nach Norden lief, und sie blieb immer wieder stehen, um sich neu auszurichten – je nachdem, woher die Stimme gerade kam.

Der Wind wurde hier stärker und jedes Mal, wenn Amy an einer Gruppe von Bäumen vorbeiging, kam es ihr so vor, als würde sich das Blätterrauschen mit Sunnys Stimme vermischen und ihr zuraunen: *Kehr um, kehr um!*

Amy versuchte, ihre aufsteigende Angst abzuschütteln, doch dieses Kehr-um-Flüstern wurde lauter, vermischte sich mit dem Klatschen von Wasser an Felsen und die Stimme ihrer Schwester verlor sich zunehmend darin.

Schließlich hörte sie Sunny gar nicht mehr. Keuchend blieb Amy stehen. Direkt vor ihr war eine Steilküste, rechts ragte der dunkle Schatten des Leuchtturms auf, der die Schiffe vor den Felsen warnte. Der fast volle Mond zwängte sich zwischen die Wolken und beleuchtete das Meer und den Strand voller Klippen. Gefährlich, dachte Amy und überlegte, wo sie weitergehen sollte.

Da erklang ein irgendwie bösartig klingendes Sirren hinter Amy, sie schrak zusammen. Panisch drehte sie sich um und riss dann die Augen weit auf.

Unmöglich!

Die Collies schwebten auf sie zu. Sie saßen regungslos auf kleinen Podesten, die an goldenen, in sich gedrehten Stangen befestigt waren und bis weit in den Nachthimmel reichten. Dort verschmolzen sie mit den Wolken, so als würden sie von den Sternen selbst gelenkt.

Die Stangen näherten sich schnell. Wie verrückt gewordene Karusselltiere, dachte Amy und bekam eine Gänsehaut. Dieser Anblick war ganz sicher nicht für sie bestimmt, denn sie sollte nicht hier sein, sondern schlafend in ihrem Bett liegen.

Hastig duckte sich Amy hinter eine Gruppe von Sträuchern und ließ dabei die drei Collies nicht aus den Augen. Jetzt konnte Amy sie zum ersten Mal aus der Nähe sehen. Es waren wirklich Bendis, Apanu und Nortia.

Als Morina gesagt hatte, auf dieser Insel würden sie Dinge sehen, die sie sich nicht erklären konnten, hatte sie eindeutig untertrieben.

Apanu, Nortia und Bendis lösten sich aus ihrer Starre und sprangen leichtfüßig und ohne jedes Geräusch von den Podesten herunter. Kaum hatten ihre Pfoten den Boden berührt, begannen die leeren Stangen, zu zittern wie die Wasserpfützen einer Fata Morgana. Dann lösten sie sich in Luft auf.

Amy wagte es nicht, sich zu bewegen. Ausgerechnet Hunde! Die würden sie doch riechen, ihre Witterung aufnehmen, womöglich beißen, man würde sie entdecken und nach Hause schicken, bevor sie Sunny gefunden hatte. Dabei war sie so nah dran!

Aber was war das?

Die Collies senkten alle gleichzeitig ihre Köpfe und streiften mit einer fließenden Bewegung ihre Halsbänder ab. Und in dem Augenblick, als die Halsbänder den Boden berührten, verwandelten sich die Collies. Ihr Fell wurde zu glatter Haut, ihre Schnauzen zu Gesichtern. Keine Sekunde später standen drei hübsche junge Frauen im Mondschein.

Das musste ein Traum sein! Amy zwickte sich fest in den Oberschenkel, dann in die Arme und spürte den Schmerz, während sie unablässig die Frauen betrachtete, die mit dem Rücken zu ihr standen, nackt und völlig unbefangen.

Sie waren von sehr unterschiedlicher Statur, Apanu hatte sich in eine groß gewachsene und sehr schlanke Frau mit roten Haaren verwandelt, Bendis war kurvig wie eine Marvel-Superheldin und hatte helles, aufgetürmtes Haar. Nortia hatte dunkle Locken und war etwas unförmig, die kleinste von ihnen.

»Ich wette, die Auserwählte wird Lilja«, sagte Bendis und steckte etwas in ihrem bauschigen Haarberg fest. »Sie ist klug und lebhaft und natürlich wird auch sie sich für den Besten entscheiden.«

»Ich denke, das wäre keine gute Idee«, widersprach Apanu. »Es wäre viel besser für uns, Lilja würde *gewinnen.* Als Auserwählte bringt sie uns nur wenig, als Siegerin wird sie jedoch genau den Wirbel veranstalten, den wir uns wünschen.«

Diese Stimme! Die kam Amy bekannt vor – so wie auch die Frauen ihr irgendwie bekannt vorkamen, obwohl ihr Verstand sich weigerte, das zu glauben.

Apanu sah aus wie die Frau in dem rotgoldenen Kleid, mit der sie das Netz gewebt hatten ... *Asmarantha Strandham.* Die Frau mit den gebauschten Haaren war die, die Amy in der Galerie zu Füßen der Dyx-Statue gesehen hatte. Und Nortia hatte sich in die mürrische Morina verwandelt, auch wenn sie jetzt viel jünger und schöner aussah.

Diese Collies ... sie waren die Strandham-Schwestern.

Amy schauderte. *Sie werden Dinge sehen, die sie nicht verstehen.* Wie recht Morina Strandham doch gehabt hatte.

Was ging hier bloß vor sich? Erst das mit Matt, dann das zuwuchernde Labyrinth und jetzt das.

Magie, flüsterte eine Stimme in ihrem Kopf, auch wenn Amy es noch nicht recht glauben konnte. Diese Insel war keine normale Insel.

»Ich hoffe, dass Camille die Auserwählte wird.« Asmarantha seufzte. »Auch wenn es mir sehr leid um sie tut, denn sie hat ein gutes Herz und hätte eine zweite Chance verdient.«

»Ein gutes *Herz?«* Morina wedelte abwehrend mit den Händen. »Du weißt, wohin uns das schon geführt hat, Schwester!«

»Trotzdem, alles in allem wird sie uns den wenigsten Ärger einbringen«, sagte Asmarantha.

Amy versuchte, ihren Schock abzuschütteln. Was redeten die Schwestern da? Und wieso machten sie einen Unterschied zwischen *Auserwählten* und *Gewinnern?* War das nicht dasselbe?

»Also ich fände es auch besonders schade um sie«, meinte die Dritte – die aus der Galerie, die vorher Bendis gewesen war und die nun diese bauschigen Haare hatte. »Denkt doch nur daran, was sie als Siegerin alles bewirken könnte.«

»Jaspia hat recht«, stellte Asmarantha fest.

Jaspia. So hieß also die dritte Strandham-Schwester.

»Aber Camille braucht noch einen Schubs in die richtige Richtung«, sagte Asmarantha. »Wir sollten diesen ... *Kopfhörer* ... eliminieren, um sie dazu zu zwingen, ihre Aufmerksamkeit auf die Menschen in ihrer Umgebung zu richten!«

»Ja, du hast recht, Schwester. Wir sollten uns einmischen, und zwar frühzeitig«, raunte Morina düster. »Denkt doch nur mal an das Desaster vom letzten Jahr. So etwas wie mit dieser Amy darf uns nie wieder passieren.«

Die Worte bohrten sich in Amys Herz. *Amy.* Damit meinten sie natürlich *Sunny.* Von welchem Desaster redeten sie bloß? Würde sie jetzt erfahren, warum Sunny verschwunden war?

»Du hast recht«, stimmte Asmarantha zu. »Es ist zum Besten für uns alle.«

»Zum Besten, ja«, stimmte Morina. »Und wir müssen unbedingt ein Auge auf diese Loreley haben. Mit dem Mädchen stimmt etwas nicht. Sie ist überehrgeizig – bisher hat es noch nie jemand geschafft, so schnell nach dem dritten Gongschlag im Menuettkleid aufzutauchen. Ich weiß noch nicht, *was* es ist, aber etwas an ihr ... *passt* nicht.«

Jaspia lachte. »Ich glaube, das hat Elara zu verantworten.

Sie hat Ehrgeiz, immerhin hat sie die letzten drei Siegerinnen betreut! Du hörst schon wieder das Gras wachsen, liebe Schwester.« Sie tätschelte Morinas Arm.

»Das musst du gerade sagen!«, fauchte Morina böse zurück und entzog ihr den Arm. »Ausgerechnet *du!* Wer hat uns denn das alles eingebrockt? Wer ist nicht einmal davor zurückgeschreckt, seine eigenen *Schwestern* zu bestehlen?«

»Hört sofort auf damit!« Asmarantha ging dazwischen und drückte beide Frauen mit ausgestreckten Armen voneinander weg. »Immer wieder darüber zu streiten, bringt uns nicht weiter. Ich bin es leid, eure Anschuldigungen zu ertragen, hört ihr? Es gibt keine andere Lösung und die wird es nie geben! Unser System hat all die Jahre einwandfrei funktioniert, also bleiben wir auch dabei.«

Stille legte sich über die Klippen, außer dem Meeresrauschen war nichts zu hören. Die Schwestern sahen einander verzweifelt an und Amy versuchte angestrengt zu verstehen, was hier gerade vor sich ging.

»Ist euch gar nicht aufgefallen, dass unser Schatz sich für diese Loreley interessiert?«, fragte Morina so leise, dass Amy sie beinahe nicht gehört hätte.

Asmarantha lachte. »Ich wusste, dass du das sagen würdest! Aber das glaubst du doch selbst nicht! Eine bloße Schwärmerei, nichts weiter. Lilja ist für ihn *viel* interessanter.«

»Vielleicht nicht in seinen Augen«, sagte Morina. »Wir wissen ja, was für ausgesprochen *dumme* Entscheidungen Männer treffen können ...«

Jaspia stöhnte und warf die nackten Arme in die Luft. »Wirst du mir irgendwann mal verzeihen?«

»Niemals!«, schoss es wie ein tödlicher Pfeil aus Morinas Mund.

»Könnt ihr bitte damit aufhören!«, versuchte Asmarantha wieder, die Wogen zu glätten. »Es wird alles seiner Wege gehen, wie immer. Und Loreley ... die behalten wir im Auge. Wer passt denn auf sie auf?«

»Wie ich schon sagte: Elara«, Jaspia schüttelte ein wenig genervt den Kopf.

»Gut.« Morina nickte beifällig. »Sie ist schlauer als die anderen. Und gesprächiger.«

Amy wurde so flau, dass vor ihren Augen alles ganz krisselig wurde. Dann hatte Elara ihre Abwesenheit wahrscheinlich längst bemerkt. Bestimmt würde sie Amy beim Baron verpetzen.

Jaspia klatschte in die Hände. »Aber nun lasst uns endlich schwimmen, bevor der Mond wieder verschwindet. Los, liebe Schwestern, wir wollen einmal alles vergessen!«

Eine nach der anderen sprangen die Frauen mit einem eleganten Kopfsprung in die felsige Brandung, wo Amy sie weit entfernt jauchzen hörte.

Das war ihre Chance! Nachdem sie jetzt die Gewissheit hatte, dass Sunny irgendwo hier war, wäre es dumm, sich beim Herumschnüffeln erwischen zu lassen. Sie musste sich vor den drei Colliefrauen in Sicherheit bringen und dann brauchte sie einen wirklich klugen Plan.

Amy richtete sich auf und spurtete zurück zum Labyrinth, immer noch wie benommen von dem, was sie gerade gesehen und erlebt hatte. Kallystoga war kein normaler Ort, nein. Hatte sie denn da überhaupt eine Chance?

Gerade als sie von Weitem schon die Fontäne des Brunnens sah, hörte Amy etwas. Erst war sie nicht sicher, aber dann gab es keinen Zweifel: Jemand folgte ihr.

Amys Lungen brannten – egal, wenn sie es nur bis zum Schloss schaffte, war sie in Sicherheit. Das wurde von einer inneren Stimme sofort mit hämischem Gelächter quittiert: Welche Sicherheit gab es denn im Schloss? Was sollte ein machtloser Mensch wie sie gegen drei magische Wesen ausrichten?

Denn das waren sie eindeutig, eine andere Erklärung gab es einfach nicht.

Amy gab es auf, sich hier noch irgendwie orientieren zu wollen, und rannte einfach immer weiter. Sie keuchte nur noch und ihr Puls hämmerte laut in ihren Ohren. Bitte, flehte sie innerlich, bitte lass es nicht die Hunde sein, die hinter mir her sind! Sie versuchte, noch schneller zu werden. Doch die Schritte klebten hartnäckig an ihr, ja, sie kamen sogar näher.

Der Mond verschwand hinter einer Wolke und das wirkte, als hätte man auf ganz Kallystoga das Licht ausgeknipst.

Amy gab sich einen Ruck und spurtete mit letzter Kraft los. Jetzt verengte sich der Pfad auch noch, rechts und links neben dem nur noch fußbreiten Weg befanden sich merkwürdige knöchelhohe rechteckige Mäuerchen. Verdammt, hier war sie vorhin definitiv nicht vorbeigekommen. Schweiß tropfte in Amys Augen, während sie weiter voranstürmte.

In welchem Albtraum war sie hier nur gelandet?

Plötzlich hörte sie die Schritte hinter sich, ihr Verfolger hatte gemerkt, wohin sie gelaufen war.

Da stolperte Amy über eine knorrige Wurzel und stürzte über eines der Mäuerchen. Sie fiel der Länge nach hin, schaffte es aber, sich mit den Händen abzufedern. Trotzdem schrappten ihre Knie über den groben Stein, der ihre Haut aufschürfte.

Amy schloss erschöpft die Augen – den Schmerz fühlte sie gar nicht richtig. Die Schritte hatten sie eingeholt. Jetzt würde man sie von der Insel werfen, bevor sie Sunny gefunden hatte. Der Baron hatte sie schließlich ermahnt, die Nordseite zu meiden, und er war sicherlich nicht begeistert von ihrem Alleingang.

Sie hatte es vermasselt.

Und damit ihre Chance verspielt, Sunny jemals wiederzusehen.

12

Jemand kniete sich neben Amy. Sie umklammerte verzweifelt ihren Talismanring und hielt regungslos die Luft an, so als könnte die völlige Erstarrung sie vielleicht davor retten, von der Insel verbannt zu werden.

Eine Hand berührte ihre Schulter.

»Zwei Fragen. Was machst du hier draußen und wieso rennst du vor mir weg – hast du mich gar nicht rufen gehört?«

Amy öffnete ihre Augen und blickte neben sich.

»Ryan?«, flüsterte sie ungläubig. Nie im Leben hätte Amy gedacht, dass ausgerechnet *er* hier herumgeisterte. »Nein, ich habe nichts gehört ...Ich ... ähm ... genau das könnte ich dich auch fragen.«

Sie war so wütend auf sich und ihren Sturz, aber irgendwie auch auf ihn – denn ohne seine Verfolgung wäre das ja nie passiert. Sie musste sich sehr zusammenreißen, um nicht ihren ganzen Ärger an ihm auszulassen.

Ryan schien von alldem nichts zu merken und reichte Amy wortlos eine Hand. Amy griff danach und war überrascht, wie warm und fest sein Händedruck war, ganz anders als heute Nachmittag beim Tanzen.

»Ich habe aber zuerst gefragt«, sagte er, als Amy wieder auf beiden Füßen stand.

Amy versuchte, das wacklige Puddinggefühl in ihren Knien zu ignorieren. »Ich hab jemanden singen hören«, sagte sie, ohne groß darüber nachzudenken. »Das hat mich so neugierig gemacht, da musste ich einfach nachsehen.«

»Singen? Was denn für Gesänge?« Ungläubig schüttelte Ryan den Kopf. »Also ich habe rein gar nichts gehört. Nur die Wellen, den Wind und ein paar Grillen.« Prüfend sah er ihr ins Gesicht und musterte sie jetzt eher besorgt. »Geht es wieder? Der Sturz sah ziemlich schlimm aus. Meinst du, du kannst noch zurücklaufen?«

»Ich denke schon, aber ... Bist du dir *sicher,* dass du niemanden singen gehört hast?«

Ryan nickte. »Yep. Hier draußen ist alles ruhig. Was genau hast du denn gehört?«

Amy zögerte. Wie sollte sie es ausdrücken, ohne dass er sie für wahnsinnig hielt? Oder sollte sie ihm sogar von den Strandham-Schwestern erzählen? Vielleicht würde er ihr ja glauben, immerhin hatte Ryan vorhin im Menuettsaal auch ziemlich beunruhigt gewirkt, als das Spinnennetz aus dem Nichts erschienen war. Womöglich machte er sich auch längst Sorgen, dass hier etwas nicht mit rechten Dingen zuging, und war deshalb draußen?

Aber nein. Wenn sie damit anfing, müsste sie womöglich noch mehr verraten. Und sie durfte ihre Tarnung auf keinen Fall auffliegen lassen, bevor sie nicht noch mehr über Sunny erfahren hatte.

»Es ... klang wie eine Frauenstimme«, sagte Amy schließlich.

»Ah«, machte Ryan und überlegte dann einen Moment. »Na ja, vielleicht hast du auch einfach nur bessere Ohren als ich. Ich hab gelesen, dass hier im Sankt-Lorenz-Strom Weißwale leben, Belugas. Vielleicht sind gerade welche in der Nähe und du hast nur ihre Rufe gehört?«

Amy wusste nicht, ob sie lachen oder weinen sollte. Er hatte es bestimmt nett gemeint, aber die Stimme ihrer Schwester war ja wohl eindeutig von Walgesängen zu unterscheiden!

»Es waren ganz sicher keine Walgesänge!«, widersprach Amy. »So viel kann ich gerade noch erkennen.«

»Sorry!« Ryan klang unerwartet sanft. »Ich wollte dir nur helfen, eine Erklärung zu finden. Ich hab nämlich wirklich nichts gehört.«

»Und was hat dich dann zur Nordküste verschlagen?«, hakte sie nach. »Der Baron hat uns doch gesagt, dass wir dort nur mit Dienern hingehen sollen.«

»Ich war gar nicht an der Nordküste. Ich bin nur so rumgelaufen.« Er grinste. »Kleiner Tipp: Geh bloß nie in das Labyrinth, da hab ich mich total verirrt.«

Amy ließ die Worte sacken. Aber sie glaubte ihm nicht. Warum hatte sie ihn vorhin nicht bemerkt? Und woher war er hinter ihr aufgetaucht? Sie war so aufmerksam und vorsichtig gewesen, jedenfalls bis zu dem Moment, an dem sie vor den Schwestern geflüchtet war.

Aber warum sollte Ryan lügen?

»Hast du eine Ahnung, wo wir hier sind?«, fragte sie.

Ryan sah sich um. Dann deutete er den kleinen Weg entlang. »Scheint ein kleiner Friedhof zu sein. Schau.«

Ungläubig runzelte Amy die Stirn, doch dann sah sie es auch: Etwas weiter weg standen verwitterte Grabsteine. Dann war sie also gerade über ein Grab gestolpert. Das fühlte sich wie ein ungeheuerliches Omen an. *Das Desaster mit Amy,* hatte die Strandham-Schwester gesagt. Was bedeutete das?

»Ein Friedhof? Auf einer so kleinen Insel?«, fragte sie mit belegter Stimme. »Das ist doch … ungewöhnlich, oder?«

»Wieso?«, fragte Ryan. »So richtig reiche Leute haben eben alles, von der Wiege bis zur Bahre.« Er grinste, als wäre das witzig, aber Amy lief eine Gänsehaut über den Rücken. Den Friedhof würde sie sich morgen bei Tageslicht noch einmal anschauen, nur um sicherzugehen, dass es wirklich bloß die Ruhestätte der früheren Strandham-Generationen war.

Dann liefen sie schweigend durch das Labyrinth Richtung Schloss nebeneinanderher. Ryan sah immer wieder prüfend zu ihr, als wollte er sichergehen, dass sie nicht wieder hinfiel. Einmal griff er sogar an Amys Arm und lotste sie sanft zur Seite – und verhinderte so, dass sie über einen größeren Stein stolperte.

Es war seltsam, sie kannte Ryan ja kaum und hatte wegen diesem knuddeligen Hundebaby-Lächeln gedacht, er wäre vielleicht ein bisschen sehr glatt. Aber jetzt wirkte er nicht nur nett, er schien sich richtig um sie zu sorgen. Und er war scheinbar ziemlich klug, denn er hatte sich die richtigen Wege im Labyrinth offensichtlich so gut gemerkt, dass er kein einziges Mal umdrehen und zurückgehen musste.

Als das Schloss in der Ferne auftauchte, überlegte Amy, ob sie es nicht doch riskieren konnte, ihm anzuvertrauen, was sie gerade gesehen hatte. Die Bilder der Collies, die sich in Frauen verwandelt hatten, ließen sie einfach nicht mehr los. Vielleicht hätte er ja sogar einen Vorschlag, der das Ganze irgendwie begreiflicher machen würde, so wie er es auch schon mit dem endlosen nachtschwarzen Tanzsaal und der Musik aus dem Nichts getan hatte.

Oder er würde sie schlicht für verrückt halten und es irgendwie gegen sie benutzen. Amy sah ihn von der Seite an. Nein, sie kannte Ryan einfach noch nicht genug, um ihm wirklich zu vertrauen. Vielleicht wäre es etwas anderes mit Matt gewesen, wobei der ja auch jede Menge Geheimnisse mit sich herumzutragen schien.

»Warum warst du draußen, Ryan?«, hakte sie noch einmal unvermittelt nach. Darauf hatte er ihr schließlich noch keine Antwort gegeben.

Ryan blies die Backen auf und blieb stehen. »Ich konnte einfach nicht schlafen, so wie du auch, oder?«

»Hm«, machte sie. »Kann sein.«

Das Schloss sah hier, unter dem fast vollen Mond, viel schöner und geheimnisvoller als am Tag aus.

Plötzlich griff Ryan nach ihrer Hand, um sie am Weitergehen zu hindern, und blieb vor ihr stehen.

»Loreley«, setzte er an und sein Gesichtsausdruck wirkte plötzlich verwirrt, nein, fast schon verstört. »Darf ich dich etwas fragen?«

»Klar«, sagte Amy leise.

Ryan schluckte. »Warst du ... warst du schon mal in einer Situation, in der du wusstest, du kannst und willst einfach nicht mehr weitermachen?«

Amy stutzte. Das hörte sich gar nicht gut an. Was meinte er bitte *damit?*

»Willst du das Surfen aufgeben?«, fragte sie, weil sie ihm eine Chance geben wollte, auf ein harmloses Thema auszuweichen.

Ryan lachte überrascht auf. »Nein, so habe ich es nicht gemeint. Es ging mir um etwas viel Wesentlicheres. Um Schuld.«

Jetzt war Amy wirklich überrascht. »Schuld? Wie meinst du das? Was für eine Schuld?«

»Ich rede von Schuld, die man auf sich lädt, weil man ... schwach ist.« Er klang mit einem Mal so deprimiert, dass Amys Herz ganz schwer wurde. »Schuld, weil man bereit ist, anderen zu schaden, nur um selbst nicht leiden zu müssen.«

Amy dachte an sich und ihr Leben. Die Antwort kam ihr über die Lippen, bevor sie sich eines Besseren besinnen konnte. »Aber es ist doch menschlich, dass man ab und zu schwach ist«, sagte sie. »Ich war auch schon oft schwach, weil ich eifersüchtig war auf meine Schwester. Manchmal habe ich mir sogar gewünscht, dass sie aus meinem Leben verschwinden soll, und ...« Amy stoppte abrupt. Oh Gott, welcher Teufel hatte sie nur geritten, das zu verraten? Loreley hatte keine Schwester!

Doch Ryan bemerkte ihren Fehler nicht – klar, warum auch? Amy konnte bloß hoffen, dass ihm das nicht irgendwann vor den anderen herausrutschte.

»Wünschen ist nicht machen«, sagte Ryan leise. »Ich meine ... stell dir einmal vor, du hättest ihr etwas Schlimmes angetan, nur damit dein Leben besser wird.«

»Was meinst du mit ›schlimm‹?«

»Ich rede von Mord.«

»Was? Das will ich mir nicht mal vorstellen!« Allein der Gedanke ließ Amy schaudern und sie trat einen Schritt zurück, um einen größeren Abstand zwischen sich und Ryan zu bringen. »Damit könnte ich auf keinen Fall weiterleben.«

»Siehst du, und genau das meine ich, wenn ich von der Schuld rede, die mich quält.« Ryan hielt inne und sagte dann: »Und wenn deine Eltern und alle um dich herum das völlig in Ordnung fänden?«

»Was ist denn das für eine Frage?« Wie konnte Ryan an so etwas nur denken? Offensichtlich war nicht sie verrückt, sondern *er!* »Keine Eltern der Welt würden wollen, dass ihre Kinder sich gegenseitig umbringen!«

»Natürlich nicht, das wäre unmenschlich«, meinte Ryan. Er hatte die Arme um seinen Körper geschlungen und war wie zur Salzsäule erstarrt.

Amy konnte kaum glauben, wohin sich das Gespräch entwickelt hatte. Eben noch hatte sie sich darüber gewundert, wie fürsorglich Ryan zu ihr war, und jetzt ... jetzt redete er von *Mord?* Ausgerechnet Hundebaby-Ryan, den sie für so freundlich, offen und unbedrohlich gehalten hatte?

»Ryan«, setzte Amy vorsichtig an. »Was hast du getan?«

»Nichts«, sagte er. »Aber nichts zu tun, ist manchmal das Allerschlimmste. Und genau deshalb konnte ich nicht schlafen und ich dachte, beim Spazierengehen finde ich vielleicht eher eine Lösung, als wenn ich mich im Bett herumwälze.« Er seufzte schwer und setzte sich langsam wieder in Bewegung. »Tut mir leid, wenn ich dich irgendwie beunruhigt habe. Mir geht einfach nur gerade so viel durch den Kopf.«

Amy brannten tausend Fragen auf dem Herzen, aber Ryan legte immer mehr Tempo vor, so als wollte er sie jetzt möglichst schnell loswerden. Vielleicht war ihm dieser Gefühlsausbruch peinlich und sie hoffte, dass er nicht sauer auf sie war, denn das hatte sie schon oft bei ihren Kumpelfreundschaften erlebt. Sie vertrauten einem etwas an und hassten Amy dann dafür, dass sie sich schwach gezeigt hatten.

»Wir sind da«, stellte er fest, als sie um die letzte Kurve zum Schloss einbogen, »und wie ich sehe, werden wir auch schon erwartet.«

Tatsächlich. In der Eingangstür zum Schloss stand Baron Aranda, der gerade mit einer Handbewegung die Beleuchtung der gewaltigen Treppenhauskathedrale einschaltete. Licht ergoss sich von allen Seiten auf sie beide.

»Parbleux!«, sagte der Baron und musterte sie beide abschätzig. »Darf ich fragen, was Sie um diese Uhrzeit nach draußen geführt hat?«

»Wir konnten nicht schlafen und wollten ...«, fing Amy an, und während sie noch verzweifelt darüber nachdachte, wie der Satz weitergehen könnte, sprang Ryan schon ein.

»Wir haben im Ballsaal das Menuett weitergeübt. Nachdem Loreley heute Nachmittag so versagt hat, wollte sie unbedingt besser werden und ich habe angeboten, ihr dabei zu helfen.«

Danke, dachte Amy. Da schwingt er große Reden über Schuld, aber jetzt liefert er eine Erklärung, in der ich die Dumme bin!

Der Baron schien Ryans Worte zu bezweifeln. »Soweit ich weiß, gibt es im Ballsaal der Strandhams weder Erde noch die Art von Steinchen, die an Loreleys Knien kleben.«

»Das wiederum ist allein meine Schuld«, beeilte sich Ryan zu erklären. »Die Gefühle für Loreley haben mich übermannt, wissen Sie? Ich wurde etwas zudringlich, das hat sie verärgert, deshalb ist sie vor mir weggerannt und gestürzt.«

Amy unterdrückte ein Grinsen. Okay, das machte es fast wieder gut. Obwohl so eine schlagfertige Ausrede ebenfalls gar nicht zu dem Bild passte, das sie bis gerade eben noch von Ryan gehabt hatte.

Scheinbar war sie nicht die Einzige, die sich darum bemühte, ihr wahres Ich geheim zu halten.

»Sehr bedauerlich, so ein Verhalten.« Der Baron schüttelte seinen Kopf, während er Ryan eingängig musterte. »Doch solange sich Demoiselle Loreley nicht offiziell über Sie beklagt, werde ich das vergessen.« Er sah abwartend zu Amy, die die Lippen aufeinanderpresste und nichts sagte. »Bon«, entschied der Baron. »Nun gehen Sie endlich zu Bett, morgen wartet ein anstrengender Tag auf Sie. Elara wird die Knie von Demoiselle Loreley verarzten.«

Ryan nickte und lief zur Treppe, über die Ost- und Westflügel verbunden waren. Als er auf dem ersten Absatz angelangt war, drehte er sich noch einmal zu Amy um. Obwohl ein Lächeln auf seinen Lippen lag, wirkte er traurig – und der Ausdruck in seinen blauen Augen war Amy seltsam vertraut, ohne dass sie sagen konnte, warum das so war.

Dann drehte sich Ryan um und verschwand in Richtung Ostflügel.

Obwohl dieser Moment nicht einmal so lang dauerte, wie ein Streichholz brauchte, um Feuer zu fangen, hatte etwas in seinen Augen ihr Innerstes in Brand gesetzt. Etwas, das Amy sogar noch viel unglaublicher fand als diese ungeheuerliche Verwandlung der Collies und das seltsame Geheimnis um *Sieger* und *Auserwählte*.

ZWEI TAGE
BIS ZUM ALABASTERBALL

13

Als Amy am nächsten Morgen zum Frühstück hinunterging, kreisten ihre Gedanken um all das, was sie heute Nacht erlebt hatte. Musste sie den anderen nicht verraten, was sie gesehen hatte? Und wie konnte sie es schaffen, auch im Tageslicht weiter nach Sunny zu suchen? Die Insel war schließlich keine Großstadt und Amy hatte Sunny heute Nacht hören können, also konnte sie entweder frei herumlaufen oder es gab Fenster, dort, wo sie wohnte oder wo man sie ... festhielt.

Kurz bevor sie die Treppe erreichte, sprang Lilja unvermittelt hinter einer Ritterrüstung hervor. Amy schrak zusammen.

»Na endlich!«, rief Lilja. »Ich hab ewig auf dich gewartet«, maulte sie, ohne sich groß mit Lappalien wie einer Begrüßung aufzuhalten.

»Warum das denn?«, fragte Amy.

Lilja lächelte spitz. »Strategie! Ich finde, wir sollten Millie zusammen ausschalten.«

Entgeistert starrte Amy Lilja an. Über den Ereignissen der Nacht hatte sie ganz vergessen, wie scharf Lilja auf den Titel der Ballkönigin war. »Aha?«, murmelte sie abwartend.

Lilja hakte sich bei Amy unter und führte sie zu den Treppen. »Millie ist gefährlich«, behauptete sie, »denk doch nur mal daran, wie sie gestern die Punkte für dieses sterbenslangweilige Video abgeräumt hat. Jede Wette, sie hat irgendwas getrickst. Wir sollten dafür sorgen, dass das aufhört.«

Als Allererstes sollte man *dich* ausschalten, dachte Amy. »Nur mal so aus Neugier: Wie willst du Millie denn rauskicken?«

Lilja musterte sie prüfend. »Das verrate ich dir nur, wenn du mitmachst.«

»Klar, und wenn ich dir helfe, Millie auszuschalten, bin ich dann die Nächste?«

Lilja grinste breit. »Hey, sie kann denken!«

»Apropos denken, was glaubst du, wer das hier ist?«, fragte Amy, um Zeit für eine Antwort zu gewinnen, und zeigte auf die riesige Statue, die das Treppenhaus beherrschte.

Lilja hob eine ihrer perfekten Augenbrauen. »Na, das ist eine Aphrodite aus diesem weißen Alabaster, von dem Miss Morina gesprochen hat.«

»Wie kommst du denn darauf?«

Lilja wirkte verblüfft. »Aus welchem Loch bist du eigentlich gekrochen? Du musst wirklich blind sein, wenn dir all die Attribute von Aphrodite nicht aufgefallen sind. Da ist die Schildkröte, der Spiegel und ihre langen Haare sind voller Muscheln.«

»Oh«, sagte Amy. »So genau hatte ich sie mir noch gar nicht angeschaut.«

»Bist du denn gar nicht neugierig?«, fragte Lilja und verdrehte ungläubig ihre Augen. »Also ich hab heute Nacht das gesamte Schloss inspiziert.«

Was für ein Glück, dachte Amy, dass sie sich da nicht begegnet waren.

»Was wäre«, Lilja blieb stehen und fuchtelte dramatisch mit ihren Händen, »wenn zum Beispiel ein Feuer ausbricht? Da muss man doch wissen, wie man am besten hier rauskommt! Außerdem war ich oben in der Dachgalerie und hab die anderen Ballköniginnen studiert. Echt sehenswert. Aber du …«, Lilja kicherte abschätzig, als sie Amy musterte. »… warst sicher brav um zehn Uhr im Bett, oder?«

Von wegen! Amy wusste nicht, ob sie zornig oder amüsiert sein sollte. Immerhin hatte sie die Galerie schon angeschaut, als Lilja noch nicht mal richtig angezogen war. Aber es war bestimmt klüger, Lilja in dem Glauben zu lassen, sie wäre total naiv und könnte nicht bis drei zählen.

In diesem Moment ertönte der Gong dreimal.

Während sie nach unten rannten, drängte Lilja Amy wieder, sich mit ihr zu verbünden und Millie aus dem Wettkampf zu werfen.

Ein Nein war für jemand wie Lilja offensichtlich nur eine Herausforderung. Amy biss sich auf die Unterlippe, um sich zu beherrschen, denn am liebsten hätte sie *Lilja* kaltgestellt. Die war definitiv ihre ärgste Konkurrentin. Aber so war es viel besser. Sollte die Finnin sie ruhig unterschätzen. Davon abgesehen, fand Amy es erbärmlich, andere hinterhältig reinzulegen. Nicht weil sie nicht gern um etwas kämpfte, ganz im Gegenteil. Ihr Dad hatte bei jedem ihrer Schwimmwettbewerbe am Beckenrand gesessen, sie angefeuert und ermutigt, niemals aufzugeben,

Du kannst mit allen Mitteln um den Sieg kämpfen, hatte er ihr immer wieder gesagt, *und es ist völlig okay, die Gegner zu verunsichern. Aber auf gar keinen Fall solltest du betrügen. Damit kommt man nie sehr weit. Ein Sieg, der so errungen wird, ist nichts wert – und du wirst dich niemals darüber freuen können.*

Sich daran nicht zu halten, wäre ihr wie ein Verrat an ihrem geliebten Vater vorgekommen. Außerdem war Amy auch nicht sicher, ob diese magischen Schwestern jemandem einen Wunsch erfüllten, der unfair kämpfte ...

»Nein«, sagte Amy also jetzt mit sehr fester Stimme. »Solche Tricks sind nichts für mich.«

Lilja zuckte mit den Schultern, verzog aber ihren Mund zu einer missmutigen Schnute. »Ganz wie du willst.«

Als sie unten ankamen, saßen alle anderen schon an einer Tafel, die man angesichts des sonnigen Wetters draußen auf die Holzterrasse vor dem Blauen Salon gedeckt hatte. Die dunkelblau gestärkten Tischdecken flatterten im Wind, das Besteck neben den Porzellantellern glänzte silbern in der Sonne.

Alles sah ganz normal aus, gar nicht magisch, dachte Amy. Und genau das machte diese Insel so gefährlich. Wieder überlegte sie, die anderen einzuweihen. Sie erinnerte sich an das Gespräch mit Ryan und wie er davon geredet hatte, dass man Schuld auf sich lädt, weil man nichts tut. Ihr wurde mulmig: Machte sie sich schuldig, wenn sie das alles für sich behielt? Vielleicht – aber noch wichtiger war es, Sunny zu finden, und deshalb sollte sie jetzt noch besser ihren Mund halten.

»Guten Morgen«, sagte Amy und blickte zu Matt und Pepper, die gerade über einen Witz lachten, den Pepper wohl zum Besten gegeben hatte.

Matt nickte ihr voller Wärme zu. »Guten Morgen, Schlafmütze. Bereit für den neuen Tag?«

»Auf jeden Fall.« Amy überlegte noch, wo sie sich hinsetzen sollte, als Lilja schon zielstrebig den Platz zwischen Millie und Pepper ansteuerte. Fröhlich zwitschernd, beglückwünschte sie Millie ein weiteres Mal zu ihrem gestrigen Videosieg und warf Amy dabei einen spöttischen Blick zu. Na klar, dann würde Lilja es eben bei Millie probieren. Und zusammen konnten die ihr das Leben sicher schwer machen.

»Ich empfehle dir den Speck«, sagte Matt zu Amy. »Echt lecker.«

»Also ... Speck würde ich lassen«, mischte sich Lilja ein. »Eine Ballkönigin sollte darauf achten, dass sie in ihre Kleider passt!«

»Speck ist eklig«, murmelte Millie. »Ihr wisst ja sicher, dass Schweine intelligente Tiere sind. Genetisch sind wir näher mit dem Schwein verwandt als mit Affen, ihr esst also gerade eure Artgenossen.«

Während Millie weiter darüber schimpfte, wie widerlich es war, Tiere zu essen, ließ sich Amy auf den freien Platz neben Ryan am Kopfende fallen. Dabei sah sie wieder zu Matt hinüber, der die Augenbrauen zusammengezogen hatte und jetzt den Blick von ihr abwendete. War er vielleicht enttäuscht, dass sie nicht neben ihm saß?

»Guten Morgen«, sagte sie nun auch zu Ryan, und als der ihren Gruß erwiderte, warf Amy ihm einen verschwörerischen Blick zu. »Alles wieder okay mit dir?«

Er sah sie einen Moment lang an, dann zuckte er mit den Schultern und strich sich weiter Cream Cheese auf einen Bagel. »Klar. Wieso fragst du?«

»Na ja, du hast heute Nacht ungeheuer aufgewühlt gewirkt«, flüsterte Amy ihm zu.

»Heute ... Nacht?« Ryan runzelte die Stirn. »Wovon redest du da?«

Genau in diesem Moment bemerkte Amy, was ihr gestern in der Dunkelheit entgangen war. Sie betrachtete Ryan, als hätte sie ihn noch nie gesehen.

»Was glotzt du mich denn so an?« Er betastete nervös seine Augenbrauen, dann Stirn und die Wangen. »Hab ich über Nacht Pickel gekriegt?«, fragte er genervt, und zwar so laut, dass Lilja prompt anfing zu kichern.

»Nein«, flüsterte Amy. Wie war das überhaupt möglich? Gestern Abend auf der Treppe hatte Ryan sie aus leuchtend blauen Augen angeschaut. Mit diesem besonderen Blick, der ihr durch und durch gegangen war. Heute Morgen hatte er wieder ein graues und ein blaues Auge und dieser bemerkenswerte Unterschied war Amy ja auch schon beim ersten Kennenlernen sofort aufgefallen. Ob Ryan tagsüber Kontaktlinsen trug, um sich interessanter zu machen?

»Hast du heute Nacht vergessen, deine Kontaktlinsen reinzutun?«, fragte sie also.

Ryan richtete sich auf und sah Amy an, als wäre sie verrückt geworden. »Was redest du bloß für ein komisches Zeug?

Ich sehe wie ein Adler, wie kommst du denn da auf Kontaktlinsen?« Ryan tippte sich mit dem Bagel in der Hand an die Stirn, als würde er ihr damit den Vogel zeigen, beschmierte sich dabei jedoch versehentlich mit Frischkäse, den er dann, noch gereizter, mit dem Zeigefinger wegwischte.

Jetzt starrten alle Ryan an, sogar Millie.

»Ich rede davon, dass du dich mit Kontaktlinsen interessanter machst«, erklärte Amy.

Wütend legte Ryan jetzt den Bagel auf den Teller und unterstrich mit seinen Händen eindringlich jedes Wort, als wäre sie schwer von Begriff: »Meine Augenfarben sind so *angeboren,* man nennt es *Iris-Heterochromie,* okay? Das ist eine Störung der Pigmentierung in der Regenbogenhaut, wenn du es genau wissen willst. Bei manchen sind es nur ein paar dunklere Punkte am Rand, bei mir ist es eben etwas krasser. Aber ich wüsste wirklich nicht, was dich das überhaupt angeht!«

»Du lügst doch«, warf Amy ihm vor. »Heute Nacht waren deine Augen beide gleich blau.«

»Vielleicht warst du ja blau! Schon mal daran gedacht?« Ryan schüttelte den Kopf und stöhnte. »Also gut: Wo willst du mich denn gesehen haben? Du hättest dich schon unter meinem Bett verstecken müssen, ich bin nämlich nicht mehr aus meinem Zimmer gegangen. Du kannst ja meinen Diener fragen!«

Er war stinkwütend, das spürte Amy deutlich und auch, dass das nicht gespielt war. Aber wenn das heute Nacht nicht Ryan gewesen war, mit wem hatte sie dann geredet?

Ein furchtbarer Gedanke ploppte in Amys Kopf auf. Wenn

die drei Collies sich in die Schwestern verwandeln konnten, war es ja auch möglich, dass sich der Baron in einen der Jungs verwandeln konnte? Nein, beruhigte sie sich, er hatte sie am Schlosstor in Empfang genommen, er konnte ja wohl nicht gleichzeitig Ryan und er selbst sein.

Verwirrt und aufgewühlt, stand Amy auf und lief zum Büfett, wo sie versuchte, sich zu beruhigen. Als sie sich auf die Suche nach Sunny gemacht hatte, war ihr klar gewesen, dass es nicht leicht werden würde. Und nachdem sie gestern diese unglaubliche Verwandlung der Collies erlebt hatte, wusste sie auch, dass dies alles eine Nummer zu groß für sie war. Trotzdem musste sie rausfinden, was hier gespielt wurde. Egal, wie!

Matt trat zu ihr. »Was war denn das gerade mit Ryan?«, fragte er, während er den Obstsalat aus Ananas, Bananen, Himbeeren, Kiwis und Granatapfelkernen musterte.

»Nichts«, sagte Amy. »Warum willst du das wissen? Du hältst mich doch eh für ... wie hast du es genannt? Übersensibel? Eigentlich hättest du auch gleich ›verrückt‹ sagen können.«

Er wendete sich zu ihr. »Unsinn, ich halte dich doch nicht für verrückt, dazu bist du viel klug! Also sag mir, worüber streitet jemand so Kluges wie du mit unserem doch eigentlich so friedlichen Surferdude?« Damit öffnete er den Deckel einer der drei quadratischen Silberterrinen. »Rührei?«

Amy nickte, griff sich einen Teller und nahm sich davon, auch wenn sie überhaupt keinen Hunger hatte.

»Um was ging es denn?«, bohrte Matt nach.

»Um Hundebabys«, sagte Amy, weil sie auf keinen Fall etwas über ihren nächtlichen Ausflug verraten wollte. Denn sosehr sie sich auch von Matt angezogen fühlte – sie vertraute ihm nicht. Eigentlich vertraute sie niemandem auf dieser Insel.

Matt betrachtete sie abwartend. Als sie beharrlich schwieg, seufzte er und wirkte enttäuscht. »Hundebabys also. Okay.« Irgendwie schien er zu wissen, dass sie ihn belogen hatte. »Na dann. Guten Appetit.«

Amy sah ihm nach, als er zum Tisch zurückging, und merkte, dass es ihr nicht egal war, was er über sie dachte. Aber das alles musste warten, bis sie Sunny gefunden hatte. Das Wichtigste war im Augenblick, dass Sunny irgendwo auf der Insel war, und damit war sie schon einen Schritt weiter als gestern. Die Frage war nur, was genau wäre der nächste richtige Schritt?

Amy setzte sich wieder neben Ryan und schob das Rührei auf dem Teller herum. Wenn sie Sunny in den nächsten beiden Tagen nicht entdecken würde, dann musste sie Ballkönigin werden. Denn egal, ob die Strandhams sie leiden konnten oder nicht, sie waren einen Vertrag mit ihnen eingegangen. *Ein heiliges Versprechen,* das noch nie gebrochen worden war.

Verstohlen musterte Amy Millie, die wie gestern mit Kopfhörer am Tisch saß, ein Croissant lustlos in Stücke riss und es in ihren grünen Smoothie tunkte, bevor sie es sich in den Mund schob.

Millie hatte den Schwestern gefallen. Sie wollten, dass Camille die *Auserwählte* werden würde. Hatten sie und Pepper etwa deshalb für das langweiligste Video so viele Punkte bekommen? Wie sollte Amy dann eine Chance auf den Sieg haben? Müsste sie sich bei den Schwestern beliebter machen? Aber wie sollte sie das anstellen?

»Hat jemand eine Idee, was genau heute auf dem Programm steht?«, fragte Pepper und nahm einen großen Schluck frisch gepressten Orangensafts.

»Nein, aber ich hoffe, dass es jetzt wieder ums Tanzen geht, schließlich wurde uns das hier als Tanzball verkauft«, sagte Lilja.

»Très vrai, und genau das werden Sie gleich tun«, trötete Baron Aranda, der soeben mit den Collies im Schlepptau auf der Terrasse aufgetaucht war. Er nahm einen Stuhl und setzte sich an das Kopfende des Tisches, die Collies blieben rechts und links neben ihm stehen.

Amy erstarrte. Im Tageslicht erschien ihr diese nächtliche Verwandlung noch viel ungeheuerlicher. *Diese* drei Hunde sollten in Wahrheit die Strandham-Schwestern sein?

»Bon jour, ich hoffe, Sie hatten alle eine gute Nacht und sind bereit für die nächste Herausforderung?«

Millie nahm den Kopfhörer ab, als hätte sie nur auf den Baron gewartet, und trank ihren grünen Smoothie in einem Rutsch aus. Lilja griff nach der letzten Ananasscheibe auf ihrem Teller, knabberte wie an einem Keks daran und legte den Kopf erwartungsvoll schief. Ryan schluckte den Rest seines Bagels herunter, Pepper legte seinen Müslilöffel ab, nur Matt aß seelenruhig die letzten Reste seines gebratenen Specks.

»Alors! Heute Vormittag werden Sie wieder tanzen und dieses Mal wird es leichter für Sie, denn alles, was Sie tun müssen, ist, so lange zu tanzen, wie die Musik läuft.«

Der Baron sprang übermütig auf, die Hunde wichen ihm elegant aus, dann drehte er sich auf seinen hohen Absätzen begeistert um sich selbst, wobei er immer wieder sagte, *un, deux, trois,* eins, zwei drei, *one, two, three.* Dabei setzte er die Betonung immer auf die Eins.

»Na komm, wir zeigen den anderen, wie es wirklich geht«, sagte Matt plötzlich und es dauerte einen Moment, bis Amy verstand, dass er mit Lilja geredet hatte. Mit einem Grinsen legte er Messer und Gabel weg, stand auf und verbeugte sich vor ihr. Lilja verstand sofort, was er wollte, und warf sich in seine Arme. Dann fingen sie an, sich im Walzerschritt um den Tisch herumzudrehen.

Die beiden waren das reinste Bilderbuchpaar, er athletisch und elegant, sie graziös und zart. Sie machten nicht einen einzigen Fehler, verwackelten nie eine Drehung.

Amy spürte Enttäuschung in sich aufsteigen. Matt war vorhin am Büfett doch so besorgt um sie gewesen, sie hätte ihn nicht mit einem Spruch abspeisen sollen. Aber hatte er deshalb Lilja und nicht *sie* zum Walzer aufgefordert? Weil sie ihm nicht die Wahrheit über ihren Streit mit Ryan gesagt hatte? Oder war das auch nur wieder ein Beispiel dieses Kumpelsyndroms, an dem sie irgendwann einsam sterben würde: Es gab Kumpelfreunde in Hülle und Fülle, aber verliebt hatten sich alle immer nur in Sunny. Sie presste die Lippen zusammen und musterte Lilja. Sie sollte sie wirklich ernster nehmen.

Der Baron tanzte an den Tisch zurück, tupfte sich mit einem seidenen Taschentuch den Schweiß von der Stirn und setzte sich wieder. Die Collies schlossen ebenfalls auf und saßen unbeweglich wie Statuen neben ihm. Doch die Augen dieser Statuen ruhten auf Amy und beobachteten sie genau.

Wir sollten Loreley im Blick behalten, hatten sie gesagt. Und das taten sie auch.

»Mesdames et Monsieurs!«, rief der Baron etwas atemlos. »Wir erwarten Sie in einer Stunde im Ballsaal. Bitte ziehen Sie sich um – die entsprechenden Gewänder liegen für Sie bereit. Wer heute zu spät kommt, darf nicht mehr teilnehmen, kann keine Punkte sammeln und natürlich auch weder Königin noch König werden!«

14

Amy hastete in ihr Zimmer, man wusste ja nie, was für eine Art von Kleid diesmal angezogen werden musste. Doch obwohl sie so schnell gewesen war, war Millie offenbar noch schneller und wartete schon vor ihrer Tür.

»Wir sollten uns beeilen«, meinte Amy außer Atem und wollte an Millie vorbei. Dann erinnerte sie sich an Morina und wie sie gesagt hatte, es wäre schade um Millie, und sie blieb zögernd stehen. Sollte sie ihr wenigstens davon erzählen?

Im selben Moment wurden die Flügeltüren zu ihrem Zimmer von innen geöffnet und Elara stand vor ihnen. Über ihrem Arm hing ein silbernes Fransenkleid mit tiefer Taille. »Uns bleibt keine Zeit, Miss«, verkündete die Dienerin unheildrohend.

»Bitte, Amy«, sagte Millie. »Ich muss dir dringend was sagen. Und das geht nur uns beide an.«

Millie klang so flehend, dass Amy es nicht übers Herz brachte, sie wegzuschicken.

»Also gut. Aber mach's kurz«, sie nickte ihr zu und versprach Elara, danach sofort zu ihr zu kommen. Die Dienerin senkte den Kopf und verschwand ohne ein weiteres Wort im Zimmer.

»Elara will übrigens, dass du gewinnst«, sagte Millie. »Sie zahlen den Dienern eine Prämie, wenn ihr Tänzer Sieger wird, wusstest du das?«

Nein, das hatte sie nicht gewusst. Und Amy wunderte sich, wie Millie das wohl herausgefunden hatte. Elara redete keine überflüssige Silbe mit ihr.

»Also, um es kurz zu machen: Lilja ist eine Nervensäge«, erklärte Millie nun. »Sie sollte auf keinen Fall gewinnen, findest du nicht? Wir müssen dafür sorgen, dass man sie heimschickt.«

»Was willst du damit sagen?«, fragte Amy und verbiss sich ein Grinsen. Millie war also auch nicht besser als Lilja.

»Gott, bist du schwer von Begriff – wir sollten eben ein bisschen nachhelfen!«

»Willst du Lilja in ihrem Zimmer einsperren, damit sie nachher zu spät kommt?«, fragte Amy und merkte, wie gut ihr dieser Gedanke gefiel, obwohl ihr Vater das natürlich mies gefunden hätte. Sie sah es direkt vor sich, wie Lilja gegen die Tür hämmern und ausrasten würde, wie Tränen über ihr perfekt gestyltes Gesicht liefen und sie mit rot verquollenen Augen erkennen musste, dass sie nicht länger im Rennen war. Oh ja!

»Leider würde einsperren nicht funktionieren.« Millie stöhnte genervt. »Denn erstens sind nur die Badezimmer abschließbar und außerdem sollen die Diener bestimmt darauf aufpassen, dass alles nach den Regeln verläuft. Deshalb wäre Lilja keine Minute irgendwo eingesperrt.« Ihre Miene hellte sich auf. »Aber heißt das, du würdest mir im Prinzip schon dabei helfen, sie aus dem Rennen zu werfen?

»Nein«, sagte Amy und seufzte. Bye-bye, schäumende Lilja. »So gut mir der Gedanke daran auch gefällt, wir sollten das lieber nicht tun. Ich glaube es ist für alle besser, wenn wir fair bleiben.«

Millie lächelte spöttisch. »Ehrlich, *fair?* Glaubst du, dass sie fair mit uns umgeht?«

»Ihr habt doch beide gleich viele Punkte! Was willst du denn? Außerdem kann sowieso keiner von uns die Insel bis zum Ende des Balls verlassen.«

»Blödsinn! Die würden doch sicher jeden disqualifizieren, der gegen die Regeln verstößt oder zum Beispiel ...« Millie zögerte und sagte dann etwas leiser, »... den Hunden etwas antut.«

Amy bekam eine Gänsehaut. Wenn Millie wüsste, wer die Collies waren und dass die sie eigentlich mochten ...

»Ich dachte, du bist so eine Tierfreundin?«

Millie verzog ihren Mund zu einer verächtlichen Grimasse. »Hör mir auf mit Tierfreunden. Ich *liebe* Tiere, okay? Ich setze mich schon seit Jahren für Tierschutz ein, aber ... diese furchtbaren *Tierfreunde* sind echt zum Kotzen!«

Amy runzelte die Stirn. »Häh? Wie jetzt?«

»Tierfreunde kaufen für ihre Angorakätzchen Edelmenüs und servieren das dann auf silbernen Tellerchen mit Petersiliendeko, essen selbst aber Eier, für die Küken geschreddert werden, und benutzen Shampoos, für die Tiere zu Tode gequält worden sind. Tierfreunde sind Heuchler!«

»Das verstehe ich nicht«, sagte Amy. »Du liebst Tiere und

wärst trotzdem bereit, den Collies etwas anzutun, nur um Lilja eine Lektion zu erteilen? Also das finde *ich* heuchlerisch!«

»Ich will ihnen ja nicht *wirklich* schaden, aber für mich sind das keine echten Tiere.«

Amy hätte sich beinahe verschluckt. »Wie meinst du das?«

»Na, das sind doch bloß die Schoßhündchen vom Baron, da müssen wir sowieso nicht viel tun. Wahrscheinlich rastet Aranda schon aus, wenn wir die Collies irgendwo auf der Insel einsperren und es dann Lilja anhängen.«

»Hör zu, Millie«, sagte Amy. »Das mit den Collies ist wirklich eine ganz miese Idee, mit der ich nichts zu tun haben will. Und jetzt muss ich mich endlich umziehen.«

»Oder wir hängen die Aktion Lilja *und* Matt an«, versuchte es Millie weiter. »Den finde ich auch total daneben.«

»Wieso denn?« Soweit Amy es mitbekommen hatte, hatten Matt und Millie bislang kaum Kontakt gehabt.

»Keine Ahnung.« Millie zuckte mit den Schultern. »Erst hat er sich heute beim Frühstück ziemlich aufdringlich an mich rangemacht, dann aber mit Lilja Walzer getanzt.«

Amy merkte, dass ihr Herz schneller schlug. Millie sollte sich wirklich lieber mit Tieren befassen, von Menschen hatte sie überhaupt keine Ahnung!

Millie musste Matt missverstanden haben. Ja, er war manchmal ein bisschen undurchschaubar. Aber Amy mochte ihn ... Nein, jetzt da sie den Gedanken zuließ, mochte sie ihn sogar sehr.

»Er ... hat sich an dich rangemacht?«, hakte sie ungläubig nach. »Also, davon hat man rein gar nichts gemerkt.«

»Lilja und du, ihr seid ja auch viel später als alle anderen gekommen und Matt …« Millie hielt inne und musterte Amy misstrauisch. »War das eigentlich nur ein Zufall, dass ihr zusammen aufgekreuzt seid?«

»Natürlich, was denn sonst!«, log Amy mit gutem Gewissen, immerhin hatte sie sich ja nicht mit Lilja verbündet. »Was wolltest du gerade über Matt sagen?«

»Na ja, er hat zum Beispiel am Büfett meinen Oberarm getätschelt, sich beim Reden sehr nah zu mir gebeugt und all so was. Vielleicht findest du das toll, aber ich nicht. Und dann hat er mich ewig nach Frankreich ausgefragt.«

»Bestimmt wollte er nur nett sein.«

»Nett?« Millie schüttelte so vehement den Kopf, dass ihre Kopfhörer beinahe von den Schultern gefallen wären. »Er hat auf keine meiner Fragen ernsthaft geantwortet. Hat nicht *eine* Silbe von sich preisgegeben. Das finde ich fast noch merkwürdiger als die Typen, die nur von sich labern. Ryan hat schon in den ersten zehn Minuten davon geschwärmt, wie er letztes Jahr seine erste Monsterwelle in Portugal geschafft hat. Und Pepper hat von all den Waffen erzählt, die sie in seinem Land haben, und dass er seinen Wunsch hier dazu benutzen will, die Großwildjagd in Namibia für immer zu verbieten.« Millie sah sehr ernst drein. »Nur Matt hat mit keiner Silbe erwähnt, was er in Dublin treibt. Trotzdem wollte er partout bei mir landen. Und als ich nicht mitgezogen habe, hat er sich auf Lilja gestürzt!«

»Vielleicht mag er dich und war gekränkt.« Amy spürte einen leichten Stich genau dort, wo sie beim Tauchen sein Herz gefühlt hatte, und es fiel ihr schwer, ganz gelassen zu bleiben. Matt und Millie? Ernsthaft? Wenn Lilja ihr so was erzählt hätte, wäre es leichter gewesen, das abzutun. Lilja hielt sich für die Größte und ging davon aus, dass jeder sie angraben würde. Aber Millie war nicht so.

Amy räusperte sich. »Also wenn ich das richtig verstehe, dann willst du lieber mit Ryan oder Pepper gewinnen?«

»Yep.« Millie nickte knapp. »Und das werde ich, auch wenn du jetzt zum Baron rennst und mich verpetzt.«

»Kein Grund zur Sorge, ich sage gar nichts.«

Millie zog überrascht eine Augenbraue hoch. »Wieso nicht? Ich würde *alles* tun, um jeden hier rauszukicken. Also glaub ja nicht, dass ich dich schonen würde, nur weil du dichthältst.«

»Danke für diese Warnung. Von mir kriegst du auch noch eine: Du musst dich von den Collies fernhalten.«

»Wieso? Weißt du irgendwas über die Hunde, das wir nicht wissen?«, fragte Millie verwundert. Als Amy eisern schwieg, setzte Millie nach: »Mit denen stimmt was nicht, oder? Finde ich auch.«

In Amy keimte Hoffnung auf. Hatte Millie etwas Ähnliches wie sie erlebt? Dann hätte sie eine Verbündete.

»Die sind total überzüchtet«, fuhr Millie da aber schon fort. »So riesig, wie die sind! Wahrscheinlich sind sie deshalb so biestig. Das ist ja nicht normal. Danke, dass du mich daran erinnert hast.« Sie warf Amy einen misstrauischen Blick zu. »In welchem Universum haben die Strandhams dich eigentlich aufgegabelt? So naiv, wie du bist, wirst du diesen Ball nie gewinnen.«

Elara trat aus der Tür. »Gehen Sie!«, fuhr sie Millie mit

harschen Worten an und da zuckte selbst die vermeintlich so abgebrühte Millie erschrocken zurück.

»Kein Wort zu niemandem, hörst du?«, zischte sie Amy noch zu und rannte los.

Sofort bugsierte Elara Amy ins Zimmer und drangsalierte sie mit Blicken und Worten, bis Amy sich auszog, um in das Charlestonkleid mit der tiefen Taille und den Silberfransen zu schlüpfen.

Amy hätte es dann trotzdem beinahe nicht rechtzeitig zum Ballsaal geschafft, weil Elara unbedingt wollte, dass Amy ihren Talismanring abzog. Sie fand, er würde ihr Outfit ruinieren. Und darüber waren sie in einen heftigen Streit geraten. Lieber hätte Amy sich die Hände abgehackt, als diesen Ring herzugeben. Damit würde sie ihre einzige Verbindung zu Sunny kappen. Diese Rose war schließlich an ihrem Ballkleid gewesen, dem Ballkleid, das Sunny »ausgeliehen« hatte. Und genau deshalb würde sie keinen Schritt auf der Insel ohne diesen Ring machen!

15

Als Amy an der Tür zu dem Ballsaal ankam, in dem sie gestern das Menuett getanzt hatten, begegnete ihr als Erstes Jaspia – diejenige der drei Strandham-Schwestern, die sie weinend zu Dyx' Füßen gesehen hatte.

Ihre Haare waren wie in der Nacht kunstvoll zu blonden Bergen aufgetürmt, darum herum klebte ein Stirnband mit zwei wippenden Pfauenfedern, das perfekt zu ihrem türkisen Zwanzigerjahre-Kleid passte.

»*Sie* sind also Loreley?«, fragte Jaspia und musterte Amy interessiert.

Amy nickte und versuchte, ihre innere Unruhe nicht nach außen dringen zu lassen. Die Strandhams hatten ohnehin schon Verdacht geschöpft.

»Sie haben als Einzige erst zehn Punkte«, sagte Jaspia. »Woran liegt das wohl? Kämpfen Sie denn gar nicht für Ihren Wunsch?«

»Doch. Und wie.« Amy holte tief Luft. »Aber offensichtlich hat mein Video Ihnen ja nicht wirklich gut gefallen.«

Jaspia musterte Amy noch durchdringender, als Morina es gestern getan hatte. »Oh doch. Dieses Video hat mir sogar *sehr* gut gefallen, es war wirklich etwas Besonders. Nicht immer stimme ich mit meinen Schwestern überein …«

»Danke«, sagte Amy, doch als sie ihren Blick hob, bemerkte sie, wie über Jaspias Gesicht ein verschlagenes Lächeln huschte. Wie ein Fuchs, der gerade unerwartet ein dummes Huhn entdeckt hat.

Beklommen betrat Amy mit Schwester Nummer drei und dem Baron den Ballsaal.

Schon rannten Millie und Lilja auf sie zu. Waren die beiden jetzt ein Herz und eine Seele, weil *sie* sich nun zusammengeschlossen hatten, oder wurde sie nur paranoid?

»Du siehst toll aus!«, meinte Millie. »Was hast du denn mit dieser Miss Strandham besprochen?«

»Das geht euch nichts an.«

Lilja sah sie hochgezogenen Augenbrauen nachdenklich an, so als hätte sie gerade neuen Respekt vor Amy entwickelt.

Pepper, Ryan und Matt betraten in schwarzen Anzügen und weißen Hemden den Ballsaal. Dabei schienen Ryan und Matt sich zu streiten und Amy hatte die unbestimmte Ahnung, dass es dabei um sie ging.

»Mesdames et Monsieurs, darf ich Sie bitten, Haltung anzunehmen!«, rief der Baron in diesem Moment. »Ich präsentiere Ihnen Madame Jaspia Strandham, die sich heute die Ehre gibt und Ihnen diesen Tanzwettbewerb erläutern wird.«

Jaspia begrüßte alle mit einem so übertriebenen Lächeln, dass Lilja daneben wie eine Amateurin wirkte. Sie teilte ihnen mit, ihre einzige Aufgabe heute sei es, so lange zu tanzen, wie die Musik spielte. Eine erste Gruppierung hätte sie schon ausgelost, und wann immer der Baron auf den Boden klopfen würde, sei es Zeit, den Partner zu wechseln. Dabei wäre es völlig egal, wie sie tanzten, auch Improvisationen seien zugelassen.

»Allerdings ist es mir bei dieser Aufgabe sehr wichtig, dass die Paare erkennbar miteinander tanzen, dabei dürfen sie sich auch unterhalten. Und es ist uns dabei völlig gleichgültig, welche Paare und Gruppierungen sich im weiteren Verlauf finden würden.«

»Hört, hört«, murmelte Pepper, »da haben wir ja richtig Glück.« Er warf Matt einen langen Blick zu. »Höchste Zeit, diesem altmodischen Laden mal zu zeigen, wie gut Jungs miteinander tanzen können!« Die Jungs gaben sich ein High Five, als wären sie mit einem Mal keine Konkurrenten mehr.

»Oder Mädchen«, ergänzte Amy, aber weder Millie noch Lilja wollten einschlagen.

»Die Gefühle, die das gemeinsame Tanzen auslösen kann, sind für mich das Wichtigste«, sagte Jaspia. »Denn anders als bei meinen Schwestern liegt für mich die Freude am Tanzen in der Nähe zur Liebe! Die berühmte Schriftstellerin Jane Austen hat das sehr schön in *Stolz und Vorurteil* beschrieben. Ich hoffe doch, Sie haben auch in Finnland, Frankreich, Irland, Kalifornien, Deutschland und Namibia schon einmal von ihr gehört?«

Sie nickten alle.

»Für Jane Austen liegt *›zwischen Tanzen und Sichverlieben nur ein beinahe unvermeidlicher Schritt‹*. Fürs Erste würde es mir genügen, wenn Sie sich heute ins Tanzen verlieben. Doch ich warne Sie! Wer aufhört, solange die Musik spielt, scheidet aus. Wer sich länger als vier Takte nicht bewegt, scheidet aus. Siegerin beziehungsweise Sieger ist der oder die Letzte, die übrig bleibt. Sobald jemand aus dem Wettbewerb ausscheidet, wird es vorkommen, dass eine ungerade Zahl von Kandidaten auf der Tanzfläche ist. In diesem Fall gehen Sie zu dritt zusammen.« Sie lächelte versonnen. »Drei ist ja auch eine wirklich gute Zahl! Hauptsache, niemand bleibt beim Tanzen allein. Auch bei dieser Herausforderung erhalten Sie von uns zum Start hundert Punkte geschenkt. Vergehen vier Takte ohne eine Bewegung, ziehen wir zehn Punkte ab, tanzen Sie allein, ziehen wir zehn Punkte ab, hören Sie länger als dreißig Sekunden auf zu tanzen, scheiden Sie ganz aus. Sie können jedoch durch künstlerische Kreativität und Ausdrucksstärke verlorene Punkte hinzugewinnen, Sie kennen das ja sicher auch von internationalen Tanzwettbewerben. Haben Sie so weit alles verstanden?«

»Klingt ziemlich kompliziert«, stöhnte Pepper. »Eine Masterarbeit in Mathe scheint mir einfacher zu sein!«

Ryan und Matt nickten zustimmend.

Jaspia und der Baron schauten sich verwundert an. »Nun, Monsieur Pepper, da sind Sie aber wirklich der Erste, der damit ein Problem hat!«, sagte der Baron tadelnd.

»Ich habe kein Problem«, beeilte Pepper sich, allen zu versichern, »mir war nur nicht klar, was es alles zu beachten gibt.« Er sah zu Jaspia hinüber. »Von mir aus kann es losgehen!«

Amy hoffte, dass sie als Erstes mit Matt tanzen würde, Millies Ausführungen wurmten sie nämlich immer noch. Sie musste einfach mehr über ihn wissen. Vorsichtig blickte sie zu ihm und war überrascht, als sie merkte, dass er nicht mehr mit Ryan redete, sondern sie ebenfalls betrachtete. Er lächelte ihr etwas wehmütig zu. Ganz offensichtlich hatte Millie einfach nur einen Haufen Blödsinn erzählt.

Entschlossen musterte Amy ihre Rivalinnen. Die sollten sich warm anziehen. Ihre Kondition war vom vielen Schwimmen ganz hervorragend. Sie würde bis zum Schluss durchhalten. Dann richtete Amy ihre Aufmerksamkeit wieder auf Jaspia.

»Wir haben eine abwechslungsreiche Liste an Liedern zusammengestellt«, erzählte Miss Strandham. »Eine Liste, die hoffentlich jedem von Ihnen etwas zu bieten hat. Wir beginnen in den Zwanzigerjahren und als erste Gruppierung wurden ausgelost: Lilja und Ryan, Matt und Millie sowie Pepper und Loreley. Wenn Sie das Klopfen des Barons hören, gehen Sie mit jemand anderem zusammen, egal, mit wem.«

Jaspia begab sich ans andere Ende des Ballsaals, wo sich gerade ein grüner Jadethron aus dem Boden emporhob. Verblüfft starrte Amy zum Thron, sie wechselte fragende Blicke mit den anderen, doch keiner kommentierte das. Offensichtlich waren alle schon viel zu gespannt auf das, was jetzt kommen würde.

Jaspia stieg die Stufen zu dem Thron empor und setzte sich. Der Baron trat neben die unterste Treppenstufe und klopfte mit seinem Stock dreimal dagegen.

Der Wettkampf begann.

16

Pepper stellte sich vor Amy auf. Sie hätte zwar viel lieber mit Matt getanzt, aber sie war auch neugierig – wegen dem, was Millie ihr erzählt hatte. Die Idee, Großwildjagd in Namibia zu verbieten, beeindruckte sie. Aber dann erinnerte Amy sich daran, dass Pepper ja einen roten Umschlag genommen hatte – das war doch der für die Wünsche, mit denen man etwas wiedergutmachen wollte. Wie ging denn das mit so einem Verbot zusammen?

»Na dann«, sagte Pepper und zwinkerte Amy zu. »Bringen wir das Punktesystem mal zum Explodieren.« Er schielte zu Lilja hinüber, die sich mit einem übertrieben verzückten Gesicht schon in Position geworfen hatte, als würde sie für die Weltmeisterschaften im Tanzen antreten. »Aber wir zwei lassen es etwas lässiger angehen, oder?« Er parodierte Liljas Haltung und grinste Amy zu, als sie nickte.

Die Musik begann.

»Bewegung, wir wollen Sie tanzen sehen!«, befahl der Baron und Jaspia klatschte auffordernd mit den Händen.

Amy ging in die Knie und fing an, die Unterschenkel nach außen zu schleudern, dabei wedelte sie mit den Händen vor ihrem Gesicht herum und Pepper tat es ihr nach. Charleston gehörte wenigstens zu den Tänzen, die Amy beim Üben viel Spaß gemacht hatten, und weil sie wusste, dass Jaspia sie beobachten würde, legte sie besonders viel Ausdruck in ihre Bewegungen. Heute würde sie gewinnen!

»Was war vorhin beim Frühstück eigentlich mit dir und Ryan los?«, fragte Pepper.

»Nichts. Wir haben nur darüber geredet, dass wir unbedingt gewinnen wollen«, log Amy, auch wenn sie sich immer schlechter dabei fühlte.

»Kann ich mir vorstellen. Unser Surferdude sieht vielleicht unschuldig aus, aber genau solche Typen haben mir schon die ganze Schulzeit vermiest. Reiche weiße, verwöhnte Bürschchen, die nie um irgendwas kämpfen mussten.« Er klang überraschend bitter.

Verrückt, dachte Amy, nie wäre sie auf die Idee gekommen, dass irgendwer ein Problem mit Ryan haben könnte. Wahrscheinlich übertrieb Pepper auch ein bisschen, um sich interessanter zu machen.

»Du tust ja gerade so«, bohrte Amy nach, »als hättest du die *Gilmore Girls* in irgendwelchen abgeranzten Wellblechhütten anschauen müssen.«

Pepper erstarrte und blieb so lange stehen, dass der Baron sich schon auf dem Weg zu ihnen machte.

»Tanz weiter, tanz bloß weiter!«, bat Amy, die auf gar keinen Fall als Erste ohne Partner dastehen wollte.

Pepper zog die Augenbrauen hoch, wedelte dann wieder im Takt mit den Händen, aber ohne die Füße zu bewegen, und musterte sie mit einem merkwürdigen kleinen Lächeln.

»Was die *Gilmore Girls* angeht, also ... die hätte ich mir, ehrlich gesagt, freiwillig nie reingezogen.«

»Aber du hast uns doch erzählt ...«

»Ich hab gelogen.« Er lächelte immer noch so merkwürdig. »Weil ich was Nettes sagen wollte. Wenn Matt mit dir über, keine Ahnung, Pudel geredet hätte, wäre mir sicher auch dazu was eingefallen.«

Verblüfft musterte sie Pepper. Sie wusste eigentlich nicht das Mindeste über ihre Mitstreiter. Aber irgendwie mochte sie Pepper und hätte gern mehr über ihn erfahren. Wettkampf hin oder her, schließlich waren die Jungs ja nicht wirklich ihre Konkurrenten.

»Die Serie hast du aber schon angeschaut, oder nicht?«, bohrte sie also nach. »Also warum? Als Liebesbeweis oder war es eine Wette?«

Pepper verzog seine Lippen zu einem spöttischen Grinsen. »Da kommst du nie drauf, aber du darfst noch mal raten.«

»Ich habe keine Ahnung, jetzt sag schon!«

Er drehte sich gekonnt einmal um sich selbst und zog Amy an der Hand mit sich mit. Dabei wurde ihr wieder deutlich, was für ein Riese Pepper war. Ihre Hand ging zweimal in seine und ihr Kopf ragte nur bis knapp oberhalb seiner Brust. Er drehte sie noch mal und tanzte mit ihr so lange schweigend, dass Amy schon dachte, er würde gar nichts mehr sagen. Schließlich räusperte er sich.

»Es war im ...«, Pepper senkte seine Stimme, sodass Amy näher an ihn heranmusste, um ihn durch die laute Musik verstehen zu können. »Also ehrlich gesagt, es war im Jugendknast.«

Offensichtlich hatte Amy ihn so ungläubig angestarrt, dass er schnell hinzufügte: »Okay, Knast ist minimal übertrieben, es war ein Wohnheim für Problemfälle. Aber glaub mir«, er sah sich nach den anderen um und fügte noch leiser hinzu, »ich war schlimmer als ein Problemfall.«

»Du? Ein Problemfall?«, hakte Amy nach, während ihre Gedanken davonpreschten.

War das etwa der Grund, warum man hier eingeladen wurde? Wegen den schlimmen Dinge, die ihnen in der Vergangenheit passiert waren? Ryan war nachts ein anderer Ryan und redete über Mord und Schuld, Pepper hatte offensichtlich etwas angestellt und bei Matt ... nun, bei Matt ging es sowieso nicht mit rechten Dingen zu.

»Was hast du denn getan?«, fragte Amy, doch da klopfte der Baron dreimal auf den Boden und Amy landete wenige Takte später bei Ryan. Ausgerechnet!

Als ob die Strandhams sie quälen wollten, wurde augenblicklich die Musik langsamer, Rumba oder so was. Sie standen sich verkrampft gegenüber und wippten nur mit den Hüften. Schließlich streckte Ryan die Arme aus, schenkte ihr eine große Dosis seines Hundebaby-Lächelns, zog sie an sich und schob sie dann langsam über die Tanzfläche.

»Vergessen wir unsere komische Frühstücksunterhaltung«, sagte er versöhnlich. »Ich bin ein Morgenmuffel. Kann sein, dass ich einfach nicht kapiert habe, was du von mir wolltest.«

Das war wirklich großzügig von ihm, schließlich hatte Amy ihm alles Mögliche unterstellt. Sie musste trotzdem noch ein einziges Mal sichergehen, dass er nicht der Ryan von heute Nacht war, und sie wollte auch nicht lange drum herumreden.

Sie holte tief Luft und fragte: »Wie denkst du über Schuld?«

Verblüfft schob Ryan sie wieder ein Stück von sich weg. »Wie kommst du denn auf *so was?«*

»Ich …« Amy zögerte. »Vergiss es, es war einfach nur ein Gedanke.«

Nein, dachte Amy. Er war es nicht. Aber wer war ihr dann begegnet? War es am Ende eine der Schwestern gewesen? Oder einer der Diener – konnten die sich auch verwandeln? Aber warum sollte Elara sich ausgerechnet als *Ryan* ausgeben, welchen Zweck hätte das?

Ryan schob sie etwas unsanft in eine Drehung, bei der sie sich prompt gegenseitig auf die Füße traten.

»Tut mir leid«, sagten sie beide, dann drehte Ryan sie noch einmal und diese Drehung lief viel besser. Mutig geworden, wirbelte er sie gleich noch zweimal herum, dabei rempelten sie erst Pepper und dann Lilja an, die ihnen den Mittelfinger zeigte.

»Du mich auch«, murmelte Ryan. »Oh Mann, diese Tussi nervt einfach nur, hoffentlich wird sie nicht die Ballkönigin. Shana hätte eine wie die zum Frühstück verspeist!«

»Shana?«, fragte Amy neugierig. »Wer ist denn Shana?«

Ryan schnitt eine Grimasse. »Ist mir so rausgerutscht, aber … na ja, eigentlich ist es auch kein Geheimnis, dass ich nur wegen ihr hier bin.«

»Bisher hast du sie mir gegenüber aber nie erwähnt.« Sie dachte wieder an die letzte Nacht.

»Wenn wir alle zusammen sind, versucht doch eh jeder

nur, die andern zu beeindrucken.« Ryan lächelte wieder, doch dieses Mal sah es etwas ernster aus. »Ich natürlich auch, schließlich will ich ja gewinnen.«

»Wegen dieser Shana?«, hakte Amy nach und dachte an Sunny. Für eine Sekunde hatte sie die Vision, dass er wie sie nur deshalb auf Kallystoga war, weil Shana früher am Alabasterball teilgenommen hatte und nun von hier verschwunden war.

»Yep«, sagte er. »Aber ich habe sie immer nur *Bee* genannt. Kennst du Liebe auf den ersten Blick?«, fragte er und sah ihr in die Augen. Blau und grau. Eindeutig.

Amy dachte an Jonas, der Einzige, in den sie jemals verliebt gewesen war. »Ich glaube, ich brauche immer ein bisschen länger ...«, meinte Amy und fügte dann trocken hinzu, »also mindestens zwei oder drei Blicke.«

Ryan lächelte, während er sie weiter vor sich her durch den Ballsaal schob.

»Verstehe. Also bei mir war es Liebe auf den ersten Blick. Kannst du dir vorstellen, dass ich mich schon im Kindergarten in sie verliebt habe?« Er schob Amy ein kleines Stück von sich weg und suchte ihren Blick. »Jetzt hältst du mich für ein Weichei, oder?«

»Nein, gar nicht«, sagte Amy. »Ganz im Gegenteil, ich finde es cool, dass du zu deinen Gefühlen stehen kannst. Bitte erzähl weiter.«

»Ich weiß noch genau, wie ich sie das erste Mal gesehen habe. Sie sah so zerbrechlich aus mit den rotblonden Locken und ihrer kleinen Nase«, er zeigte einen winzigen Abstand mit den Fingern, »und sie hatte den tollsten

Schmollmund, den du dir nur vorstellen kannst. Sie saß auf der Schaukel und wollte, dass ich sie anschubse. Gott, ich hätte Bäume ausgerissen, wenn sie gewollt hätte! Also habe ich sie angeschubst, ganz sanft. Aber ihr war das zu lasch, sie wollte, dass ich sie ...«, Ryan griff Amy ganz unvermittelt an die Hüfte und wirbelte sie um sich herum, »höher und höher schwingen sollte, also hab ich mich echt angestrengt.« Er setzte Amy wieder auf der Tanzfläche ab und keuchte etwas. »Na ja, und als ihre Schaukel fast am Überschlag war, ist sie am höchsten Punkt runtergesprungen. Mit Absicht.«

»Mutig«, sagte Amy, die sich gerade erst von dieser spontanen Pirouette erholt hatte.

Sie dachte an Sunny, vor der war auch kein Klettergerüst sicher gewesen. Ihre Schwester hatte immer so viele blaue Flecken gehabt, dass ihr Dad sie kopfschüttelnd nur noch *Sunnyblue* genannt hatte. Daran hatte Amy schon so lange nicht mehr gedacht. Aber als sie jetzt vor ihrem inneren Auge ihren Dad sah, wie er ihre kleine Schwester ausschimpfte, schnürte es ihr die Kehle zu. Sie nickte Ryan zu, in der Hoffnung, dass er einfach weiterreden würde.

»Nachdem man Bee verarztet hatte, hat sie eine Standpauke bekommen und dabei kackfrech behauptet, dass das alles nur passiert wäre, weil ich sie viel zu fest angeschubst habe und sie sich nicht mehr festhalten konnte.«

»Ziemlich durchtrieben.« Amy nickte zu Lilja hinüber. »Eigentlich klingt das sogar ganz nach ihr!«

Entrüstet verdrehte Ryan die Augen. »Never! Ich kann mir jedenfalls nicht vorstellen, wie Lilja mir ein Küsschen auf die Wange gibt und sagt, ich wäre ihr Held, weil ich ihr geholfen hätte, in den Himmel zu fliegen, oder?«

Jetzt mussten sie beide lachen, denn Lilja drehte sich gerade wieder betont anmutig vor Jaspia und dem Baron umher und ignorierte ihren Partner dabei völlig.

»Na ja, ich habe es leider erst in der Highschool geschafft, sie als Freundin zu gewinnen, und auch nur, weil ich wegen ihr mit dem Surfen angefangen habe. Danach waren wir viele Monate unglaublich glücklich und ... ich vermisse sie jeden Tag.« Seine Stimme fing an zu zittern. »Shana ist nämlich tot, weißt du? Und deshalb ...«

Der Baron klopfte mit dem Stock, wieder wechselte die Musik. Diesmal wurde sie schneller.

»Sorry«, sagte Ryan, als er sich von ihr löste. »Shit, tut mir leid, ich wollte dir das eigentlich gar nicht alles erzählen.«

»Schon gut«, brachte Amy gerade noch raus, als Lilja neben ihr auftauchte.

»Mach dich vom Acker«, pflaumte sie Ryan an und baute sich mit einer ironischen Verbeugung vor Amy auf. Dann zog Lilja sie herrisch an sich.

Amy versuchte, ihrer Umklammerung zu entkommen, aber Lilja hatte Arme wie Drahtseile. Sie begann, mit ihr diagonal durch den Saal zu fegen. Amy geriet völlig außer Atem, während es Lilja nichts auszumachen schien.

»Was habt ihr denn so Ergreifendes besprochen?«, fragte Lilja mit offensichtlicher Neugierde. »Ryan sah aus, als würde er gleich Rotz und Wasser heulen.«

»Es war bloß Mitleid, wir haben deine Aussichten auf den

Königstitel diskutiert«, keuchte Amy, die Ryan auf keinen Fall Lilja zum Fraß vorwerfen wollte.

»Dann hättest ja eigentlich du heulen müssen.« Lilja schwenkte Amy mit einem Ruck um und galoppierte mit ihr zurück.

»Warum bist du eigentlich so sicher, dass du gewinnst?«, fragte Amy.

Lilja verdrehte die Augen. »Weil ich gut bin und weil ich reich werden will, ganz einfach.«

Amy erinnerte sich daran, dass Lilja nicht den türkisen Umschlag, sondern einen grünen genommen hatte. Ihr Wunsch würde also das Leben von Menschen, die sie liebte, verbessern. Das war mit Geld natürlich schon möglich.

»Du hältst mich für eine ziemlich hohle Nuss, oder?«

Amy fühlte sich ertappt und versuchte, das mit einem breiten Lächeln zu kaschieren. »Nee, nicht hohl, nur extrem ehrgeizig.«

Die Musik wurde lauter und deutlich schneller. Nach und nach spürte Amy, wie die Erschöpfung sich in ihr breitmachte.

»Ich bin eben ehrlicher als ihr alle«, keuchte Lilja. Auch sie wirkte angestrengt. »... und tue nicht so, als wollte ich mit meinem Gewinn die gesamte Menschheit retten.« Sie riss Amy in die nächste Drehung.

Das Klopfen des Barons befahl einen Wechsel und Lilja ließ sie mittendrin los, sodass Amy aus dem Gleichgewicht geriet, stürzte und sogar ein Stück durch den Saal schlidderte. Dabei verlor sie einen Schuh, der in die andere Richtung segelte.

Alle starrten sie an und hofften wahrscheinlich, dass sie ausscheiden würde. Aber das würde sie nicht! Amy beeilte sich aufzustehen, was nicht leicht war, weil ihre vom nächtlichen Sturz noch etwas malträtierten Knie nicht ganz mitspielten. Amy biss die Zähne zusammen, versuchte es noch mal, und als ihr jemand die Hand hinstreckte, griff sie dankbar zu.

Es war Matt; er zog sie hoch und eng an sich heran, dann schob er sie beide über die Tanzfläche, in Richtung von Amys Schuh.

»Hi, Aschenputtel«, sagte er mit einem kleinen Lächeln, als wäre sie nicht gerade die Lachnummer für alle gewesen. »Das sah eben sehr gekonnt aus.«

»Sehr witzig!« Amy rang noch immer nach Luft und zitterte. Er zog sie fester an sich und das half ihr, sich zu stabilisieren. So eng in seinem Arm konnte sie trotz ihrer Aufregung den Duft seiner Haut riechen. Er erinnerte sie an etwas, an etwas sehr Angenehmes, aber sie kam nicht darauf, was es war.

»Tanz weiter«, raunte Matt, als sie bei ihrem Schuh angekommen waren. Er ging in einer fließenden Bewegung vor ihr in die Hocke, packte den Schuh und zog ihn Amy über. Das Knöchelriemchen war abgerissen, egal, dann musste es eben ohne gehen.

»Danke«, sagte sie aus tiefstem Herzen und konnte jetzt erst recht nicht mehr glauben, was Millie vorhin behauptet hatte. Matt verhielt sich wie der perfekte Gentleman. Und ihr fiel auch ein, was für ein Duft das war, der von Matt ausging. Gebrannte Mandeln! Das war es!

»Keine Ursache«, antwortete er und dann tanzten sie ein wenig auf der Stelle. Dafür war Amy ihm dankbar, denn es gab ihr etwas Zeit, sich zu erholen. Als sie über seine Schulter blickte, merkte sie, dass Jaspia sie genau beobachtete. Und dabei kam es Amy so vor, als wäre der Thron näher gekommen, aber wahrscheinlich war sie einfach nur vom Sturz durcheinander.

»Was ist das eigentlich für ein Ring, den du da trägst?«, wollte Matt wissen, während er sie wieder sachte durch den Saal führte.

»Er ist mein ... Glücksbringer.«

»Glücksbringer? Hm.« Matt runzelte die Stirn. »Diese Rose kommt mir aber irgendwie bekannt vor. Oder ist es das Perlenmuster?«

»Ach was, den Ring hab ich vom Weihnachtsmarkt«, erklärte Amy schnell. »Wahrscheinlich gibt's die überall in Europa.« Sie räusperte sich und fragte, um ihn davon abzulenken: »Was machst du eigentlich so, wenn du nicht an einem Ball im Nirgendwo teilnimmst? Zu Hause in Dublin, meine ich?«

»Na ja«, setzte Matt an. »Gerade hänge ich eigentlich nur so rum. Konnte mich nach der Schule noch nicht entscheiden, was ich machen will ... was meine Mum natürlich hasst.«

»Und dein Vater?«, fragte sie.

»Der dreht sich wahrscheinlich im Grab um.« Das kam so trocken, dass Amy erst im zweiten Moment verstand, was er damit sagen wollte.

»Mein Vater ist auch schon tot«, sagte sie dann voller

Mitgefühl und hätte sich ohrfeigen können. Schon wieder ein Fehler, Loreleys Eltern erfreuten sich bester Gesundheit. Tanzen und lügen gleichzeitig war gar nicht so einfach.

Matt wurde sofort ernst. »Oh, das tut mir leid. Was ist passiert?«

»Ein Unfall«, sagte Amy, während die Musik um sie herum eine Spur lauter wurde.

»Und wie alt warst du da?«

»Ich war neun und meine Schw...« Amy biss sich fast auf die Zunge. Hattest du heute nicht schon genug Ärger!, ermahnte sie sich. »Und dein Vater?«

»Ich habe ihn nie kennengelernt«, gestand Matt. »Er ist schon vor meiner Geburt gestorben.«

»Wie traurig.« Sie mochte sich gar nicht vorstellen, wie es wäre, wenn sie ihren Dad nie kennengelernt hätte und sie nie von ihm umarmt und getröstet und angefeuert worden wäre. Wirklich kein Wunder, dachte Amy, dass Matt manchmal so wehmütig wirkte.

Das Klopfen des Barons trennte sie. Amy sah Matt bedauernd hinterher und fand sich Millie gegenüber. Auf die hatte sie jetzt wirklich gar keine Lust. Und Millie sah immer noch so verdammt taufrisch aus. Dagegen fühlte sich Amy nach ihrem Sturz schon ziemlich müde. Außerdem schlappte sie ständig aus dem Schuh ohne Riemchen.

Mit kleinen Hüftbewegungen tanzte Millie um sie herum. Sie sah mit einem Mal ziemlich ernst drein und sagte etwas, das Amy bei der immer lauter werdenden Musik nicht mehr verstehen konnte.

»Du musst lauter sprechen!«, rief Amy und überlegte, ob sie nicht einfach beide Schuhe ausziehen sollte. Niemand hatte das verboten. Kurz entschlossen, bückte sie sich, löste das Riemchen vom unversehrten Schuh und schleuderte dann beide Schuhe von sich.

Pepper kommentierte Amys nackte Füße mit einem durchdringenden bewundernden Pfiff, woraufhin Millie sich an die Stirn tippte. »Idiot.«

Amy lugte zu dem Baron und Jaspia, deren Thron ihr jetzt halb so groß wie der Ballsaal erschien. Glücklicherweise war Jaspia das mit den Schuhen offensichtlich egal – auf ihren Lippen lag sogar ein kleines, zufriedenes Lächeln.

Da tanzte Millie näher an sie heran und beugte sich dann dicht an Amys Ohr, um mit ihr zu reden. »Irgendwas stimmt hier nicht!«, brüllte sie.

»Wie meinst du das?«, rief Amy zurück.

Millies Gesicht wurde immer blasser. »Schau doch mal. Die Tanzfläche ist kleiner geworden.«

Was für ein Unsinn!, dachte Amy. Millie hörte wahrscheinlich wirklich die Flöhe husten, trotzdem schaute sie sich um.

Tatsache! Durch den Sturz und den Verlust ihres Schuhs war Amy entgangen, dass der Ballsaal nicht länger unendlich wirkte, sondern nur noch so groß wie ein Gymnastikraum war. Dadurch war auch Jaspias Thron viel näher an sie herangerückt, was erklärte, warum er Amy so viel größer vorgekommen war.

»Wer aufhört zu tanzen, scheidet aus!«, erinnerte der Baron sie mit dröhnender Stimme. »Egal, was passiert!«

»Egal, was passiert?«, wiederholte Millie. »Was meint er denn damit?«

Kaum hatte sie das gesagt, sackte Millie schlagartig nach unten weg. Sie verschwand vor Amys Augen, nur ihre verzweifelten Schreie, die konnte sie noch hören.

17

Adrenalin durchflutete Amys Körper, ihr Herz raste und jede Faser ihres Körpers zitterte. Der Boden unter ihnen hatte sich aufgetan, er bestand nur noch aus einer Holzkonstruktion von quadratisch angeordneten schmalen Brettern, halb so breit wie Schwebebalken. Unter den Balken gähnte schwarz das Nichts. Millie klammerte sich an Balken gegenüber von Amy gerade noch so fest und schrie wie am Spieß. Nach der ersten Schrecksekunde balancierte Amy sofort vorsichtig zu Millie, um ihr zu helfen. Doch dazu musste sie um eine Ecke, um auf Millies Seite zu kommen. Denn so nah sie sich auch gewesen waren, nun klaffte ein Loch zwischen ihnen.

»Ich kann mich nicht mehr lange festhalten!«, brüllte Millie mit angstverzerrter Miene zu Amy hin.

»Tanzen Sie gefälligst alle weiter!«, rief der Baron.

Wie sollte man da noch an Tanzen denken? Sie konnten doch Millie nicht einfach so in den Tod stürzen lassen!

Amy versuchte, sich etwas schneller zu Millie hinzubewegen. Ein Fehler! Sie taumelte, schrak zusammen und blickte unwillkürlich nach unten. Nichts – nur Finsternis, der ein

Geruch von Algen entstieg. Sie bildete sich ein, so etwas wie Wasserklatschen zu hören. Amy schauderte. Trotz Millies Schreien musste sie sich vorsichtiger bewegen, sonst würde sie noch vor Millie abstürzen.

»Tanzen Sie weiter!«, kommandierte der Baron wieder. »Nicht aufgeben!«

Idiot, murmelte Amy, während sie sich verbissen zu Millie vorkämpfte. Doch beim Näherkommen wurde ihr klar, dass sie ihr allein auf keinen Fall hochhelfen konnte. »Hilf mir!«, rief sie zu Lilja, die etwas entfernt auf Millies anderer Seite stand.

»Kann ich nicht«, rief Lilja zurück. »Wirklich nicht!«

Liljas Stimme zitterte so stark, dass Amy genauer zu ihr hinsah und merkte, dass Lilja trotz der unentwegten Befehle des Barons nicht mehr tanzte, sondern stocksteif war und hektisch atmete. Ganz klar: Lilja stand unter Schock.

»Mademoiselle Lilja, Ihre Punkte sind in Kürze ganz aufgebraucht. Tanzen Sie!«, donnerte der Baron.

»Versuch, tief zu atmen, Lilja«, kommandierte Amy, ganz automatisch, wie sie es beim DLRG gelernt hatte. »Halt dir die Hände vor den Mund und atme in sie hinein.«

Aus den Augenwinkeln sah Amy, dass Lilja ihren Anweisungen wie in Zeitlupe nachkam.

Sie selbst arbeitete sich weiter zu Millie vor und war froh, dass sie die Balken direkt unter ihren nackten Sohlen besonders gut spüren konnte, so hatte sie viel mehr Halt als in den glatten Tanzschuhen.

Als sie es endlich zu Millie geschafft hatte, kniete Amy sich hin.

»Will mir hier echt keiner von euch helfen, oder was?«, rief Amy in die Richtung der Jungs, die sie aus der Position nicht richtig erkennen konnte. Überall um sie herum bewegten sich bloß Silhouetten. »Was seid ihr nur für Arschlöcher?«, brüllte sie gegen die Musik an und diese Wut gab ihr Kraft. Entschlossen lehnte sich Amy nach vorne.

»Ich kann mich nicht mehr halten!«, schrie Millie, ihre linke Hand rutschte Finger für Finger ab. Amy schaffte es gerade noch, sie zu erwischen. Einen Moment später merkte sie, dass jemand sich neben sie kniete.

»Im Balancieren bin ich gut«, sagte Ryan mit angestrengter Stimme. »Das kommt vom Surfen! Los. Auf drei!« Zusammen gelang es ihnen, Millie hochzuhieven, an Tanzen war aber nicht mehr zu denken. Die Musik, die immer weiter laut durch den kleinen Raum gedröhnt hatte, wurde endlich leiser, sodass Amy nun Jaspia applaudieren hörte.

Die hat sie doch nicht mehr alle, dachte Amy, als sie zu der Strandham-Schwester hinübersah. Ihr Thron schwebte nun regelrecht in der Luft, als ob Jaspia Strandham sich damit ganz offen zu ihrer Magie bekennen wollte. Amy sah, dass auch Pepper, Lilja und Matt den Thron ungläubig anstarrten.

»Was zum Teufel ...?«, fragte Pepper, während Jaspia immer noch freudig klatschte. Aber es entging Amy nicht, dass die Strandham-Schwester Matt dabei immer mal wieder missbilligend anfunkelte. Dann jedoch zeigte Jaspia auf Lilja. »Sie sind draußen, alle anderen dürfen trotz dieser kleinen Unterbrechung weitertanzen.«

Im selben Moment schob sich der Boden mit einem Ruck

von unten wieder hoch wie ein Fahrstuhl. Nun war er eine plane Fläche und sie befanden sich erneut in dem prächtigen Ballsaal mit den Kristallleuchtern und Kerzen und allem Glanz. Auch die Musik, die bis eben modern und schnell gewesen war, machte einen Zeitsprung zurück zum klassischen Walzer.

In Amy bebte noch immer alles und sie musste sich ständig vergewissern, dass der Boden unter ihren Füßen wirklich da war. Sie sah sich nach den anderen um, alle wirkten blass und verunsichert und Millie schlotterte mehr, als dass sie tanzte. Instinktiv bewegte sie sich zu ihr hin, um sie in den Arm zu nehmen, aber kurz bevor sie Millie erreicht hatte, kam Pepper ihr zuvor. Er legte einen Arm um sie und drehte sich mit ihr im Walzerschritt davon.

Dafür kamen Ryan und Matt gleichzeitig auf Amy zu. Kurzerhand reichte sie beiden Jungs ihre Hände, denn es durfte ja keiner allein bleiben.

»Was war das denn für eine krasse Indiana-Jones-Nummer gerade?«, fragte Ryan. »Wie ist so was nur möglich?«

»Magie«, presste Amy hervor. »Genau, wie Morina Strandham es gesagt hat. Aber versteht einer von euch, warum sie ihre Kandidaten so quälen?«

»Offensichtlich wollen sie, dass der Ballkönig und seine Ballkönigin bereit sind, wirklich über Leichen zu gehen«, schlug Ryan vor.

Da erinnerte Amy sich daran, wie die drei Schwestern in der Nacht gesagt hatten, dass es schade wäre um eine von ihnen.

Es war zum Verrücktwerden – sie verstand einfach nicht,

was hier vor sich ging, sosehr sie auch darüber nachgrübelte. Wozu diente dieser ganze Zirkus, was wollten die Schwestern wirklich? In der Nacht hatten sie von Gewinnern und Auserwählten gesprochen ... Diese mächtigen Schwestern brauchten also etwas von ihnen, und zwar bevor der Ball zu Ende war. Aber warum mussten sie dazu so eingeschüchtert werden?

»Ich glaube, ihr übertreibt ein bisschen«, sagte Matt mit einem Lächeln, aber Amy, die ihm gerade gegenüberstand, merkte, dass es seine Augen nicht erreichte. »Ich denke, hier geht niemand über Leichen, man will nur sehen, wie ernst es uns ist.«

»Millie wäre eben beinahe draufgegangen, das war nah dran!«, regte sich Ryan auf. »Findest du das zum Lachen?«

»Nein«, meinte Matt. »Nein, das ist nicht zum Lachen. Tut mir leid. Lasst uns einfach tanzen, bringen wir es hinter uns, wir *Athleten Gottes*. Vielleicht haben wir ja Glück und der Nächste macht bald schlapp.«

»Meine Kondition ist hervorragend«, knurrte Ryan kämpferisch.

Ein paar Minuten tanzten sie schweigend. Diese Runde könnte ich gewinnen, überlegte Amy, während sie Millie musterte, die sich tapfer bewegte, aber immer noch totenbleich war.

Der Walzer ging in einen schnellen griechischen Sirtaki über und Amy stöhnte. »Den tanzt man zusammen«, sagte sie. »Schnell!«

Hastig legte Amy ihren linken Arm um Ryans und den rechten um Matts Taille und zog die beiden tanzend zu Millie und Pepper, denen sie bedeutete, sich ihnen anzuschließen. Schließlich bildeten sie eine Reihe und tanzten gemeinsam vor und zurück, dann nach rechts und links, auch als die Musik immer schneller und schneller wurde. Amys Puls trommelte in ihren Ohren, Schweißtropfen rannen ihr über die Wange und Amys linke Seite fing an zu stechen. Gemeinsam bewegten sie sich vor und zurück, immer wieder und wieder. So anstrengend es auch war, keiner würde zuerst das Handtuch werfen.

Der Sirtaki war noch nicht an seinem Höhepunkt angelangt, als schlagartig alles Licht verlosch.

»Nicht schon wieder«, stöhnte Pepper und brachte den Rhythmus von allen durcheinander, weil er offensichtlich stehen geblieben war. Ihre Kette riss. »Scheiße, ich sehe nichts!«

»Weitertanzen!«, kommandierte Matt. »Bloß nicht aufhören!«

Er hielt Amy weiter umfasst und zwang sie sanft in einen langsamen Ausfallschritt nach vorne.

»Monsieur Pepper!«, rief der Baron, »Sie sind draußen, bitte verlassen Sie jetzt den Ballsaal!«

Da wurde es etwas heller, gerade so, dass man seine Hand wieder vor Augen sehen konnte.

»Soll das ein Witz sein?« Pepper stampfte wütend mit den Füßen auf, wurde aber im selben Moment von vier Dienern aus dem Ballsaal gezerrt. »Das ist mit Abstand der beschissenste Wettkampf aller Zeiten!«, brüllte er. »Das ist doch ...« Seine Worte verhallten, dann verstummten sie ganz.

»Weitermachen«, sagte Matt und fing an, seine Hüften hin

und her zu schwingen, als ein neuer Song begann. Schnell wurde die Musik unerwartet rockig, Amy fühlte sich davon wie gepeitscht. Keine Chance, dass sie noch länger durchhielt, ihre Beine taten weh und die Erschöpfung kroch ihr in alle Glieder. Nicht drüber nachdenken – es war einfacher, sich im Rhythmus zu bewegen, als dagegen anzukämpfen.

Plötzlich strömte von oben ein Schwall frische Luft herein, instinktiv sahen alle hoch.

»Was zum ...«, stieß Ryan hervor und auch von Millie ertönte ein schwacher überraschter Laut.

Der Ballsaal hatte sich zu einem fast schon dunklen Himmel geöffnet, einige Sterne blinkten im tiefblauen Türkis. War es bereits Nacht? Verdammt, wie lange tanzten sie denn dann schon?

»Unmöglich«, keuchte Amy und warf den anderen fragende Blicke zu.

Sie lösten sich voneinander, bewegten sich aber zusammen weiter.

Wieder blickte Amy nach oben. Nein, das waren gar keine Sterne, erkannte sie, das waren diese glitzernden Tautropfen. Das Netz, das sie gestern beim Menuett mit Asmarantha gewebt hatten! Es hatte genau dieselben schwarzen Löcher und schwebte zitternd zu ihnen herab. Die vermeintlichen Tautropfen entpuppten sich als Ketten winziger Glühbirnchen, die den Ballsaal nun wieder sehr viel heller machten.

»Alles hat Konsequenzen!«, donnerte der Baron. »Tanzen Sie – jedoch tanzen Sie mit aller *Würde*. Jeder Schritt sollte gut gewählt sein und muss Leben bewahren, statt es zu vernichten. Das wird mit Punktabzug bestraft!«

»Was soll *das* denn jetzt wieder?« Millie atmete schwer, war aber nicht mehr so blass. Sie warf Amy einen fragenden Blick zu, im selben Moment fing es an, dicke schwarze Tropfen zu regnen.

Sehr dicke, seltsam warme, seltsam lebendige Tropfen.

Ryan schrie zuerst. »Das sind Spinnen! Verdammt, es regnet Spinnen!«

Es stimmte: Aus den schwarzen Löchern, den Fehlern, die sie gestern ins Netz gewebt hatten, fielen unablässig Spinnen vom Himmel. Schwarze, schwarz-gelb gestreifte, sehr große behaarte, aber auch kleinere.

Amys Mund wurde trocken. Sie hatte zwar keine Angst vor Spinnen, aber es fing trotzdem an, sie zu kribbeln, und an ihren nackten Füßen kitzelten überall die Härchen vorbeihuschender Spinnen.

Auch die anderen waren in heller Aufregung, Millie starrte angeekelt auf ihre Füße und Matt wirkte wütend, während er sich konzentriert im Raum umsah.

Ryan dagegen drehte sich wie ein wahnsinniger Derwisch um sich selbst, dabei schüttelte er sich und schrie, als müsste er jeden Moment sterben.

Amy tanzte zu ihm hin, um ihm zu helfen, aber jedes Mal, wenn sie einen Schritt in seine Richtung machte, saß schon eine Spinne vor ihrem Fuß und zwang sie, einen anderen Weg zu nehmen.

Jeder Schritt soll Leben bewahren, erinnerte sie sich an die Worte des Barons. Also versuchte Amy, über die Spinnen in eine Lücke zu springen, aber die achtbeinigen haarigen Krabbeltiere bevölkerten inzwischen jeden Millimeter des Bodens, und je mehr sie sich Ryan näherte, desto mehr Spinnen zwängten sich zwischen sie.

Ryan schrie nicht mehr, sondern japste nur noch, als würde er gleich einen Herzinfarkt erleiden.

»Ich komme zu dir!«, rief Amy über die Musik hindurch, die nun wieder lauter wurde. »Ryan, halte durch!«

Doch es war zu spät. Er kippte um, wurde ohnmächtig, bevor sie ihn erreicht hatte. Er fiel der Länge nach auf den Boden und Amy fürchtete, dass er dabei auch die ein oder andere Spinne zerquetscht hatte.

»Monsieur Ryan ist damit ausgeschieden!«, verkündete der Baron lapidar.

Amy kochte vor Wut. »Dann holen Sie ihn hier raus! Das ist menschenverachtend, was sie da treiben!«, brüllte Amy. Sie kniete sich neben Ryans bewusstlose Gestalt, um seinen Puls zu fühlen. Dazu musste sie etliche Spinnen zur Seite schieben und es kostete sie sehr viel Beherrschung. Dieses haarige Kribbelkrabbel fühlte sich schrecklich an, selbst wenn man keine Angst vor Spinnen hatte. Sie unterdrückte ein Schaudern und konzentrierte sich nur auf Ryan. Sie wurde zwar nicht schlau aus ihm – aber so etwas hatte keiner von ihnen verdient.

Er war bewusstlos, aber sein Puls raste. Wie Lilja zuvor hatte auch er einen schweren Schock. Sie packte seine Beine, lehnte sie gegen ihre Schultern und versuchte, sich dabei im Takt zu bewegen.

»Er muss hier raus!«, rief sie wieder und überlegte, wie sie das anstellen konnte, wenn ihr schon niemand half. Sie sah sich nach den anderen um, Millie nahm stoisch und im

Takt der Musik die Spinnen von ihrem Körper und tanzte mit Matt und verschwendete offensichtlich keinen Gedanken daran, ihnen zu helfen. Bevor Amy Matt Hilfe suchende Blicke zuwerfen konnte, schlug Ryan schon die Augen auf.

»Alles wird gut!«, sagte Amy schnell, doch da verdrehte er seine Pupillen so, dass nur noch das Weiß zu sehen war. Dann fielen ihm endgültig die Augen zu.

Sekunden später kamen die Diener mit einer Trage herein und transportierten Ryan ab. Sie waren noch nicht draußen, da schloss sich das Dach, während die Spinnen zum Jadethron schwebten und von dort verschwanden, so spurlos, als hätte es sie nie gegeben. Nun sah der Ballsaal wieder genauso aus, wie ihn Amy das erste Mal gesehen hatte.

Und als wollte die Musik den Eindruck von Harmlosigkeit noch unterstreichen, wurde etwas Mittelalterliches mit Harfe und Flöten gespielt.

Amy atmete auf und versuchte, sich zu beruhigen.

Doch kaum hatte sich ihr Herzschlag ein bisschen normalisiert, da bewegte sich der Boden schon wieder mit einem leisen Sirren wie ein Fahrstuhl nach unten. Die Wände um sie herum veränderten sich, wurden rauer, und als der Boden mit einem dumpfen Rumpeln zum Stillstand kam, befanden sie sich mit einem Mal in einem Raum, der so wirkte, als hätte man ihn mit groben Schlägen in eine Felsgrotte gehauen. Die kleine Tanzfläche wurde von einem Ring aus Feuer begrenzt. Die Flammen bildeten einen unruhigen, taillenhohen Zaun, der den gesamten Raum mit flackernder Hitze auflud.

»Wenn eine von euch endlich aufgeben würde, könnten wir Schluss machen«, knurrte Matt.

»Nur über meine Leiche!«, gab Millie zurück, aber sie schielte immer wieder unruhig zu den Flammen, als wären das unberechenbare Ungeheuer.

»Komisch, dass ausgerechnet *du* das sagst!«, zischte Amy und schüttelte den Kopf. Immerhin wäre Millie eben beinahe Gott weiß wohin gestürzt. Aber vielleicht hatte ja genau das in Millie so ein Jetzt-erst-recht-Gefühl geweckt. Denn das fühlte Amy auch. Auf gar keinen Fall wollte sie ausscheiden.

»Denken Sie daran, dass niemand allein bleiben soll!«, donnerte der Baron und die steinernen Wände verzerrten seine Stimme zu einem grausamen Echo.

Matt lief auf sie zu – so als hätte er sie als Partnerin auserwählt, doch bevor er ihre Hand noch greifen konnte, versetzte Millie Amy einen gewaltigen Stoß mit dem Ellenbogen.

Amy schrie auf. Sie verlor das Gleichgewicht, geriet ins Schlingern und trudelte unaufhaltsam auf den Rand aus Feuer zu. Sie versuchte, sich zu fangen und abzubremsen, und schaffte es erst in letzter Sekunde, als die Hitze des Feuers sie schon zu verbrennen drohte. Millie hatte sie ja wohl nicht mehr alle!

Zornig rappelte sie sich hoch, um Millie zur Rede zu stellen, doch hinter ihr roch es angekokelt. Nein! Hastig blickte Amy über ihre Schulter und erstarrte. Verdammt, sie war doch zu nah dran gewesen, ihr Kleid hatte Feuer gefangen, das sich nun ausbreitete! Oh Gott, was jetzt? Amy sah sich panisch nach den anderen um.

Millie blickte sie mit aufgerissenen Augen an und hatte aufgehört zu tanzen. »Nein«, stöhnte sie.

»Millie, hilf mir!«, rief Amy, doch Millie war wie versteinert.

»Matt!«, schrie sie dann und drehte ihm panisch ihren Rücken zu, damit er verstand, was hier los war. Aus den Augenwinkeln sah sie, wie Matt sein Jackett auszog und auf sie zurannte. Er schleuderte es über sie, warf sie mit sich zu Boden und rollte dann zusammen mit ihr hin und her. Amys Herz raste und das Pochen in ihren Ohren steigerte sich zu einem bösartigen Crescendo, als die Hitze trotzdem immer noch schrecklicher wurde. Es fühlte sich an, als hätte sich das Feuer bis zu ihrem Rücken hindurchgefressen.

»Wasser, Millie, wir brauchen Wasser!«, hörte sie Matt rufen, doch Millie stand bloß wie angewurzelt da und starrte Amy an, als wäre das alles nur ein Film, als wäre sie nicht mittendrin. »Wir müssen deine Haut kühlen, und zwar jetzt gleich!«, schrie Matt wieder mit nackter Panik in der Stimme.

»Der heutige Tanzwettkampf ist damit entschieden!«, donnerte da die Stimme des Barons durch den Saal und Amy wollte lachen, aber aus ihrem Mund kam bloß ein seltsam jaulendes Ächzen.

Alles Licht verlöschte und endlich verschwand auch die beißende Hitze, die sich eben noch so furchtbar in Amys Rücken ausgebreitet hatte.

Es ist vorbei, dachte Amy und ließ sich erschöpft in Matts Arme sinken. Es soll einfach nur vorbei sein. Sie war müde und wollte nach Hause. Jetzt gleich.

»Alles wird wieder gut«, flüsterte Matt und streichelte beruhigend ihre Hand.

Mit einem schweren Ruck und einem klackenden Geräusch wurde es schlagartig wieder hell. Sie waren zurück im Ballsaal.

Matt löste sich vorsichtig von Amy und schaute sie drängend an. »Geht es dir gut?«

»Mademoiselle Camille, Sie hätten es beinahe geschafft, doch leider wird das, was Sie Miss Loreley angetan haben, ein Nachspiel haben. Miss Loreley, Sie haben trotz Ihrer unbedachten Aktionen noch zehn Ihrer Punkte behalten und Monsieur Matthew hat sogar noch dreißig seiner Punkte, die Gewinner dieser Runde stehen also fest!«, gab der Baron bekannt. »Demoiselle Loreley und Monsieur Matthew.«

»Gratuliere zum Sieg«, flüsterte Amy Matt zu und sah dann zu Millie, die immer noch dastand wie ein Ölgötze.

»Es tut mir leid«, flüsterte Millie, löste sich endlich aus ihrer Starre und floh geradezu aus dem Saal. Wortlos und völlig erschöpft, sah Amy ihr hinterher.

Sie hatte es also auf lächerliche zwanzig Punkte geschafft. Damit würde sie niemals Ballkönigin. Egal, wie sehr sie sich anstrengte und was sie auch tat, es reichte einfach nicht!

18

Amy betrat als Letzte den schwarz-weiß gefliesten Saal, in dem das Abendessen gereicht wurde. Schließlich hatte sonst niemand eine Brandblase am Rücken mit Salbe kühlen müssen. Am liebsten hätte Amy in ihrem Zimmer nur ein Sandwich gegessen, aber Elara hatte ihr versichert, dass dies zu Punktabzügen führen würde, denn das Sozialverhalten würde auch eine Rolle spielen.

Welches Sozialverhalten?, hatte Amy gedacht. Alle bis auf Ryan und Matt hatten sich heute wie Monster verhalten. Und Elara hatte ihr erzählt, dass jeder, der ausgeschieden war, ihnen auf einem Videomonitor beim Weitertanzen hatte zuschauen dürfen. Als wäre man eine Ratte bei einem Laborexperiment. Wenn Sunny nicht wäre, dann wäre Amy heute Nacht noch abgehauen, tödliche Strömungen hin oder her.

Stattdessen lief sie nun zu dem langen ovalen Tisch. Sie fühlte, dass die anderen sie musterten, aber keiner fragte, wie es ihr ging.

Also blieb Amy neben dem kalten Büfett an der Längsseite der Wand stehen, aus dessen Mitte eine große, blau gefärbte Eisskulptur emporragte, die einen Schmetterling im Flug darstellte. Dann hielt sie es nicht mehr aus und drehte sich zu den anderen um. »Ja«, sagte sie laut. »Danke der Nachfrage, ja, mir geht es ganz großartig!« Damit drehte sie sich wieder zum Büfett und musterte die rosafarbenen Krabben, die zu Blumen arrangiert waren.

Wozu veranstalteten sie eigentlich dieses unehrliche Getue, dachte Amy, die sich auf Elaras Drängen hin in ein Cocktailkleid gezwängt hatte. Inzwischen müsste doch auch den anderen klar sein, dass nichts auf dieser Insel so war, wie es zu sein schien, und dass es bei diesem Wettbewerb nicht mit rechten Dingen zuging.

Amy setzte sich zwischen Ryan und Pepper und gegenüber von Matt, der wiederum zwischen Lilja und Millie platziert war. Der Baron saß wie immer am anderen Kopfende. Er räusperte sich.

Als Amy zu ihm hinschaute, merkte sie aus den Augenwinkeln, dass Matt sie betrachtete. Sie sah zu ihm, aber er wich ihrem Blick aus und drehte sich zu Lilja.

»Mesdames et Monsieurs, die Strandham-Schwestern lassen sich entschuldigen, sie haben noch sehr viel vorzubereiten und werden Sie heute Abend nicht mit ihrer Gegenwart beehren. Und auch ich bin ein wenig in Verzug mit meiner Arbeit. Das Büfett ist also eröffnet, bon appetit!«

Leise Klaviermusik perlte nun durch den Raum, wahrscheinlich in dem Versuch, eine heitere Stimmung zu verbreiten.

»Soll das ein Witz sein?«, fragte Pepper kämpferisch. Er nahm die Schultern zurück und streckte den anderen so kämpferisch seine Brust entgegen, dass seine Rastalocken hin und her schwangen. »Die Schwestern verschweigen uns, was hier wirklich vorgeht, behandeln uns wie Tanzmäuse, nein, schlimmer noch, wie Gladiatoren. Sie verwickeln uns in magische Wahnsinnsspiele und dann haben sie nicht mal die Eier, hier aufzukreuzen?«

»Mäßigen Sie sich!«, befahl der Baron. »Ein Alabasterballabsolvent zeichnet sich durch eine geschliffene elegante Sprache aus!«

Pepper sprang so ungestüm auf, dass sein Stuhl zu Boden polterte. »Ich denke, ich spreche für alle, wenn ich sage, dass wir eine Erklärung verlangen!«

»Ach, Sie *verlangen* also?« Der Baron zog ein Monokel aus der Tasche, das Amy noch nie an ihm gesehen hatte, und musterte Pepper wie einen interessanten Käfer. »Wozu denn? Man hat Sie gewarnt, man hat Ihnen gesagt, nicht alles ist das, was es zu sein scheint. Kallystoga ist kein Ort wie jeder andere – die Magie ist überall, also worüber wollen Sie wehleidiger Versager sich beklagen? Das erscheint mir geradezu infantil. Was ist mit Ihren Wünschen? Sind Sie nicht hier angetreten, um für etwas zu kämpfen? Non?«

Er betrachtete sie alle abschätzig und verließ dann – ohne ein weiteres Wort, ohne einen weiteren Blick – kopfschüttelnd den Saal.

Pepper machte Anstalten, sich auf ihn zu stürzen, aber Matt hielt ihn zurück.

»Lass ihn doch labern«, sagte er. »Er tut nur, was ihm die Strandhams auftragen.«

»Aber Pepper hat recht«, raunte Lilja. »Morina Strandham

hat uns zwar was von der Magie der Insel erzählt, aber mal ehrlich – hat das irgendwer von euch geglaubt? Ich dachte, die reden von der Magie des Tanzes!«

»Ich bin noch nie einem Kampf ausgewichen«, verkündete Pepper. »Nie!«

Wohnheim für Problemfälle, erinnerte sich Amy. Welche Kämpfe ihn wohl dahingebracht hatten?

»Aber ...« Pepper redete sich noch mehr in Rage, »das waren faire Kämpfe, nicht so ein Irrsinn, bei dem man keine Ahnung hat, was passieren wird, wo man durch eine falsche Bewegung in den Tod stürzen kann, so wie Millie heute.«

Millie, die Pepper gegenübersaß, legte beruhigend ihre Hand auf seinen Arm.

»Lass mich!« Er entzog ihr seinen Arm. »Du hast dich ja auch nicht gerade mit Ruhm bekleckert! Zum Dank dafür, dass Loreley dich vor dem Runterfallen rettet, hast du sie in die Flammen geschubst und dann einfach nur dagestanden und zugeschaut, wie ihr Kleid Feuer fängt.«

»Nein, so war das nicht!«, widersprach Millie mit erstickter Stimme.

»Doch. Genau so war es«, mischte sich Lilja ein. »Und ja – ich war auch nicht nett, aber ich wollte Loreley nur aus dem Takt bringen und hätte ihr niemals so etwas Furchtbares angetan!«, stellte sie mit einem verächtlichen Seitenblick auf Millie fest.

»Das wollte ich doch gar nicht!« Millie hatte Tränen in den Augen. »Das müsst ihr mir glauben.«

»Und jetzt auch noch selbstmitleidig. Gib doch einfach zu, dass du um jeden Preis gewinnen willst!« Lilja zwinkerte

Amy verschwörerisch zu. So als wollte sie sagen: *Siehst du, wir hätten sie gleich ausschalten sollen!*

Millies Stimme war nur noch ein Flüstern. »Ihr habt doch keine Ahnung!«

»Kann sein, aber was zählt, ist dein Verhalten«, sagte Lilja. »Und das lässt echt zu wünschen übrig.«

»Es war keine Absicht!« Damit sprang Millie auf und rannte aus dem Saal.

»Komm wieder her, Millie!«, rief Ryan ihr hinterher, doch sie reagierte nicht. »Wir haben alle Mist gebaut!«

»Ich verstehe gar nicht, warum du ihr nicht viel mehr den Kopf gewaschen hast«, sagte Lilja zu Amy. Dann sackte sie in sich zusammen. »Aber eigentlich verstehe ich überhaupt nichts mehr. Ich finde das hier alles mehr als gruselig. Traut sich jemand von euch, mit mir abzuhauen?«

»Ich bin dabei«, raunte Pepper. »Was wir hier machen müssen ist total wahnsinnig. Die spielen mit uns – und ob die uns dann wirklich einen Wunsch erfüllen, wer weiß das schon. Bestimmt haben die nur so gute Presse, weil sie die schmieren oder nur solche Leute Ballkönig werden, deren Wünsche man easy erfüllen kann. Die Frage ist nur, wie wir hier wegkommen. Je mehr Leute es versuchen, desto leichter wird es bestimmt.« Pepper sah fragend in die Runde.

»Echt, ihr wollt kneifen?«, fragte ausgerechnet Ryan, der noch vor wenigen Stunden vor Angst völlig durchgedreht war. »Keiner von uns hat sich in den letzten Tagen wahnsinnig ehrenhaft verhalten. Und das liegt an den Strandhams, da hat Pepper leider recht.«

Als Pepper kurz auflachte, drehte sich Ryan zu ihm um.

»Auch wenn ich dich für einen ziemlichen Angeber halte, stimmt es einfach: Hier wird nicht fair gespielt. Aber ...« Ryan holte tief Luft, nickte, als müsste er sich selbst die Erlaubnis zum Sprechen gebe. Dann redete er leise, aber sehr eindringlich weiter: »Wenn ich auf einer Welle stehe, weiß ich nie, ob ich sie so kriege, wie ich es mir wünsche. Das Meer ist grausam, aber ehrlich. Es hat Wirbel und Strömungen, doch es verwandelt sich nicht mittendrin in ein Nest voller Spinnen.« Ryan schüttelte sich. »Trotzdem ... ich bin nicht aus Zucker und ich habe diesen einen, einzigen Wunsch. Deshalb gehe ich hier nicht weg, selbst dann nicht ...« Er schluckte trocken und sagte dann mit Nachdruck: »... wenn ich heute Nacht in einem Bett voller Spinnen aufwachen sollte.«

»Was wünschst du dir denn?«, fragte Lilja und betrachtete ihn mit neu erwachtem Interesse.

»Wollt ihr das wirklich wissen?«

»Ja«, stimmten alle zu, bis auf Pepper, der ein wenig angefressen wirkte, weil Ryan ihm den Wind aus den Segeln genommen hatte.

Ryan stieg das Blut in die Wangen. »Ist ein bisschen peinlich ...«

»Was könnte denn schon peinlicher sein, als angesichts von ein paar Spinnen in Ohnmacht zu fallen?«, höhnte Pepper.

»Schsch«, machte Lilja. »Lass gut sein jetzt. Ich verstehe ihn, denn ich hab Höhenangst, so was sucht man sich nicht aus.« Sie wendete sich zu Ryan. »Also, schieß los!«

Ryan erzählte nun auch den anderen, wie er Bee, also

Shana im Kindergarten kennengelernt hatte, was Matt und Pepper zuerst mit einigen ironischen Lauten kommentierten, aber dann hielten sie ihre Klappe und Ryan konnte die Geschichte zu Ende erzählen.

»Wegen ihr habe ich mit dem Surfen angefangen und wegen mir ist sie jetzt tot.«

»Oh«, entfuhr es Lilja und Millie gleichzeitig.

»Trotz aller Magie, die es hier gibt – ich kann mir nicht vorstellen, dass die Strandhams Tote zum Leben erwecken können«, warf Pepper mit einem reichlich galligen Unterton ein.

»Was ist denn mit ihr passiert?«, fragte Amy, um schnell von Pepper abzulenken.

»Es war auf Maui. An dem Morgen wollten wir zusammen raus aufs Wasser, die neuen Boards ausprobieren, die Shana für uns gemacht hatte.« Ryan fuhr sich mit einem Seufzen durch die blonden Haare. »Das war ihr Geschenk zu unserem Jahrestag. Aber ich habe mit meinen Kumpels gefeiert und viel mehr gekifft als sonst und war immer noch high. Und so geht man nicht auf ein Surfbrett. Wir haben uns gestritten und dann ist sie alleine raus und ... ertrunken. Wenn ich dabei gewesen wäre, hätte ich sie rechtzeitig rausziehen können.«

Niemand sagte etwas, schließlich räusperte sich Matt. »Tut mir leid, Mann. Aber du weißt doch nicht, was passiert wäre, wenn du dabei gewesen wärst. Ihr Tod ist ganz bestimmt nicht deine Schuld. Glaub mir, damit kenne ich mich aus.«

Schuld ... Amy blickte zu Matt, der sie auf einmal unverwandt ansah. Ihre Blicke trafen sich und dieses Mal huschte dieser wehmütige silbrige Schleier nicht mehr davon. Er war *wirklich* da und sie hatte ihn sich nie nur eingebildet. Matt sah so traurig aus, als hätte er selbst Shanas Tod zu verantworten.

»Aber sie ist nicht mehr da«, stellte Ryan gerade fest, und obwohl er das sehr nüchtern sagte, spürte Amy bei jedem Wort, wie unglücklich er war. Doch als sie dann noch einmal zu Matt hinübersah, war es *sein* Anblick, der ihr die Kehle zuschnürte.

Denn Matt wirkte nicht nur unglücklich, sondern so, als ob er gerade in einem dunklen See von Trauer ertrinken würde.

Was war bloß mit ihm los?

Ryan räusperte sich wieder. »Jedenfalls: Sie hat die Boards selbst gebaut, aus Holz, das sie im Wald gefunden und nach alten polynesischen Bräuchen geschnitzt hat. Mit einem besonderen Ritual übergibt man das Brett und sich dem Meer. Surfen ist eine sehr alte polynesische Tradition. Sie fand es furchtbar, wie viele Leute auf Plastikbrettern surfen, und deshalb bin ich jetzt hier. Ich möchte genau solche Bretter herstellen und verkaufen und mit dem Gewinn Dinge tun, die ihr gefallen würden. Und ich habe auch schon einen Namen dafür, ich werde sie *Beeboards* nennen.«

»Dazu musst du aber auch gewinnen«, stellte Pepper trocken fest.

Ryan zuckte mit den Schultern. »Shana hat an Magie geglaubt. Sie war davon überzeugt, dass Magie überall zu finden ist. Also bleibe ich dran, auch wenn das hier für mich zum Horrortrip geworden ist.« Er sah Pepper direkt an. »Also, du hast zwar mit allem recht, aber *nichts* wird mich daran hindern, den Wettkampf durchzuziehen. Und jetzt habe ich Hunger, elende Spinnenattacke hin oder her«, murmelte Ryan und stand auf.

Pepper sah ihm nach und dann fing er ganz unvermittelt an, breit zu grinsen, und so hatte er wirklich etwas Unwiderstehliches an sich. »Wisst ihr, was? Auch wenn Ryan nur ein elendes weißes Bürschchen ist, hat er verdammt noch mal recht! Mein Wunsch ist mir auch viel zu wichtig, um ihn aufzugeben. Wir sollten bleiben, es diesen Strandhams zeigen ... aber erst *nach* dem Essen!«

Er folgte Ryan zum Büfett, wo die beiden sich lachend die Teller vollhäuften, so als wären sie plötzlich die dicksten Freunde.

Matt stand auch auf. »Na schön, dann bleiben wir also alle weiter am Ball ... wortwörtlich«, sagte er und warf Amy und Lilja einen fragenden Blick zu. Verblüfft stellte Amy fest, dass in seinen Augen nicht einmal mehr ein Hauch von Schwermut zu entdecken war, als ob er seine Gefühle an- und ausknipsen könnte.

Es war zum Verrücktwerden, Amy wurde einfach nicht schlau aus Matt ... und das machte sie viel neugieriger, als es ihr lieb war.

»Ja – bleiben wir am Alabasterball!« Lilja erhob sich. »Unbedingt. Ryan hat recht, wir dürfen jetzt nicht aufgeben. Ich muss schließlich noch Königin werden.« Sie grinste breit und tänzelte dann ebenfalls zum Büfett.

Amy hatte überhaupt keinen Hunger, aber sie wusste, sie sollte sich stärken, denn sie musste heute Nacht unbedingt weiter nach Sunny suchen, ganz egal, welche Magie sich ihr dabei in den Weg stellen würde.

19

Zwei Stunden später hatte Amy Elara kurzerhand im Badezimmer eingeschlossen. Und sie hoffte, dass Elara nicht über eigene magischen Fähigkeiten verfügte, mit denen sie sich befreien konnte.

Nach dem Abendessen hatte Amy sie ins Badezimmer gerufen, behauptet, der Reißverschluss ihres Cocktailkleides hätte sich verklemmt, und sie dann eingesperrt. So wollte Amy sichergehen, dass Elara nicht den Baron informieren und auf die Suche nach ihr schicken würde. Und irgendwie fühlte es sich auch gut an, diese Spionin ausgeschaltet zu haben.

Dann machte Amy sich auf nach draußen, obwohl von ihrem Zimmer aus nichts außer dem leisen Gurgeln des Wassers, zirpenden Grillen und dem Rascheln der Blätter im auffrischenden Wind zu hören war. Kein Ton von Sunny, keine Gesänge, nichts.

Als sie durch das Treppenhaus nach unten schlich, war Amy so darauf bedacht, nur ja kein Geräusch zu verursachen, dass sie nicht gleich bemerkte, dass im Treppenhaus etwas anders war als sonst. Das Nachtlicht fiel direkt durch die Glaskuppel und malte Schatten auf den Boden. Und die Statue ... sie war nicht mehr da.

Amy riss die Augen weit auf. Was hatte es zu bedeuten, dass dieser tonnenschwere Aphrodite-Koloss verschwunden war? Verwandelte sich Aphrodite nachts etwa auch in etwas anderes?

So ein Quatsch, dachte Amy. Vielleicht hatten sie die Statue ja wirklich einfach nur abgebaut, um sie ... was, zu restaurieren?

Unsicher lief Amy weiter. Als sie im Erdgeschoss ankam und die Haustür öffnete, konnte sie plötzlich ihre Schwester singen hören.

Erst freute sie sich, aber dann wurde sie misstrauisch. Das war zu schön, um wahr zu sein. Sie dachte an die Sirenen, die Odysseus und seine Gefährten gequält hatten.

Amy lauschte wieder einen Moment, es klang einerseits nach Sunny, aber andererseits auch wieder nicht. Doch es wusste ja niemand, dass sie auf der Suche nach Sunny war, also warum sollte man ihr eine Falle stellen? Nein, das hier war ihre einzige Spur und der musste sie einfach folgen. Amy lauschte, um herauszufinden, aus welcher Richtung der Gesang kam.

Wieder von der Nordseite. Das war schlecht, denn Amy hatte sich gestern bei ihrer Flucht vor Ryan nicht gemerkt, über welchen Weg sie zurückgerannt war. Sie musste morgen im Hellen unbedingt nach dem Zugang suchen. Heute durfte sie es auf keinen Fall riskieren, wieder irgendwo im Labyrinth festzuhängen. Sie beschloss also, vom Jachthaus aus der Küstenlinie zu folgen.

Hell beleuchtet vom fast vollen Mond, lief Amy los. Übermorgen am Ballabend war dann Vollmond. *Alabastermond.*

Was Sunny in der Nacht vor einem Jahr wohl gemacht hatte?, fragte sich Amy. Hatte sie sich in einen der Jungs verliebt? Hatten die sechs auch mit so harten Bandagen gekämpft?

Die Stimme ihrer Schwester wurde nicht wirklich lauter, obwohl sie sich der Nordküste stetig näherte. Vielleicht lag es auch daran, dass der Wind stürmischer wurde und die Wellen laut klatschend gegen den Fels schlugen. Aber warum hörte man sie nur *nachts?*

Als Amy näher zur Steilküste kam, fing sie an, Sunnys Namen zu rufen. Wieso hörte Sunny sie denn nicht? Zuerst rief sie: »Sunny!, Sunny!«, und dann versuchte sie es mit »Diana!, Diana!«. Dabei blieb sie immer wieder stehen und lauschte durch den Sturm, ob sich das unheilvolle Sirren der goldenen Karussellstangen ankündigte, und nur wenn sie sicher war, nichts dergleichen zu hören, ging sie weiter.

Endlich hatte Amy es geschafft. Unter ihr waren die schroffen Felsen der nördlichen Steilküste, an denen sich das aufgewühlte Wasser schaumig brach. Im Mondschein schimmerte die Gischt unwirklich wie goldene Zuckerwatte.

Hier brauste ein heulender Wind, zerrten Böen an Amys Haaren, obwohl sie sich einen Pferdeschwanz gebunden hatte. Trotz all dieser Störgeräusche hatte sie jetzt keinen Zweifel mehr, der Gesang musste von diesem Leuchtturm kommen. Aber müsste der bei dem Sturm nicht ständig Lichtimpulse abfeuern? Und wie konnte sie dorthin gelangen? Der Turm war auf einer vorgelagerten Landzunge, die nur über einen schmalen Grat erreichbar war. Als sie angestrengt hinüberstarrte, erregte etwas ihre Aufmerksamkeit. Hätte sie doch nur ein Fernglas!

Da ... tanzte etwas auf den Wellen. Nein, das konnte nicht sein. Vielleicht war das einer der Buckelwale, von denen Ryan, oder wer auch immer das gestern Nacht gewesen war, gesprochen hatte? Jetzt, da sie ihre Schwester deutlich hören konnte, erschien Amy seine Idee, dass sie die Stimme mit Walgesängen verwechselt haben sollte, noch absurder.

Das Ding auf den Wellen drehte sich hektisch um sich selbst und erst, als Amy noch ein Stückchen an der Küste entlanggelaufen war, erkannte sie es: Das Ding war ein Boot! Ein Fischerboot auf dem Heimweg. Vielleicht gehörte es jemanden, der für das Büfett am nächsten Tag Hummerkörbe hochholte? Die wurden doch nachts geangelt, wenn Amy sich richtig erinnerte.

Ihre Schwester ging währenddessen zu einem neuen Lied über. Amy war hin- und hergerissen. Sie musste sich um Sunny kümmern ... nicht um irgendwelche Boote!

Trotzdem konnte sie das Boot nicht aus den Augen lassen, gerade wurde es ein Stück in ihre Richtung getrieben und plötzlich wusste Amy, dass sie es schon mal gesehen hatte. Es war das Ruderboot, das vor dem Jachthaus auf der Südseite gelegen hatte, dort wo sie mit Matt für das Video getaucht war.

Hatte sich das Boot im Sturm losgerissen? Wieso saß denn niemand drin?

Amy lief die kleine Landzunge entlang, um besser sehen

zu können, doch in diesem Moment kippte das Boot um und kreiselte auf dem Wasser wie auf einer unsichtbaren Umlaufbahn.

Jetzt verstand Amy: Das waren die Strudel, von denen Morina gesprochen hatte!

Der Gesang ihrer Schwester klang plötzlich so nah, kam das vom Wasser? Amy trat noch einen Schritt weiter vor. Sie blickte zum Turm, dann wieder zum Boot und entdeckte nun tatsächlich eine Hand, die sich verzweifelt an das Boot klammerte.

Im selben Moment legte sich eine kalte Hand auf ihre Schulter. Erschrocken fuhr Amy zusammen.

»Das hätte sie nicht tun sollen«, wisperte jemand in ihr Ohr. War das *Pepper?*

Amy schüttelte die Hand ab, drehte sich um und wirklich: Da stand Pepper. Wo kam *der* denn jetzt her? Er starrte sie genauso perplex an, wie sie sich fühlte.

»Hörst du das auch?«, fragte sie ihn.

»Klar, der Wind heult ganz schön.«

Das konnte doch jetzt nicht wahr sein. »Ich meine den Gesang!«

Pepper zuckte mit den Schultern. »Nein, ich hör nur den Wind. Aber ...«, er zeigte auf das Wasser. »... ich glaube *das da* ist Millie.«

Amy starrte zurück zum Boot. Millie? Nein, das konnte nicht sein ... oder? Anscheinend versuchte da jemand verzweifelt, sich am Boot festzuhalten.

»Wenn das Millie ist, müssen wir sie retten. Sofort!« Amy hatte die Schuhe schon von sich geworfen, bevor sie ausgeredet hatte. Natürlich musste sie nach Sunny suchen, aber das hier war ein Notfall.

»Aber wie?«, fragte Pepper und griff nach Amys Arm. »Und mal ehrlich: Millie hat sich heute wirklich unmöglich benommen. Als du fast in Flammen aufgegangen bist, hat sie keinen Finger gerührt.«

»Das ist doch jetzt unwichtig!« Amy trat an den Rand der kleinen Landzunge und versuchte abzuschätzen, wie weit Millie entfernt war.

Wieder packte Pepper ihren Arm, diesmal fester. »Du kannst dort nicht runterspringen!«, rief er. »Das ist viel zu gefährlich und du siehst doch die vielen Strudel. Da kommst du nie wieder raus.«

»Ich werde nicht zuschauen, wie vor unseren Augen jemand stirbt!«, rief Amy, auch wenn die Strömungen ihr größere Angst machten, als sie zugab. »Ich bin eine gute Schwimmerin«, sagte sie laut, um sich selbst zu ermutigen.

»Ja, *das* weiß ich inzwischen.« Pepper klang auf einmal viel weicher. Fast liebevoll. »Wie eine Meerjungfrau ... aber du riskierst dein Leben, bist du dir wirklich sicher?«

Amy nickte fest, dann zog sie sich auch noch Hose und T-Shirt aus. »Natürlich. Es ist das einzig Richtige!«, sagte sie, dann sprang sie ohne weitere Worte ins Wasser.

Sie schnappte nach Luft, weil es viel kälter war, als sie gedacht hatte. Prompt schwappte ein Schwall in ihren Mund. Wenigstens war das kein Salzwasser, versuchte sie, sich zu beruhigen, und kraulte los, so schnell sie konnte.

»Komm zurück!«, hörte sie Pepper noch hinter sich rufen. »Das ist irre, tu das nicht, du könntest sterben!«

Doch Amy schwamm weiter. Sie versuchte, sich an das zu erinnern, was sie bei der DLRG über die Rettung aus Strömungen gelernt hatte. Die gefährlichen waren die gründigen Strudel, die zogen den Schwimmer nach unten. Die anderen waren nicht so schlimm, da musste man sich nur treiben lassen, bis man den Rand erreicht hatte und freigegeben wurde.

Sie wollte es unbedingt schaffen. Denn obwohl Amy nicht wusste, woher der Gedanke kam, spürte sie doch tief in sich die Gewissheit: Wenn es ihr gelang, Millie zu retten, dann würde sie auch ihre Schwester finden!

Es kam Amy ewig vor, bis sie an dem Strudel angelangt war. Wenige Meter vor ihr kreiste das Boot. Sie zögerte einen Moment, dann ließ sie sich reinziehen. Wo zur Hölle war Millie? Keuchend schwamm Amy um das Boot, da war keine Hand mehr zu sehen, offensichtlich hatte Millie sich nicht länger festhalten können.

Sie füllte ihre Lungen und tauchte unter, aber sie konnte nicht viel sehen. Verdammt, *wo war Millie?* Sie wurde immer schneller herumgeschleudert und merkte, dass sie die Kraft dieses Strudels unterschätzt hatte. Trotzdem hörte sie nicht auf zu kämpfen, auch als ihr schwindelig wurde. Sie musste Millie erwischen, sie musste wieder nach oben, doch das Wasser zog sie unerbittlich immer weiter in die Tiefe.

20

Etwas blitzte durch das strudelnde Wasser über ihr auf. Mondlicht? Millie?

Amy fixierte den Lichtpunkt, um ihren Schwindel zu bekämpfen. Doch sosehr sie sich auch anstrengte, nun fing alles um sie herum an zu flimmern, sie konnte die Augen kaum noch offen halten.

Verzweifelt strampelte sie, verlor die Kontrolle und wurde nun noch heftiger im Kreis herumgeschleudert, kraftlos wie eine Stoffpuppe. Einmal gelang es ihr, an der Wasseroberfläche kurz Luft zu holen, doch dann versank sie wieder in der Strömung.

Du schaffst es nicht, dachte sie voller Panik. Du rettest überhaupt niemanden, weder Millie noch Sunny und noch nicht einmal dich selbst. Ihre Lungen schrien nach Luft, ihr Hals war wie zugeschnürt und sie spürte ihre Beine nicht mehr.

Amy schloss die Augen, nur kurz, nur einen Moment, nur einen einzigen, winzigen, klitzekleinen Moment.

Plötzlich rief jemand ihren Namen.

Erschrocken öffnete sie die Augen wieder. Einige Meter

von ihr entfernt schwamm jemand. War das Pepper? Tatsächlich!

Mit seinen Armen pflügte er sich durch das Wasser unablässig voran. Doch immer wieder hielt er unvermittelt inne, starrte zu ihr, schüttelte ungehalten den Kopf und schoss dann nur umso schneller durch die Wellen zu ihr hin. Als er näher kam, sah Pepper plötzlich aus, als hätte er Schmerzen oder ... oder war das bloß die Angst um sie? Was war da nur los?

Gerade als er nur noch wenige Meter von ihr entfernt war, sah Amy es. Peppers Gesicht, das sie immer für so unwirklich schön gehalten hatte, verwischte. Es *verwandelte* sich. Sein dunkler Teint wurde blasser, während seine langen Rastalocken völlig verschwanden.

Wer war das? Was ging hier vor?

Als er endlich bei ihr war, umschlang er Amy mit einem Arm und zog sie zu sich heran. Türkisblaue Augen blickten sie fragend und voller Sorge an.

Peppers Gesicht ... es veränderte sich noch immer – direkt vor ihr! Die hohen Wangenknochen wurden weniger markant, sein Mund voller und herzförmiger und dann zeigte sich in seinem Kinn plötzlich dieses Grübchen, das Amy schon am ersten Tag aufgefallen war.

Es war Matts Gesicht. Matt ...

»Atme«, sagte er und im selben Moment wich das Wasser um sie herum respektvoll zurück, zerrte nicht länger an ihnen, sondern entließ sie aus dem tödlichen Strudel. Dann tippte er mit der Hand an seine Lippen und legte seine Finger sanft auf Amys Mund, wie er es schon einmal getan hatte, am Wrack, als sie wie eine Meerjungfrau geschwommen war. Sofort strömte Luft in Amy hinein, erfüllte sie mit neuem Leben. Sie atmete auf und spürte, wie auch ihre Beine wieder anfingen zu prickeln.

Noch immer konnte Amy nicht glauben, was sie da gesehen hatte. War das wirklich Matt?

»Du Wahnsinnige!«, schimpfte er, doch es klang durch das Gurgeln des Wassers fast zärtlich. »Du hast mir solche Angst eingejagt.« Er ließ seine Augen nicht von ihr. »Geht es jetzt besser?«

Amy nickte benommen. So viele Fragen rasten durch ihren Kopf, sie wusste kaum, wo sie anfangen sollte.

»Es tut mir leid«, sagte er. »Ich wollte nicht, dass du es so erfährst, aber es gab keinen anderen Weg, dich zu retten. Meine Kraft ... sie reicht nicht für alles. Entweder kann ich meine Verwandlung aufrechterhalten oder zusammen mit dir unter Wasser atmen.«

Unablässig paddelte er mit den Füßen, um sie beide an die Wasseroberfläche zu bringen, dabei berührte er immer wieder ihren Mund und versorgte sie mit Luft.

Amy betrachtete ihn von der Seite. Wer war Matt wirklich? Warum hatte er sich in Pepper verwandelt? Warum verwandelte er sich überhaupt? Und wer sagte ihr, dass das nun seine echte Form war?

Sie hatte sich das, was er beim Videodreh getan hatte, also nicht eingebildet, vielmehr hatte er sie belogen. Und nicht nur das. Er hatte ihr auch noch das Gefühl gegeben, sie würde spinnen!

Was hatte er ihr noch alles verschwiegen? War er gestern

also auch Ryan gewesen? Alles, was sie mit ihm gesprochen hatte, hallte wie ein Echo durch Amys Kopf.

»Wir müssen uns um Millie kümmern«, sagte Matt und deutete nach oben.

Schlagartig erinnerte Amy sich, warum sie ins Wasser gesprungen war. Natürlich! Sie fing an, ihn beim Paddeln zu unterstützen, sehr viel schneller erreichten sie nun die Wasseroberfläche, wo sie sich nach Millie umsahen.

»Dort drüben!«, rief Matt und schon kraulten sie beide los. Der Wind fegte seine Worte weg von Amy, Richtung Leuchtturm. Amy konnte zwischen den Wellen nichts erkennen, versuchte aber, mit Matt mitzuhalten.

Millie lag regungslos zwischen zwei Klippen, als ob das Wasser sie dort ausgespuckt hätte. Matt zog sich gerade hoch auf einen der Felsen, drehte sich nach Amy um, reichte ihr seine Hand und half ihr hinauf.

Sie zitterte am ganzen Körper, vor Kälte und vor Wut. Matt fror offensichtlich auch und wirkte trotz allem, was sie gerade miterlebt hatte, so menschlich. Sein T-Shirt klebte an seinem nassen Körper, genauso wie seine Bermudas, und aus den Sneakern quoll das Wasser.

Er musste voll angezogen hinter ihr hergesprungen sein.

»Wir müssen dafür sorgen, dass sie aufwacht«, sagte Amy und zwang sich dazu, von Matt wegzusehen.

»Ich wollte eigentlich gleich zu dir, aber dann habe ich Millie gesehen. Sie war schon bewusstlos, hat aber noch geatmet, deshalb habe ich sie schnell in Sicherheit gebracht, um dann nach dir zu suchen. Millie weiß also nichts von ... meinen Fähigkeiten.« Matt schluckte und sah zu Amy. Fast als würde er sie stumm anflehen. »Und das muss auch so bleiben. Noch nie hat irgendjemand jemals das gesehen, was du heute gesehen hast.« Er stockte und sah ihr tief in die Augen. »Bitte verrate es niemandem, ja? Das musst du mir versprechen.«

Sein Blick ging Amy durch und durch, und obwohl sie so wütend war und fror, wurde ihr davon ganz warm und sie wünschte sich nichts mehr, als dass er sie wieder umarmen würde.

»Matt ...«, begann sie, doch er schüttelte abwehrend den Kopf und kniete sich neben Millie.

»Wir sollten sie jetzt lieber aufwecken.« Er gab Millie einen leichten Klaps auf die Wange. »Na, komm schon. Für deinen Leichtsinn hättest du noch viel mehr verdient.«

Nach zwei weiteren Klapsen fing Millie an, zu stöhnen und zu würgen.

Amy schaltete sofort, bückte sich und drehte sie in die stabile Seitenlage, wo Millie das verschluckte Wasser wieder ausspuckte.

»Willkommen zurück«, sagte Matt mit einem kleinen Lächeln.

Millie stöhnte wieder.

»Wir müssen sie schnell an Land bringen«, sagte Amy, obwohl sie Matt viel lieber ins Kreuzverhör genommen hätte. Aber Millie sah erschreckend bleich aus.

Sie erhob sich und betrachtete die Steilküste, an der sie sich befanden. Wie sollten sie Millie dort bloß hinübertragen?

»Du hast recht.« Matt nickte. »Nehmen wir sie zwischen

uns und paddeln dorthin.« Er zeigte auf einen markanten Felsen unterhalb des schmalen Grats, der die Insel mit dem Leuchtturm verband. »Ich kann sie dort dann hochtragen.«

»Ach ja? Kannst du das?«, fragte Amy, doch Matt warf ihr bloß einen weiteren Blick zu.

Also nickte Amy und ließ sich zurück ins Wasser gleiten, das nach dem kühlen Wind beinahe warm wirkte. Der Wind hatte die Wolken vertrieben und der fast volle Mond schimmerte nun hell auf dem Wasser.

Matt hob Millie hoch zur Felsenkante und ließ sie sachte in Amys Arme rutschen. Amy hielt sie in der Taille fest und legte sich Millies Kopf auf ihre Schulter. Dann sprang Matt zu ihnen und legte seinen Arm ebenfalls um Millies Taille und so schwammen sie zusammen zu dem großen Felsen. Als sie dort angekommen waren, entdeckte Amy, dass grobe Treppenstufen in den Stein gehauen waren. Erleichtert seufzte sie auf – das würde es etwas einfacher machen.

»Schaffst du das?«, fragte Matt.

Amy nickte. »Ich glaube schon.«

Matt musterte sie einen weiteren Moment. Dann schwamm er mit Millie vor bis zu der ersten gewaltigen Treppenstufe, nahm Millie in seine Arme und trug sie so leichtfüßig über die großen Stufen nach oben, als würde Millie nichts wiegen.

Dabei waren die Stufen wie für Riesen gemacht. Amy kletterte von Absatz zu Absatz und wurde mit jeder Stufe noch erschöpfter. Aus ihren Haaren tropfte kaltes Wasser, lief ihr den Rücken herunter und der Wind kam ihr jetzt eisig vor. Ihre Knie waren weich wie Marshmellows und sie zitterte am ganzen Körper. Trotzdem kämpfte sie sich immer weiter hoch, aber schließlich konnte sie einfach nicht mehr, und obwohl nur noch drei Stufen vor ihr lagen und Matt längst mit Millie oben angekommen war, musste sie eine kurze Pause einlegen.

Amy kauerte sich auf der Vorderkante einer Stufe zusammen, um sich zu wärmen, dann atmete sie tief durch. Matt hatte ihr nicht nur das Leben gerettet, sondern ihr dabei auch noch dieses unfassbare Geheimnis offenbart. Aber was bedeutete das nun?

Plötzlich legte sich etwas Weiches um Amys Schultern. Überrascht zuckte sie zusammen. Langsam wunderte sie gar nichts mehr, offensichtlich hatte Matt auch noch Decken für sie organisiert. Amy drückte sich an den schützenden Stoff, stand auf und drehte sich zu ihm um, um sich zu bedanken – und riss verblüfft die Augen auf.

Denn da war kein Matt weit und breit. Sie erhaschte gerade noch einen Blick auf die Rückseite einer alten Frau, die schon zwei Stufen weiter oben geradezu von ihr wegzutanzen schien. Dabei flatterte ihr langes weißes Haar im Mondschein wie die Flügel eines Luftgeistes. Suchend sah Amy sich um. Woher war diese Frau gekommen und warum verschwand sie einfach wieder? Gab es etwa noch eine vierte Strandham-Schwester oder ... war das vielleicht deren Mutter?

Sie schlang die Decke fest um ihre Taille und kletterte die letzten Stufen nach oben. Keine Frau nirgends. Nur Millie und Matt, die auf dem feuchtkalten Stein saßen.

Im Näherkommen fragte sie Matt nach der Frau, die ihr die Decke gegeben hatte.

Matt sah zu ihr hoch und runzelte die Stirn. »Welche Frau?«

»Na, die alte Dame, die mir diese Decke gebracht hat!«, rief Amy.

»Ähm ... nein, da war niemand«, sagte Matt vorsichtig. »Hast du dich irgendwo am Kopf gestoßen?«

»Mit der Ausrede kommst du bei mir jetzt nicht mehr durch!«, zischte sie. »Nicht nach dem, was ich da eben gerade unter Wasser gesehen habe! Also, woher stammt bitte diese Decke?«

Da stöhnte Millie und schlug die Augen auf. Amy ging neben ihr in die Hocke und streichelte ihre Hand. »Hey, wie geht es dir?«

»Ich ... weiß nicht, w... was tun wir denn hier? Ich friere ...«

Sofort nahm Amy ihre Decke ab und legte sie um Millie, die dankbar seufzte.

»Besser?«, fragte sie.

Millie nickte.

»Du bist in Sicherheit. Ich glaube, du bist mit dem Ruderboot in einen Strudel geraten«, erklärte Amy. »Tut es dir irgendwo besonders weh?«

»Nein, mir ist nur s... so kalt. Und mein Kopf fühlt sich k... komisch an.«

»Kein Wunder, du hast nur knapp überlebt. Loreley hat dich gerettet«, sagte Matt, und als Amy ihm widersprechen wollte, warf er ihr einen weiteren beschwörenden Blick zu. Dann wurde er lauter und sehr bestimmend: »Aber wir sollten Millie schnellstens ins Schloss bringen. Wir alle brauchen eine warme Dusche.« Damit nahm er resolut Millies linken Arm, nickte Amy zu, damit sie den rechten nahm, und so halfen sie ihr beim Aufrichten.

»Verdammt, ist mir schwindelig«, keuchte Millie. »Gebt mir bitte noch einen Moment.«

»Nein, wir sollten *jetzt* gehen«, drängte Matt und genau in diesem Moment hörte Amy dieses komische Sirren, das letzte Nacht die goldenen Stangen mit den Collies angekündigt hatte.

»Verdammt, zu spät«, raunte Matt. »Los, kommt!«

Schnell nahmen sie Millie zwischen sich in die Mitte und stolperten los. Dabei versuchte Amy, mit Matt mitzuhalten, der sie immer weiter antrieb, als würde er genau wissen, was sie sonst gleich erwartete.

Das schaffen wir auf keinen Fall, dachte Amy. Das Sirren war schon lauter geworden. Matt steuerte sie zielgerichtet durch die Dunkelheit zu einem weiteren geheimen Weg. Offensichtlich war das eine Abkürzung, die durch einen mit Hasel- und Weidenzweigen überwachsenen Laubengang führte. Was war das für ein Weg, wo führte er hin? Verband er auch das Schloss und die Nordseite?

»Ich glaube, ich habe eine Gehirnerschütterung«, jammerte Millie. »Oder hört ihr dieses komische Geräusch auch?«

Amy wusste, sie meinte das Sirren, das gerade jetzt direkt über ihnen sehr deutlich zu hören war.

»Keine Ahnung, wovon sie redet«, meinte Matt. »Du etwa?«, fragte er Amy, als würde er sie bitten, jetzt Nein zu sagen.

»Nein«, sagte sie und verstand gar nichts mehr. Gehörte er denn nicht zu den Strandhams? Warum versteckte er sich dann vor ihnen? Hatte das etwas mit der Schuld zu tun, von der er gesprochen hatte, als er sich als Ryan ausgegeben hatte?

Und noch ein Gedanke überkam sie: Was wusste er über *Sunny?* Hatte er sie womöglich getroffen? Wusste er, wo Amy sie finden konnte?

»Matt«, sagte Amy unter heftigem Schnaufen. »Wir ... wir müssen später dringend reden!«

»Ja.« Er wirkte reichlich zerknirscht. »Ich weiß. Morgen.«

Nachdem sie den Weg ein kurzes Stück entlanggerannt waren, führte Matt sie in einen unterirdischen Tunnel. Kurz darauf gelangten sie schließlich an eine Tür, an der Matt sich kurz zu schaffen machte, während Amy weiter Millie stützte. Daraufhin verschwand die Tür und gab den Blick auf ein paar Stufen frei, die zu dem Pegasus am Eingang des Labyrinths führten. Kaum waren sie oben angelangt, schob sich der Pegasus wieder zur Seite und verdeckte den Einstieg.

Ah, dachte Amy, deshalb hatte sie diese Stufen noch nie gesehen.

»Leute, schaut mal, da wartet ein ganzes Empfangskomitee«, keuchte Millie, als sie ein paar Minuten später wieder freien Blick auf das Schloss hatten.

Tatsächlich: Baron Aranda, Elara, Millies Dienerin und Matts Diener stürmten auf sie zu und überschütteten sie mit Fragen und Vorwürfen.

Und ehe Amy sich's versah, hatte man sie alle auseinandergerissen und sie lag, von Elara verarztet, in ihrem Bett. Elara hatte vor dem Baron mit keinem Wort erwähnt, dass Amy sie eingesperrt hatte, und Amy war unsicher, was das zu bedeuten hatte: War Elara zu stolz, um zuzugeben, dass Amy sie ausgetrickst hatte, oder konnte man jemanden wie Elara nirgends einsperren?

Elara drängte ihr einen Kakao auf und Amy kam erst nach ein paar Schlucken der Gedanke, dass da womöglich ein Schlafmittel drin sein könnte, was dafür sorgen sollte, dass sie im Bett bliebe. Denn sie hatte den Kakao noch nicht ausgetrunken, da fielen ihr schon die Augen zu. Morgen, war ihr letzter Gedanke, morgen gehe ich all diesen verdammten Rätseln auf dieser Insel endlich auf den Grund!

21

Hartnäckiges Klopfen weckte Amy aus einem Traum, in dem ein maskierter Tänzer sie in endlose, schwindelerregende Drehungen gezwungen hatte. Sie schlug die Augen auf, froh, diesem Traum entronnen zu sein, denn dieser Tänzer hatte keine spielerische Maske getragen, wie beim Karneval in Venedig, sondern eine eiserne, die sein Gesicht komplett verdeckt hatte.

Es klopfte wieder. Matt! Amy spürte, wie ihr Herz anfing, schneller zu schlagen. Das musste Matt sein, natürlich, es gab so viel zu klären!

Sie schwang die Beine über die Bettkante, wunderte sich, dass Elara nicht längst auf der Matte stand, und rannte zur Tür, um ihn hereinzulassen.

»Du?« Amy stöhnte, als sie erkannte, wer da geklopft hatte. Millie! »Was willst du und wo ist eigentlich Elara?«

»Die ist schon beim ersten Klopfen angerauscht. Du hast geschlafen wie eine Tote. Ich habe ihr gesagt, dass meine Dienerin und der Baron dringend mit ihr reden müssen. Sie war zwar skeptisch, aber dann hab ich so getan, als würde ich in mein Zimmer gehen. Und kaum war sie weg, bin ich wieder hergekommen. Ich musste einfach mit dir reden.« Millie trug Joggingsachen und hatte wie immer den Kopfhörer um den Hals gelegt. »Lässt du mich rein oder was?«, fragte sie und wedelte mit der ordentlich zusammengefalteten Decke, die Amy ihr bei den Klippen gegeben hatte.

Widerwillig nickte Amy. Je wacher sie wurde, desto ärgerlicher wurde sie und Millies Anblick machte es nur schlimmer. Denn nur wegen ihr hatte sie Sunny wieder nicht gefunden. Ihr Körper war zerschlagen von der Rettungsaktion, in ihrem Kopf kreisten Bilder von Matts Verwandlung und sie fühlte sich so benommen, als ob wirklich etwas in diesem Kakao gewesen wäre. Amy seufzte und tappte zurück zum Bett. Millie folgte ihr, setzte sich ans Fußende und legte die Decke neben sich. Dann nahm sie den Kopfhörer ab und fummelte nervös daran herum.

»Ich konnte einfach nicht schlafen, weil ich wollte, dass du es verstehst. Ich, ähm ... ich möchte mich bei dir entschuldigen und auch bei den anderen.«

»Entschuldigen?«, fragte Amy. »Hätte das nicht bis morgen früh warten können?« Sie hatte allen Grund, sauer auf Millie zu sein. Nicht nur wegen Sunny, sondern da war auch die Sache mit dem Feuer.

»Ich war so verzweifelt und habe mich so geschämt ...« Millie stiegen Tränen in die Augen.

Amy wollte gerade kein Mitgefühl haben, aber es breitete sich leider schon ungefragt in ihrem Bauch aus. Um das zu stoppen, fragte sie schnell: »Geschämt, weil du mich ins Feuer geschubst hast oder weil du mir dann nicht geholfen hast?«

»Beides.« Millie schluchzte. »Deshalb will ich, dass du unbedingt verstehst, *warum* ich so gelähmt war. Ich wollte dir nämlich nicht wehtun, wirklich nicht, aber ...«

»Du musst nicht darüber reden«, unterbrach Amy sie nun sanfter, denn Millie sah wirklich sehr gequält aus.

»Ich *will* aber.« Millie nickte bekräftigend. »Ich habe noch nie mit jemandem darüber gesprochen, weißt du? Matt sagt, du hast mich gerettet ...«

Amy setzte an zu widersprechen, aber Millie ließ es nicht zu.

»Doch, doch und jetzt hör mir bitte zu. Denn obwohl wir Rivalinnen sind, glaube ich, dass ich dir vertrauen kann.«

Offensichtlich brauchte Millie wirklich dringend jemanden, dem sie sich öffnen konnte, also nickte sie. »Okay.«

Millie holte tief Luft. »Du weißt ja, was Tiere mir bedeuten, oder?«

»Hm«, machte Amy. Sie erinnerte sich jedenfalls an das Gespräch über die Collies. Außerdem wussten mittlerweile alle, dass Millie Veganerin war und ständig Podcasts über Tierschutz hörte, wenn sie ihren Kopfhörer trug.

»Deshalb habe ich letztes Jahr etwas sehr Schlimmes gemacht. Ich wollte ein Zeichen gegen Tierversuche setzen und ...« Millie wischte sich entschlossen eine Träne von der Wange und richtete sich kerzengerade auf. »Ich habe deshalb ein Labor angezündet. Natürlich hatte ich vorher gecheckt, dass niemand mehr drin war, hab alle Tiere befreit und erst dann das Feuer gelegt. Aber ich wusste nicht, dass es im Keller ein geheimes Labor gab und ...« Millie zitterte. »... einer der Forscher hat in dieser Nacht noch dort unten gearbeitet und die Flammen haben ihm den Weg abgeschnitten. Ich ... ich hab versucht, ihn zu retten, und mir dabei den Arm verbrannt, aber ich konnte nichts mehr für ihn tun.«

Sofort hatte Amy wieder den bitteren Geruch ihres angekokelten Kleides in der Nase. Ein Schaudern lief durch ihren Körper und ließ sie frösteln. »Und er ist ... gestorben?«, fragte sie mit belegter Stimme.

Millie schüttelte den Kopf. »Nein, er hat es überlebt, aber er wurde sehr schwer verwundet. So schlimm, dass er wahrscheinlich nie wieder richtig laufen kann. Deshalb habe ich euch belogen. Ich wollte hier viel Geld gewinnen, aber nicht für Tiere, sondern um es ihm und seiner Familie zu geben.«

Amy schluckte schwer. »Dann hast du mir also nicht geholfen, weil du bloß ans Gewinnen und an die Kohle für dein Opfer gedacht hast?«

»Nein!« Millie bekam große Augen. »Nein, so habe ich es nicht gemeint! Ich konnte es einfach nicht, ich war wie paralysiert. Du hast ja keine Ahnung, wie furchtbar das damals für mich war. Nachdem ich die Tiere aus dem Labor rausgelassen hatte und dann die Flammen hochschossen, da war ich wie berauscht von meinen guten Taten. Doch dann kam der Horror und an all das musste ich gestern denken, als dein Kleid wegen mir Feuer gefangen hat. Ich wollte dir wirklich helfen, doch ... ich konnte es einfach nicht.«

»Verstehe«, sagte Amy und es stimmte sogar. Sie erinnerte sich wieder an Millies starren Blick, die nackte Panik in ihren Augen.

Anscheinend schleppte wirklich jeder von ihnen ein Geheimnis mit sich herum. Ryan und Shana, Pepper und seine Zeit im Wohnheim und Matt ...

Matts Geheimnis war ganz sicher das größte von allen.

»Die andern halten mich für das Allerletzte«, flüsterte Millie traurig. »Sie denken, ich wäre bereit gewesen, deinen Tod in Kauf zu nehmen. Um das aufzuklären, hätte ich ihnen mein Geheimnis verraten müssen, aber das konnte ich nicht. Außerdem hatte ich Angst davor, was die Strandham-Schwestern uns noch alles abverlangen würden. Sie bringen in jedem von uns das Schlechteste zum Vorschein. Ich dachte, alles ist besser, als hierzubleiben.«

Amy wusste nicht, was sie sagen sollte, also schwieg sie.

»Ich habe es nicht verdient, dass du mich gerettet hast«, fuhr Millie leise fort, »aber du hast es trotzdem getan und dafür bin ich dir sehr dankbar.«

»Matt und ich haben das getan. Allein hätte ich das gar nicht geschafft«, widersprach Amy.

»Er hat mir das anders erzählt. Du bist nur wieder so bescheiden. Er meint, du bist zuerst ins Wasser gesprungen! Ich weiß nicht, ob ich das an deiner Stelle gekonnt hätte. Auch heute Nacht hab ich nur an mich gedacht.« Millie starrte auf den Kopfhörer in ihren Händen. Dann sah sie Amy fragend an. »Warum warst du eigentlich dort draußen? Sie hatten uns doch vor der Nordseite gewarnt«, sie hob ihre Finger und malte Anführungszeichen in die Luft, »wegen der *Magie.*«

»Ich konnte nicht schlafen und war spazieren«, log Amy und fragte sich gleichzeitig, ob sie Millie vielleicht doch vertrauen könnte.

»Mein großes Glück«, sagte Millie und lächelte zaghaft. »Du hast mich gerettet, Loreley. Deshalb hast du jetzt auch die Verantwortung für mich. Sind wir damit nicht sogar ...«, Millie lächelte sie verschwörerisch an, »... Blutsschwestern oder so was?« Sie stand auf. »Aber darüber können wir ja morgen noch reden, du siehst müde aus. Danke, dass du mir zugehört hast und ... es tut mir wirklich leid!«

Damit verließ Millie Amys Zimmer.

Blutsschwestern ... Amy dachte an ihre echte Blutsschwester, die sie heute Nacht wieder nicht gefunden hatte, und natürlich konnte von Schlaf jetzt auch keine Rede mehr sein. Sie lag wach auf ihrem Bett und durch ihren Kopf züngelten Flammen und Tiere, vermischten sich mit Matts blauen Augen, dem Singsang ihrer Schwester, den wehenden Haaren der alten Frau und dem schwarzen Wasser, in dem Pepper sich in Matt verwandelt hatte.

Schließlich gab Amy es auf, lief zu den Fenstern und riss sie alle weit auf. Dann holte sie sich ein Glas Wasser aus dem Bad und setzte sich auf das mittlere Fensterbrett.

Eine Nachtigall fing an zu zwitschern, der Duft von Rosen und Vanille stieg in Amys Nase. Sie seufzte. Zwei blaue Schmetterlinge flatterten ans Fenster, setzten sich auf den Rand ihres Wasserglases. Bei jedem Auf und Ab ihrer Flügel schimmerten sie in einer anderen rätselhaften Facette von Blau, erinnerten Amy an Matts Augen und überschwemmten sie mit einer Menge widersprüchlicher Gefühle.

Die Schmetterlinge flogen wieder davon und Amy sah ihnen nach.

Es war schon seltsam: Sie war erst ein Mal so richtig verliebt gewesen, also die Art, bei der man nachts wach liegt, nicht essen, nicht schlafen, nicht denken kann und man ihn in der Schule beobachtet, immer auf der Suche nach einem Zeichen der Zuneigung.

Amy war damals so sicher gewesen, dass Jonas sie mochte, und das stimmte ja auch. Er *mochte* sie wirklich, aber er *liebte* Sunny. Leider verliebte sich Sunny dann auch in ihn und damit begann Amys grausame Folter erst richtig. Immer wieder hatte sie sich gewünscht, Sunny würde aus ihrem Leben verschwinden.

Und dann war Sunny wirklich weg, so als wollte das Schicksal Amy bestrafen. Und als sie deshalb den todunglücklichen Jonas trösten musste, hatte ihr das dann keine Freude mehr bereitet. Es war, als wäre jegliche Liebe zu ihm mit Sunnys Verschwinden verpufft.

Und nur weil Sunny hierhergekommen war, hatte Amy Matt getroffen ... doch wer war Matt wirklich?

Amy ging zurück zum Bett und bückte sich nach der Decke, die Millie mitgebracht hatte und die auf den Boden gerutscht war. Sie spürte leichte Erhebungen und Vertiefungen an ihren Fingerkuppen und stutzte. Irgendwas daran war ihr vertraut. Offensichtlich war in den Stoff ein gleichfarbiges Muster eingewebt. Sie betrachtete die Decke genauer.

Aber das war doch ... Konnte das sein?

Aufgeregt ging Amy neben dem Bett in die Knie. Dann nahm sie die Kette mit dem Anhänger von ihrem Hals ab und legte ihn daneben. Das Muster war identisch mit ihrem Moonie-Sunny-Anhänger. In jeder Reihe waren drei und mit einem kleinen Abstand folgten dann sieben Mondsonnen, das Ganze fand sich viermal untereinander und dann gab es ein paar Zentimeter gar kein Muster, bevor es wieder von vorne losging.

In Amys Magen rumorte es. Die Decke war ein weiterer Beweis – und ein weiteres Rätsel. Denn ihre Schwester *hasste* Handarbeiten. Ein Perlenarmband zu flechten, war das höchste der Gefühle. Nie im Leben würde sie eine solche Decke weben. Wäre es möglich, dass man sie dazu *gezwungen* hatte?

Sie musste dringend mit Matt reden. Nach dieser Nacht konnte er sie nicht länger belügen. Immerhin kannte sie nun sein Geheimnis. Aber dann fiel ihr ein, wie er behauptet hatte, am Strand sei niemand gewesen – sie hatten nie geklärt, wo die Decke hergekommen war. Vielleicht war es immer noch das Beste, nur sich selbst zu vertrauen?

Draußen dämmerte es, Amy hatte also nur noch ein paar Stunden bis zum Frühstück. Was hinderte sie daran, den Weg zur Nordseite zu benutzen, den Matt vorhin genommen hatte? Womöglich führte dieser geheime Weg auch zu Sunny?

Hastig zog Amy sich an und schlich zur Flügeltür. Ob Elara sie erwischte und beim Baron verpfiff, war ihr nun vollkommen egal, trotzdem versuchte sie, die Tür so geräuschlos wie möglich zu öffnen.

Dann rannte sie los.

EIN TAG
BIS ZUM ALABASTERBALL

22

Die Vögel zwitscherten, als Amy nach draußen kam, und in der fahlen Dämmerung zeigten sich orangerosa Streifen. Überall auf den Rasenflächen des Parks entdeckte sie nun Loungebereiche aus weißen Sofas und Bodenkissen. Unter den Bäumen standen mit Blumengirlanden geschmückte Schaukeln aus weiß lackiertem Schmiedeeisen, die sich in dem leichten Morgenwind geisterhaft hin und her bewegten und die Amy irgendwie an Ryan und Shana denken ließen.

Langsam zeigten sich überall auf der Insel die Vorbereitungen für den Ball. Der Countdown lief, nur noch einen Tag.

Amy erinnerte sich, dass Matt, Millie und sie heute Nacht irgendwo neben dem Pegasus herausgekommen waren. Sie lief zum Eingang am Labyrinth, ja, da war das geflügelte Pferd aus Buchsbaum, aber verdammt, was musste man tun, damit der Pegasus den Weg zu der Treppe freigab?

Sie trat näher heran und untersuchte die Figuren. Sie wurden von kugelförmigen Lampen am Boden beleuchtet, was das Labyrinth bis um Mitternacht noch gespenstischer aussehen ließ. Jetzt waren die Lampen aus.

Amy lief einmal um die Figuren herum. Nichts. Irgendwann bückte sie sich sogar. War darunter etwas? Aber das hätte ihr doch auffallen müssen.

Nichts. Verdammt, es musste einen Weg geben! Konnte man diese Kugeln bewegen?

Amy berührte eine von ihnen, mit dem Ergebnis, dass sie plötzlich anfing zu leuchten. Mist! Ihr Puls ging schneller, das Letzte, was sie jetzt gebrauchen konnte, war aufzufallen.

Aber wie ging das Ding wieder aus? Noch einmal drauftatschen? Sie beugte sich vor und berührte die Kugel. Und da entdeckte sie den winzig kleinen, grün lackierten Hebel, der neben der Lampe im Boden angebracht war. Amy drehte ihn in die andere Richtung. Der Boden unter dem Pegasus schwenkte zur Seite und gab den Weg frei, der über Stufen nach unten ins Dunkle führte. Amy zögerte, doch schließlich lief sie weiter, froh, dass sie schon nach ein paar Metern durch den Tunnel, den sie nur gebückt durchqueren konnte, wieder über der Erde herauskam. Erleichtert stürmte Amy voran, bis sich der Weg gabelte. Unschlüssig blieb sie stehen und konnte sich nicht entscheiden, welchen sie nehmen sollte.

Links. Sie dachte an Sunnys Regel für das Labyrinth. Außerdem kam links von Herzen.

Nach fünf Minuten erreichte sie ein verschnörkeltes Eisentor, das sie öffnete. Der Leuchtturm war von hier deutlich zu sehen. Dieser Weg schien direkt dorthin zu führen.

Die Sonne war mittlerweile aufgegangen und strahlte von einem wolkenlosen Himmel und vom Wasser kam eine leichte Brise, die den Duft von Rosen und Algen über die Insel wehte.

Nach ein paar Minuten ging es rechts und links an Parzellen vorbei und auf jeder stand ein großer Stein. Das hier war der Friedhof. Hier war sie in der ersten Nacht auf der Flucht vor Ryan gestolpert.

Nein, nicht Ryan, sondern *Matt.*

Amy folgte dem Weg, und betrachtete dabei die Grabsteine. Einer war mit kunstvollen Blumenornamenten verziert und hatte schon etwas Moos angesetzt. *Hier ruht Gwendolyn,* las Amy, *wir werden sie nie vergessen. 14.12.1827–20.8.1846.* Darunter war eine stilisierte Träne eingemeißelt.

Wie traurig, sie war schon mit achtzehn gestorben. Amy lief weiter, am nächsten Grabstein vorbei: *Elena-Maria, 5.1.1912–22.8.1930.* Auch nicht alt geworden, vielleicht hatte sie eine dieser Krankheiten, mit denen Menschen damals zu kämpfen hatten: Schwindsucht, Pocken, Cholera, Pest? Doch als auch auf dem nächsten Grabstein ein junges Mädchen betrauert wurde, bekam Amy eine Gänsehaut. *Jennifer 8.4.1989–19.8.2007.* Amy ging schneller, jeder Grabstein bezeugte den Tod eines Mädchens und nicht eine hatte ihren zwanzigsten Geburtstag gefeiert. Ein Friedhof nur voller Mädchen. Amy schauderte. Dann fiel ihr auf, dass bei keiner von ihnen ein Nachname gestanden hatte. Das konnten doch unmöglich alles Strandham-Verwandte sein. Sie dachte an das, worüber die Schwestern geredet hatten. *Auserwählte und Gewinner.* Die Gewinner lagen hier jedenfalls sicher nicht, denn über die konnte man ja alles in der

Zeitung lesen. *Es wäre schade um Millie,* hatten sie gesagt. Hatten sie das etwa über all diese Mädchen gesagt?

Hinter dem nächsten Grabstein klaffte ein tiefes Loch im Rasen, an der Stirnseite befand sich nur ein schlichtes Holzkreuz.

Beklommen trat sie näher.

Amy stand auf dem Kreuz, *3.7.2001–20.8.2019.*

Alles Blut wich aus Amys Kopf. Sie zwang sich, noch einmal hinzuschauen. Aber es änderte sich nichts.

Das war unmöglich. Natürlich gab es viele Amys auf der Welt, aber das hier war *ihr Geburtsdatum.* Amy wurde übel, denn das Todesdatum ... das war morgen.

Aber das hier war nicht ihr Grab, denn sie war ja als Loreley hier ... nein, die ... die Einzige, die sich mit ihrem Namen und ihrem Geburtstag hier eingeschlichen hatte, war Sunny – kein Zweifel, morgen, also am Tag des Alabasterballs, sollte Sunnys Todestag sein?

Tränen verschleierten Amys Blick und sie atmete schneller; alles um sie herum begann, sich zu drehen.

Nein!

Jetzt war sie schon so weit gekommen, sie konnte doch nicht noch scheitern! Sie musste die anderen warnen. Wind wirbelte die Erde rund um die Grube hoch. Sie starrte in das schwarze Loch, erinnerte sich an die Beerdigung ihres Vaters und wie ihre Mutter grau vor Schmerz gewesen war.

Nein. Es kam überhaupt nicht infrage, ohne Sunny zurückzukehren.

Der Wind wurde noch sehr viel stürmischer, Amy musste ihre Augen vor den fliegenden Erdbröckchen schützen und trat einen Schritt zurück vom Rand der Grube, doch die Erde unter ihren Füßen bröckelte, gab nach, stürzte unter ihr ein und Amy rutschte in ihr eigenes Grab. Kurz bevor sie ganz unten aufkam, hörte sie, wie jemand nach ihr rief.

»Loreley ... was tust du hier?«

23

Als Amy wieder klar sehen konnte und sich der Sand gesetzt hatte, blickte sie nach oben.

Dort, am Rand der Grube, kniete Matt und spähte voller Besorgnis zu ihr herunter. »Bist du verletzt?« Er sprang mit einem eleganten Satz zu ihr nach unten in die Grube und setzte sich neben sie.

»Nein.«

Zweifelnd betrachtete er sie. Amy bewegte demonstrativ Arme und Beine. »Das ist alles okay, aber …«

»Was tust du hier?«, fragte er wieder, ohne auf ihre Antwort einzugehen.

»Wer *bist* du?«, fragte sie im selben Moment. Sie musste wissen, mit wem sie es zu tun hatte, bevor sie ihm vertrauen konnte.

»Ich bin Matt«, sagte er mit fester Stimme.

»Aber gestern Abend warst du auch Pepper und vorgestern Nacht warst du Ryan. Das stimmt doch, oder?«

Bitte, flehte Amy innerlich, lüg mich nicht an.

Er zögerte, sah einen Moment vor sich auf den Boden, dann seufzte er tief und nickte. »Ja.«

»Und wie ... wie geht das? Ich meine ... *was* bist du?«

Matt schnitt eine Grimasse. »Ich kann es dir nicht sagen. Kein Mensch sollte je etwas davon erfahren. Auch du hättest mich nie so sehen sollen. Ich wünschte, ich hätte dich anders retten können, aber ... ich musste dich und Millie da rausholen, verstehst du?«

»Nein, ich verstehe gar nichts«, Amy wurde lauter. »Jedes Mal, wenn ich dich ansehe, frage ich mich, wer du bist. Verrate mir wenigstens eins: Gehörst du zu den Strandhams?«

Er zögerte, schließlich nickte er.

»Dann erzähl mir, was hier vor sich geht. Warum sitzen wir im Grab meiner Schwester?«

»Wie meinst du das?« Er zog verwundert seine Augenbrauen hoch. »Deiner ... *Schwester?«*

Amy holte tief Luft. Langsam dämmerte ihr, dass sie nicht hinter sein Geheimnis kommen würde, wenn sie ihr eigenes nicht offenbarte.

»Ich bin nur hier auf Kallystoga, weil ich meine Schwester Sunny suche.«

»Wer ist Sunny?« Matt deutete hoch zu dem Holzkreuz und sah fast erleichtert aus. »Da steht doch Amy.«

»Ja, weil *ich* Amy bin!«, sagte sie.

Matt wurde mit einem Schlag blass. »Du ... du bist nicht Loreley?«, stotterte er. »Wie ist das möglich?«

Amy zeigte auf den Talismanring und erzählte ihm alles; was ihre Schwester mit ihrer Einladung getan hatte und dass Amy hier nur nach ihr suchte, weil sie seit dem Ball letztes Jahr verschwunden war.

»Dann bist du also nicht Loreley Schillinger, sondern die

Amy, die angeblich letztes Jahr hier auf Kallystoga war, ja?«, hakte er tonlos nach. »Und diese Amy heißt eigentlich Sunny, deine Schwester ... und du suchst nach ihr?«

Amy nickte. »Es tut mir leid, dass ich dich angelogen habe, aber es gab keine andere Möglichkeit hierherzukommen.«

Er schwieg so lange, dass Amy unruhig wurde. Der Wind frischte immer wieder auf und wehte Sandkörner auf Matts braune Haare, während er in sich versunken war. Dabei hatten sie definitiv keine Zeit zu verschenken.

»Es tut mir sehr leid«, flüsterte er schließlich und versenkte dann völlig überraschend das Gesicht in seinen Händen. »Es tut mir so unendlich leid.«

»Ich verstehe nicht. Was meinst du?«, fragte Amy verwundert. »Das alles ... es ist doch nicht deine Schuld!«

Matt gab ein gequältes Lachen von sich. »Oh doch. Es ist *nur* meine Schuld.«

»Aber ... was soll das heißen?«, fragte sie und ging einen Schritt zurück. »Kennst du meine Schwester etwa? Weißt du, ob sie lebt oder wo sie ist?«

Matt knetete seine Hände, als würde ihm das irgendwie bei seiner Entscheidung helfen. Schließlich nickte er, so langsam, als würde das Gewicht der Welt auf seinem Kopf lasten. »Sie lebt.«

Sie lebt. Die Worte waren so einfach ... und Amy hatte ja *gespürt,* dass Sunny noch lebte, aber es zu spüren und es zu wissen, war etwas völlig anderes.

»Dann bring mich zu ihr«, verlangte Amy ernst. »Sofort.«

»Das ist nicht so einfach«, wehrte Matt ab. »Sie lebt in einer anderen Zeit als wir.«

»Einer anderen *Zeit?!«* Amy raufte sich die Haare. »Ist das wieder einer dieser Tricks?«

»Kein Trick«, sagte Matt und hob entschuldigend seine Hände. »Bitte beruhige dich.«

Fassungslos schrie sie ihn an. »Wir sitzen hier in ihrem Grab, Matt! Und du willst, dass ich mich beruhige?«

»Du hast recht.« Er erhob sich und reichte ihr seine Hand. »Ich werde dich zu ihr bringen.«

Als Amy sie ergriff, zog er sie hoch, dann umfasste er mit seinen warmen Händen ihre Taille und hob sie so mühelos nach oben, als wäre er ein Riese und sie federleicht. Am Rand der Grube setzte er sie ab. Dann streckte er Amy die Hand hin, so als ob er wirklich ihre Hilfe bräuchte, um aus dem Grab herauszukommen.

Amy zögerte. »Wenn du meine Schwester kennst, warst du letztes Jahr auch auf dem Ball, oder?«, fragte sie und versuchte, aus dem Blick seiner Augen schlau zu werden. Sie hatten sich verdunkelt ... aus Schmerz? Trauer oder ... Schuld?

»Ja.« Matt nickte. »Ja, ich war letztes Jahr auf dem Ball und vorletztes Jahr und im Jahr davor. In jedem Jahr.«

»Warum?«

Er gab ein verzweifeltes Stöhnen von sich. »Ich habe mir das nicht ausgesucht, Amy ... Es ist ... ein Fluch!«

Kaum hatte er das ausgesprochen, ertönte das schreckliche Sirren. Und dieses Mal klang es so, als würde es von überall gleichzeitig kommen.

»Schnell, gib mir deine Hand, wir müssen uns beeilen«, sagte Matt. »Wenn sie erst einmal hier sind, kann ich dir nicht mehr helfen. Wir müssen sofort weg!«

Das Sirren wurde lauter. So laut, wie Amy es noch nie gehört hatte.

»Du bringst mich zu ihr, ja?«, vergewisserte sich Amy noch einmal, dann reichte sie ihm die Hand und hoffte, dass sie nicht gerade einen gewaltigen Fehler machte. Was, wenn die Schwestern ihn nur dazu benutzten, sie so lange hinzuhalten, bis Sunny tot war? Amy schluckte. Dieses Risiko musste sie jetzt eingehen.

Sie streckte Matt ihre Hand entgegen. Er packte sie, sprang mit einem gewaltigen Satz neben Amy und suchte den Himmel ab.

»Verdammt.« Matt zeigte Richtung Schloss, woher sich die in der Sonne gold aufblitzenden Stangen rasend schnell näherten. »Da sind sie schon. Los, komm, lauf, so schnell du kannst!« Matt nahm ihre Hand und stürmte auf eine Hecke zu, und gerade als Amy sich fragte, ob er da jetzt etwa direkt hineinrennen wollte, bogen sich die Buchsbaumzweige zur Seite, als würden sie auf Matts stummen Befehl hören. Sie ließen die beiden durch und schlossen sich sofort wieder hinter ihnen.

Matt zog sie hastig mit sich mit, sie rannten quer durch das Labyrinth immer weiter bis zum Steg am Jachthafen. Doch dort ...

... dort warteten schon die Collies auf sie.

Und sie sahen alles andere als glücklich aus.

24

Was tun wir jetzt?«, fragte Amy, der die Collies riesiger denn je vorkamen. Wie eine Mauer standen alle drei mit gefletschten Zähnen vor ihnen und drängten sie nun langsam, aber stetig zurück vom Steg Richtung Schloss.

»Du musst mir vertrauen«, sagte Matt, drückte Amys Hand und warf ihr einen fragenden Blick zu. Und als sie nickte, schlang er sofort einen Arm fest um ihre Taille und sprang zusammen mit ihr seitlich vom Steg ins Wasser und riss sie mit sich in die Tiefe.

Die Kälte durchdrang jede Pore in Amys Körper. Und obwohl ihr Herz nach dem überraschenden Sturz anfing, wie rasend zu hämmern, fühlte sie sich auch vollkommen sicher an Matts Seite. Aber würde er sie wirklich zu Sunny bringen?

Gerade als sie kein bisschen Luft mehr in ihren Lungen hatte, legte Matt ihr sachte seinen Zeigefinger auf die Lippen, doch dieses Mal bekam sie nicht einfach nur Luft. Vor ihren Augen bildete sich eine goldfarbene Blase, hauchdünn und zitternd wie Seifenblasen. Sie wuchs und umhüllte schließlich ihren Kopf wie ein zauberhafter Astronautenhelm.

»So kannst du auch sprechen«, murmelte er, während sie tiefer und tiefer sanken.

»Unmöglich«, murmelte sie völlig überwältigt. Und tatsächlich: Kein Wasser drang in ihre Lungen, im Gegenteil, die Luft strömte zärtlich in sie hinein und sie roch nach gebrannten Mandeln und *Matt*.

»Bringst du mich zu Sunny?«, fragte sie.

»Besser noch«, versprach er. »Ich werde sie retten.«

Verblüfft merkte sie, dass sie ihm glaubte. Obwohl er offensichtlich kein normaler Mensch war und noch dazu scheinbar etwas mit diesen furchtbaren Dingen zu tun hatte, die auf Kallystoga geschahen, spürte sie, wie unglücklich Matt war. Mehr noch: wie sehr er darunter litt.

Sie schwammen am Wrack vorbei zu dem hellen Lichtfleck, an dem sie das Video mit dem Schleier gedreht hatten. Das Wrack lag auf einer muschelbewachsenen Felsspalte, durch die sie beide geradeso hindurchpassten.

»Wie machst du das mit der Luft?«, fragte sie.

Nun huschte ein trauriges Lächeln über seine Lippen. »Das ist einer der wenigen Vorteile, die man hat, wenn man als Halbgott geboren wird.«

»Du bist ... ein ... Halbgott?«, fragte Amy und ihre Kehle war plötzlich wie zugeschnürt.

Er war ein ... *Halbgott?*

Plötzlich dachte Amy an die vielen Bilder von dem traurigen Kind in der Galerie. War das Matt gewesen?

»Meine Mutter ist eine Göttin«, erklärte er und seine Stimme klang sehr müde. »Sie hat sich damals mit einem Sterblichen eingelassen, was sie besser nicht getan hätte.«

»Und was ist das für ein Fluch, von dem du vorhin gesprochen hast?«

»Das ist eine lange Geschichte. Warte, bis wir angekommen sind, dann erzähle ich dir alles.«

»In Ordnung. Aber ... wird meine Schwester unter Wasser gefangen gehalten?« Wie hätte Amy sie da singen hören können?

»Sie ist an einem sicheren Ort«, murmelte Matt und wich ihrem Blick aus. »Komm.«

Jäh flackerte wieder Misstrauen in Amy auf. Das war keine Antwort auf ihre Frage.

Um sie herum wurde es ständig dunkler, und gerade als Panik in Amy aufstieg, öffnete sich ein Felsspalt und es wurde wieder sehr viel heller.

»Gleich haben wir es geschafft.« Matt zeigte auf den Eingang zu einer Höhle, die jetzt hinter dem Spalt zu erkennen war.

Einen Moment später standen sie in einer sonnendurchfluteten Tropfsteinhöhle, in der Amy auch ohne diese Blase atmen konnte, denn obwohl sie ja unter dem Wasserspiegel sein mussten, war ein Teil der Höhle mit Luft gefüllt. Aus dem Boden schraubten sich hellrosafarbene Stalagmiten empor zu den Stalagtiten, die in einem sehr viel dunkleren Rosa von der Decke hingen.

»Wieso kann man hier unten atmen?«, fragte Amy verblüfft. »Liegt das an dir?«

»Nein. Das ist nur ein Wunder der Natur. Diese Höhle hat viele Gänge mit Schächten und Kanälen, durch die Luft bis nach hier unten strömen kann.« Matt rang sich ein Lächeln ab. »Unsere Bewacher sind wir jedenfalls erst mal los.«

»Und wo ist meine Schwester?«, fragte Amy.

Er nahm ihre Hand. »Sie ist nicht hier.«

Maßlos enttäuscht entzog Amy ihm die Hand. »Aber du hast gesagt, du bringst mich zu ihr!«

»Weil ich mit dir zu einem sicheren Ort musste, um dir alles zu erklären.«

Wütend starrte sie ihn an. »Das sind nur Ausreden, mit denen du mich hinhältst!« Erneut kam ihr der Gedanke, dass man sie womöglich nur hierherverfrachtet hatte, um sie so lange aus dem Weg zu räumen, bis ihre Schwester begraben war. Matt war schließlich einer von ihnen – er gehörte hierher, nach Kallystoga. Was, wenn er die ganze Zeit bloß gegen sie gearbeitet hatte?

»Du lügst, wenn du den Mund aufmachst, oder?«, fragte sie kalt.

»Das mag sonst ja stimmen«, gab Matt zu. »Aber genau deswegen sind wir hier. Nur wenn wir sicher sind ... nur, wenn wir alleine sind, kann ich wirklich ehrlich zu dir sein.«

»Was soll dieses kryptische Drumherumgerede?« Amy warf die Hände in die Luft. »Warum verrätst du mir nicht einfach, was los ist?«

»Weil es ... schwierig ist.«

Amy lachte zornig auf. »Schwierig?«, rief sie. »Ach was – natürlich ist es schwierig. Alles hier ist mehr als *schwierig*, Matt! Aber fangen wir doch mal mit etwas Einfachem an: Wo ist Sunny?«

»Wir können deine Schwester nur morgen retten«, erklärte

Matt. »Nach dem Feuerwerk. Das ist die einzige Möglichkeit und ich werde dir helfen. Das verspreche ich dir.«

»Aber ... wie kann ich dir vertrauen? Nach all den Lügen, die du mir auch gerade wieder aufgetischt hast?«

Er trat zu ihr und berührte ihre Wange. »Spürst du das denn nicht auch?«

Ihr Herz begann, aufgeregt zu klopfen, jetzt nicht mehr nur aus Zorn.

Matt sah ihr ins Gesicht, ihre Blicke trafen sich, zogen Amy beinahe den Boden unter den Füßen weg, umfassten ihr Herz und ließen es wieder los. Etwas in seinem Blick schwirrte durch ihren Bauch, wo er zarte Flügelwesen zum Tanzen brachte.

Oh ja, sie fühlte etwas und das machte ihr Angst. Große Angst.

»Was sollte ich denn spüren?«, fragte Amy, so unbeteiligt sie konnte. »Matt, ich ... ich verstehe dich nicht. Ich verstehe rein gar nichts!«

Er rieb sich die Augen, als wäre er nicht bloß ein bisschen müde, sondern so, als bräuchte er hundert Jahre Schlaf.

»Ich dachte, du würdest es merken«, fing er an. »Aber vielleicht muss ich es doch sagen.«

»Was hätte ich merken sollen?«

»Dass ich das alles nur getan habe, um dich zu beschützen.«

»Aber *wovor denn?«*

»Vor mir. Vor ... vor meinen Gefühlen für dich.« Matt atmete schwer. »Es ist etwas ganz Unfassbares passiert. Ich habe mich in dich verliebt. Und das sollte niemals geschehen.«

Warme Wellen durchfluteten Amys Mitte, so als würde in ihrem Bauch die Sonne aufgehen und die tanzenden Flügelwesen würden sich in Licht verwandeln.

Sie brachte kein Wort heraus.

Er nahm ihre Hand und drückte sie. »Ich bringe dich in große Gefahr, wenn ich dich einweihe. Aber ich kann dich nicht länger anlügen. Also hör mir zu: Mein Name ist in Wahrheit Mylon und ich bin Jaspias Sohn.«

Jaspias Sohn? Dann war Jaspia Strandham eine Göttin ... und ihre Schwestern bestimmt auch.

»Aber bitte nenn mich weiterhin Matt«, fuhr er fort. »Ich hasse es, Mylon zu sein.«

Obwohl Amy so aufgewühlt war, schwieg sie eisern, sie würde erst wieder reden, wenn er ihr verraten hatte, was auf Kallystoga wirklich gespielt wurde.

»Was auch geschehen mag, was du auch über mich hören wirst – meine Gefühle für dich sind wahrhaftig und ich werde dir mit Sunny helfen.« Er nahm ihre Hand und unterstrich seine Worte, indem er sie fest drückte. »Aber dazu musst du mir vertrauen – so lange, bis wir sie morgen nach dem Feuerwerk gerettet haben. Du musst tun, was ich dir sage, ohne Fragen zu stellen. Hilf mir, sonst schaffen wir es nicht, ja?«

Matt drehte ihre Hand mit einem sanften Streicheln um und küsste die Innenfläche. »Versprich es«, bat er eindringlich und Amy konnte nicht mehr länger denken und wollte keine einzige Frage mehr stellen, als sie seine Lippen an ihrer Haut spürte.

»Ich verspreche es«, flüsterte sie.

Er küsste ihre Hand wieder und Amy wurde heiß, ihr Hals war wie zugeschnürt.

»Danke.« Matt betrachtete Amy voller Wehmut. »Kann ich mich darauf verlassen, dass du dein Wort hältst?«

Amy nickte beklommen. »Ich schwöre es.«

»Gut.« Er wirkte erleichtert. Gleichzeitig ließ er ihre Hand los, was sich anfühlte, als würde plötzlich der Winter anfangen, nein schlimmer, als würde eine Eiszeit hereinbrechen und ihr Leben, nein, *alles Leben* auf der Erde würde zu Ende gehen.

»Weißt du, was ich an dir so bewundere?«, fragte Matt dann. »Du tust das, was du für richtig hältst, und fragst nicht, was es dir einbringt.« Er schluckte ein paarmal und flüsterte ihr danach ins Ohr: »Deshalb will ich auch nicht, dass du stirbst.«

Amy schluckte. Sterben. Also war es wahr: Hier ging es wirklich um Leben oder Tod.

»Und Sunny auch nicht«, erinnerte sie ihn mit fester Stimme.

»Nein, das werde ich verhindern. Ich ... ich habe mich schon viel zu lange rausgeredet und gute Gründe dafür gefunden, so weiterzumachen wie bisher. Nur damit Kallystoga weiterbestehen kann. Dabei war ich einfach nur zu schwach. Jetzt, durch dich, fühle ich mich stärker. Du löst in mir den Wunsch aus, endlich das Richtige zu tun. Aber ich habe auch Angst.« Er stockte, schüttelte den Kopf, als könnte er es selbst nicht glauben, dann gab er sich einen Ruck. »Vor allem habe ich Angst davor, wie du die Wahrheit aufnehmen wirst. Ich habe Angst davor, dass du mich hassen könntest.«

Sie sah ihn zweifelnd an. Hatte er sich etwa deshalb in Pepper und Ryan verwandelt? Um nicht mehr in seiner eigenen Haut stecken zu müssen?

»Du bist nicht schwach, Matt. Und ich könnte dich niemals hassen.«

Matt lächelte kurz, dann ließ er seinen Blick lange über die seltsame Unterwasserhöhle gleiten, bevor er sich mit einem kleinen Ruck wieder Amy zuwandte.

»Alle Eltern lieben ihre Kinder«, sagte er leise. »Und auch ich liebe meine Mutter und meine Tanten, die alles für mich tun würden. Wirklich alles. Sie sind bereit, jeden Preis dafür zu zahlen, dass ich am Leben bleiben darf. Und den Alabasterball ... gibt es nur wegen mir. Er ist der Preis für *mein* Leben. Dieser Ball ist ein gigantisches Ablenkungsmanöver, eine Idee, die meine Mutter mit ihren Schwestern ausgebrütet hat. Denn je wundervoller etwas ist, desto weniger Fragen stellen Menschen. Vorsichtshalber sorgen sie aber mit speziell gewebten Armbändern dafür, dass sich die Gäste später nur an die schönen Dinge auf Kallystoga erinnern können. Und sie dachten, wenn der Ball für die Kandidaten eine zweite Chance darstellt, wenn ihr Leben dadurch besser wird, dann wäre das genug Wiedergutmachung. In den drei Tagen wollten sie herausfinden, wer derjenige ist, auf den die Welt am besten verzichten kann. Wer das Opfer für mein Leben erbringen soll. Sie dachten, das wäre gerecht ...«

Bevor er den Satz beenden konnte, ertönte ein ungeheures Rauschen.

Dann wurde Amy von einer mächtigen dunklen Welle weggerissen.

»Amy!«, hörte sie ihn gerade noch rufen, bevor seine Stimme im Gurgeln ertrank.

Eine unglaubliche Kraft packte sie und schleuderte sie durch die Höhle nach draußen, wo sie sich in einem gewaltigen glucksenden Wellentunnel wiederfand. Nach dem ersten Schock fing sie an zu kraulen, versuchte, den Tunnel zu durchschwimmen, angetrieben von dem Krachen der Wassermassen, jedes Mal, wenn die Welle hinter ihr zusammenstürzte. Sah so vielleicht die Hölle aus – nicht Feuer, sondern endlos unter einer Welle schwimmen, der man nie entkommen konnte?

Amy kraulte schneller, zu einem Licht hin, das plötzlich leuchtend hell wurde und ihr jegliche Orientierung nahm. Die Luft wich stoßweise aus ihrer Lunge, sie schloss die Augen und war trotzdem umgeben von unendlich vielen Tropfen voller Licht. Und kurz bevor sie das Bewusstsein verlor, schwebte sie hin zu einem weit entfernten Horizont, wo das Unmögliche geschehen konnte. Hin zu dem Ort, wo Mond und Sonne sich küssten und sich in einen durchscheinenden Ball aus Alabaster verwandelten.

25

Um sie herum tropfte und flatterte es und es roch nach feuchter Erde und vermodernden Blättern. Ihr leerer Magen knurrte laut und mischte sich mit einem seltsam pfeifenden Geräusch, das um Amys Kopf herumschwirrte. Als sie die Augen aufschlug, sah sie als Erstes einen schwarz-gelb gestreiften Schmetterling und sie erkannte auch, dass er einen Totenkopf auf dem Rücken hatte.

Jetzt, schoss es Amy durch den Kopf, jetzt bin ich endlich an dem Ort mit den pfeifenden Schmetterlingen, von denen Sunny immer wieder geschrieben hatte. War das auch der Ort, an dem Sunny festgehalten wurde?

Als sie sich aufrichten wollte, merkte Amy, dass sie in einem Treibhaus auf einem Diwan lag. Um sie herum zogen sich fast unsichtbare, nur leicht glänzende Fäden, mit denen ihr Körper an das Bett gebunden war. Zart wie Spinnweben, aber so fest wie Nylonschnüre. Amy riss daran, nichts rührte sich, sie war wie damit verschmolzen, als hätte man ihr einen unzerstörbaren Kokon angelegt. Sie spannte ihre Muskeln an, wand sich hin und her und konnte doch nichts tun.

Morina Strandham saß neben ihr auf einem Sessel, in ihrer Hand eine dieser juwelengeschmückten Scheren, wie sie Amy auch oben in der Galerie gesehen hatte, und drehte diese ruhig zwischen ihren Fingern hin und her.

Mit einem Mal kam alles wieder zurück, was Matt ihr in der Höhle gesagt hatte. Über den Alabasterball. Über die drei Schwestern. Und über ihr Opfer.

So also sah eine Göttin aus, die bereit war, jedes Jahr einen Menschen sterben zu lassen. Amy dachte an Matts Verwandlungen, an die goldschimmernde Seifenblase, und fragte sich, welche Kräfte dann eine Göttin erst haben mochte.

Als Morina merkte, dass Amy wach war, seufzte sie schwer. »Du verstehst sicher, dass wir Jaspias Sohn schützen müssen«, erklärte sie ohne lange Umschweife.

»Um jeden Preis?«, fragte Amy und hoffte, dass sie viel mutiger klang, als sie sich fühlte. Verstohlen sah sie sich um, das Treibhaus war voller Gartengeräte, Spitzhacken, Heckenscheren, aber konnten die ihr jetzt helfen? Wohl nicht.

»Denk nicht einmal daran. Wenn du etwas davon benutzt, um diese Fäden zu durchtrennen, wird deine Schwester sterben«, sagte Morina, als wüsste sie ganz genau, was Amy vorhatte. »Ich dachte mir schon, dass es klug wäre, ihren Lebensfaden zu verwenden, um dich zu fesseln.«

Lebensfaden? Plötzlich verknüpfte sich all das, was Matt erzählt hatte und was bisher passiert war, und alles ergab für Amy nun einen Sinn, auch wenn es ihr völlig unglaublich, geradezu wahnsinnig vorkam.

Die Strandham-Schwestern waren nicht irgendwelche Göttinnen.

Die drei waren die *Schicksalsgöttinnen.*

Alles, was Amy in ihrem Altgriechischunterricht gehört hatte, wirbelte in ihr Bewusstsein. Natürlich – das Spinnrad in der Galerie war ein Symbol der drei Schicksalsgöttinnen, die eine spann den Lebensfaden der Menschen, die zweite, die Loserin, bestimmte über ihr Schicksal und die dritte, die mit der Schere, durchtrennte am Ende den Lebensfaden und brachte den Tod.

Strand bedeutete *Spinnfaden.* Das Kleid, das mit der Einladungskarte verschickt wurde, das Netz, das sie alle beim Tanzen zusammen gewebt hatten, all die Spinnen und Schmetterlinge, das Armband für die Besucher, das die drei webten, alles hing mit allem zusammen.

Kein Wunder, dass die drei einen Sturm entfachen oder eine Flut beschwören konnten, um sie und Matt auseinanderzureißen. Aber wenn diese drei ihre Schwester gefangen hielten, wie sollte Amy, die doch keine magischen Kräfte besaß, sie da jemals heil rausbringen?

Eine tiefe Hoffnungslosigkeit machte sich in Amy breit. Sie hatte ja bei ihrer Suche mit vielem gerechnet. Aber mit Göttinnen?

Amy war fast froh, dass sie schon lag, denn ihre Knie zitterten bei dem Gedanken, wozu diese drei Frauen fähig waren.

»Wenn es nach mir ginge, hätte ich deinen Lebensfaden einfach durchgetrennt, aber Asmarantha war der Meinung, dass wir nicht unnötig grausam sein sollten.« Morina tippte die Schere nachdenklich gegen ihre Handinnenfläche, sodass die Juwelen aufblitzten wie die Ringe an Baron Arandas Fingern.

»Am liebsten würde ich dich hierbehalten, bis der Ball vorbei ist, aber das wäre nicht sehr elegant – immerhin stehen die Gäste schon vor der Tür und du wurdest ihnen als Kandidatin angekündigt. Ich vertraue dir keinen Millimeter, denn du hast unseren geliebten Mylon völlig durcheinandergebracht und uns alle an der Nase herumgeführt. Für deine Schwester war es leichter, uns zu betrügen – sie hat dich einfach nur bestohlen und bei ihrem Geburtsjahr geschummelt. Sie ist zur gleichen Zeit geboren wie du, sieht dir ähnlich und war einfach nur leichtsinnig.

Aber *du* ... du hast dir durch systematischen Betrug eine Einladung erschlichen und uns mit unseren eigenen Waffen geschlagen.« Zornig zeigte Morina auf den Ring, den Amy sich aus der Rose ihres eigenen Ballkleides gebastelt hatte. »All die Jahre ist uns noch nie jemand auf die Schliche gekommen, und jetzt das! Meine Schwester Jaspia glaubt, dass deine Gefühle für Mylon wahr sind. Aber Jaspia war schon immer die Naivste von uns. Asmarantha wiederum ist sicher, dass Matt dir zwar vollkommen gleichgültig ist, deine Schwester dir aber sehr am Herzen liegt.«

»Sie haben recht, ich liebe meine Schwester und Mylon ... Mylon ist mir überhaupt nicht gleichgültig! Ich ... ich l...« Sie biss sich auf die Unterlippe und zwang sich, die Worte wieder herunterzuschlucken. *Ihr* würde sie es nicht sagen. »Er will das alles hier nicht. Warum lassen Sie uns nicht einfach gehen?

»Rede nicht so einen Unsinn, ich dachte, du wärst klüger!«, blaffte Morina und trat verärgert auf sie zu. »In seinem unerträglichen Leichtsinn, der dem seiner Mutter in nichts nachsteht, hat Mylon dir das doch längst erklärt, oder nicht? Jemand *muss* sterben, ob du es willst oder nicht, und es liegt ganz allein bei dir, wer das sein wird!«

Amy hielt die Luft an. Was sollte das heißen? Was würde mit ihr passieren?

Die Göttin berührte mit einer Hand die Seidenfäden, mit denen Amy an den Diwan gefesselt war. Sofort ballten sie sich zu einer glänzenden Kugel zusammen. Morina umschloss sie mit ihrer Hand, warf sie dann wie einen Ball in die Luft und fing sie wieder auf.

»Das hier sind die wenigen Fäden, mit denen deine Schwester noch am Leben gehalten wird«, erklärte sie nun wieder ganz ruhig. »Es ist deshalb sehr einfach: Wenn du nicht tust, was ich dir jetzt befehle, werde ich ohne Bedauern den Lebensfaden deiner Schwester durchtrennen ... dann wäre sie für immer verloren. Wenn du dich aber an unsere Vereinbarung hältst, werde ich dafür sorgen, dass ihre Lebensfäden sich gut erholen und wieder kräftiger werden.«

Mit dem Ball in der Hand zeigte Morina auf die Schere, die sie die ganze Zeit mit der anderen Hand festgehalten hatte. »Und nun werde ich ein Stück ihrer Fäden abschneiden und dir mitgeben ... zur Erinnerung an unsere Vereinbarung.«

Sie nahm den silbrigen Ball und zog einen Faden heraus, der im Licht des Treibhauses so blau wurde wie die Erde vom Weltall aus gesehen.

Amy wurde das Herz schwer, als Morina die Schere nahm

und den Faden durchtrennte. Das Stück verlor sofort an Farbe.

»Jede Minute, in der dieser Faden nicht mit seinem Lebensfaden verknüpft ist, wird er schwächer und schwächer. Das kannst du ja sicher deutlich erkennen, oder?«

Amy schluckte, dann nickte sie.

Morina beugte sich zu ihr. »Dein Betrug hat dich bis hierhin geschützt, aber damit ist jetzt Schluss.« Sie schnitt die kupferne Rose von Amys Ring und legte dort den Faden auf, der sich augenblicklich in eine türkisblaue Rose verwandelte.

»Wenn du nicht das tust, was wir von dir verlangen, kannst du an der Farbe der Rose sehen, wie deine Schwester langsam stirbt. Weiß war früher auch immer die Farbe der Trauer …« Morina lächelte ein wenig zynisch, »… diesen Teil lasse ich bei meiner Ansprache am ersten Tag natürlich immer weg.«

Amy war auf alles gefasst. »Und was muss ich tun, um meine Schwester zu retten?«

»Drei ganz einfache Dinge: Erstens, du erzählst keiner Menschenseele, was du herausgefunden hast – auch meinem Neffen nicht. Und du kannst sicher sein, wir werden wissen, wenn du diese Regel brichst. Zweitens, du darfst auf keinen Fall die Ballkönigin werden, also sorge dafür, dass die Gäste dich nicht wählen. Drittens, und das ist das Allerwichtigste: Du *wirst* all deine weibliche Verführungskunst dazu benutzen, um Mylon zu küssen, ob er will oder nicht, und zwar im exakt richtigen Moment noch während des Feuerwerks.«

Ihn *küssen?*

Aber ... genau das würde Amy ja liebend gern tun. Wegen eines Kusses brauchten die sie doch nicht mit dem Leben ihrer Schwester zu erpressen. Ganz sicher war da ein Haken, den sie jetzt noch nicht durchschaute.

»Mein geliebter Neffe neigt dazu, sich die falschen Mädchen auszusuchen, und wir wollen auf keinen Fall, dass er Lilja küsst. Genau das wirst du also verhindern. Ist das so weit klar?

Morina summte und drehte ihre Schere weiterhin langsam hin und her.

»Du tätest gut daran, von jetzt an die Konsequenzen deiner Entscheidungen immer im Auge zu behalten. Versagst du auch nur in einem einzigen deiner Aufträge, ist deine Schwester tot. Und wenn das geschieht, wird außerdem noch einer der diesjährigen Kandidaten sterben. Überlege dir also genau, ob du mit so einer Schuld weiterleben kannst!«

Amy schwirrte der Kopf. Wie jetzt? Wenn Sunny starb, musste noch jemand sterben?

»Woher weiß ich überhaupt, dass meine Schwester noch lebt?«

Morina richtete sich auf, wurde größer und größer wie ein finsterer Geist, scheuchte die pfeifenden Schmetterlinge auf und verdunkelte dabei das gesamte Treibhaus. »Niemand sollte an meinem Wort zweifeln, schon gar nicht eine so bedeutungslose Sterbliche wie du.«

Amy wurde die Kehle eng. Das seltsame Pfeifen der Schmetterlinge erinnerte sie an das bösartige Sirren der goldenen Stangen, und als sich einer der Schmetterlinge in ihrem Haar verhedderte, liefen kalte Schauer über ihren Rücken.

»Siehst du die Rose? Schau sie dir immer wieder gut an und sorge dafür, dass du morgen deinen Pflichten nachkommst! Nur so rettest du zwei Leben!« Morina schrumpfte wieder zurück und sah wie eine harmlose alte Frau aus, als sie zur Tür wies. »Und nun geh. In Kürze wird das Abendessen serviert, man erwartet dich dort – und zwar bei bester Laune.«

Das *Abendessen?* Dann war das Knurren in ihrem Magen mehr als berechtigt. War der Tag etwa schon vorbei? Hatten sich die anderen denn nicht über ihre und Matts Abwesenheit gewundert?

Sich jetzt mit ihnen zusammenzusetzen und so zu tun, als wäre alles in Ordnung, erschien ihr beinahe unmöglich. Wie sollte sie das bloß anstellen?

»Vergiss nie, dass wirklich absolut niemand, und *vor allem nicht Matt,* auch nur ein einziges Sterbenswort von unserer kleinen Unterhaltung erfahren darf.« Morina klapperte dazu eindringlich mit der Schere.

»Ich werde es nicht vergessen«, sagte Amy mit matter Stimme, während sie aufstand. Ihre Beine zitterten; sie wollten rennen, nur wegrennen, aber ihr Kopf war wie betäubt und das lähmte ihre Schritte.

Hatte Morina ihr wirklich die ganze Wahrheit gesagt?

Amy fühlte sich, als hätte man sie in eine große Schneekugel eingesperrt und endlos geschüttelt.

Sie konnte nicht mehr klar denken, wusste nicht, was sie

zuerst tun sollte. Angst pulsierte durch ihren Körper wie ein bösartiges Fieber.

Ihr Blick fiel auf die blaue Rose an ihrem Finger.

Du musst leben, Sunny, bat sie im Stillen. Du musst!

26

Amy wusste nicht, wie sie überhaupt vom Treibhaus ins Schloss gekommen war, sie konnte immer nur die Rose anstarren und jedes Mal fragte sie sich, ob die Farbe sich schon verändert hatte. Ob Sunnys Lebenskraft bis zum Feuerwerk halten würde.

Zurück in ihrem Zimmer, hatte Elara sie in ein Cocktailkleid mit dazu passenden Schuhen gedrängt und ihr streng und mit einem vielsagenden Blick auf die Rose mitgeteilt, dass sie sich besser beeilen sollte, um nicht aufzufallen.

Sich nichts anmerken lassen, so tun, als hätte sie eben nicht die Frau kennengelernt, die über das Leben und den Tod aller Menschen entscheiden konnte – nichts leichter als das.

Amy hastete durch den Park, wo das Abendessen in der Nähe des Labyrinths in einem mit blühenden weißen Rosen überwachsenen Pavillon gedeckt war. Bei deren Anblick schluckte Amy und warf wieder einen Blick auf ihre Rose, doch in diesem Licht waren Veränderungen kaum zu erkennen.

Der Pavillon sah aus wie ein überdimensionierter Vogelkäfig. Wie passend, dachte Amy, sie waren Gefangene der Schicksalsgöttinnen, nur wusste es noch niemand außer ihr. Alles wurde von weißen Papierlampions und Kerzen erhellt. *Weiß ... die Farbe der Trauer.*

Kaum hatte Amy die Stufen zum Pavillon erklommen, tauchte Matt neben ihr auf. Er legte seine Hand auf ihren Arm und drückte ihn sanft.

»Wie geht es dir? Was ist passiert?«, flüsterte er. »Wir müssen reden. Es tut mir alles so leid.«

»Pünktlichkeit«, herrschte der Baron sie beide an, »ist eine Eigenschaft, die von den Strandhams sehr geschätzt wird! Beeilen Sie sich bitte!«

Er trat zu ihnen, packte Matt an der Schulter und dirigierte ihn zu einem Platz an dem großen ovalen Tisch, der weit entfernt von dem war, wo Amy sich hinsetzen sollte.

Gerade als sie dagegen aufbegehren wollte, blitzten die Juwelen an Baron Arandas Hand im Licht der Lampions auf und erinnerten Amy wieder an Morinas Schere und daran, dass der Baron der Handlanger dieser mächtigen Göttinnen war. Also schwieg sie lieber und setzte sich auf den leeren Platz zwischen Pepper und Ryan, die ihr zur Begrüßung kurz zunickten.

Matt warf ihr drängende Blicke quer über den Tisch zu, denen sie auswich, weil sie Angst hatte, sie könnte sich irgendwie verraten und Sunny in Gefahr bringen. Aber nicht nur *seine* Blicke brachten Amy durcheinander, sondern auch die Tatsache, dass niemand fragte, wo zur Hölle sie beide den ganzen Tag über gesteckt hatten.

Millie erklärte ihnen stattdessen, dass es heute nur drei

verschiedene Suppen gab, weil das Küchenpersonal wegen des Balles morgen sehr viel zu tun hatte, und sie empfahl ihnen die Zitronensuppe. Lilja säuselte irgendetwas darüber, wie wundervoll das Video über Pepper geworden war, und Ryan lachte über einen Witz, den Pepper mal wieder zum Besten gab.

Alle wirkten nicht nur gut gelaunt, sondern geradezu glücklich, so als wäre heute ein ganz wunderbarer Tag gewesen.

Essen war das Letzte, wonach Amy war, obwohl ihr Magen knurrte, zweifelte sie daran, dass sie auch nur einen Bissen herunterbringen würde. Aber das musste sie, weil sie all ihre Kräfte brauchte, um bis zu dem Feuerwerk morgen durchzuhalten.

Sie ließ sich von Pepper etwas Suppe auf ihren Teller geben und nahm von dem Brot, das Ryan ihr reichte. Sie spürte, dass Matt sie immerzu beobachtete, und überlegte, ob und wie sie das Gebot der Göttin wohl umgehen konnte. Was, wenn sie ihm eine Nachricht schrieb? Aber wie konnte sie sicher sein, dass die Göttinnen das nicht auch irgendwie entdecken würden?

Der Baron räusperte sich. »Bon! Nun, da wir vollständig sind, möchten Sie sicher den finalen Punktestand erfahren, mit dem Sie morgen in den Ball gehen werden. Sobald Mademoiselle Loreley und Monsieur Matt fertig sind, werde ich all die noch ausstehenden Punkte bekannt geben. Außerdem die Paarungen für die verschiedenen Tänze während des Alabasterballs.«

Er hielt unvermittelt inne, als würde er eine Botschaft

empfangen, die niemand außer ihm hören konnte, dann nickte er. »Wenn Sie mich kurz entschuldigen, Miss Morina Strandham braucht mich für einen letzten Punkteabgleich. Warten Sie hier, oui?« Er warf Amy einen drohenden Blick zu, stand auf und lief zurück zum Schloss.

Ganz klar, er wollte sie daran erinnern, dass es klüger war, auch während seiner Abwesenheit den Mund zu halten.

»Das war heute ein unglaublich verrückter Tag«, sagte Pepper unvermittelt zu Amy. »Oder?«

Amy verschluckte sich an der Zitronensuppe und musste husten. Verrückt war gar kein Ausdruck – aber woher wusste Pepper das? Hatte er sich irgendwo im Treibhaus versteckt und sie beobachtet?

»Was meinst du denn?«, fragte sie vorsichtig.

»Na, wir haben endlich unsere Videos gedreht. Meins ist, ehrlich gesagt, am besten geworden.« Pepper schlug sich auf die Brust und fing an, mit theatralischen Pausen zu reden: »Ich stehe ... auf der Bühne im Amphitheater und deklamiere mein Leben in Versen.« Sein Tonfall wurde wieder etwas sachlicher. »Also, natürlich ist Othello neben mir ein öder Langweiler.«

Ryan hustete demonstrativ. »Da kann man geteilter Meinung sein.«

»Ja klar, aber surfen ... in einem Springbrunnen!«, gab Pepper zurück und tippte sich vielsagend an die Stirn, woraufhin alle außer Matt und Amy in schallendes Gelächter ausbrachen.

»Das heute hat alles so viel mehr Spaß gemacht als dieser Horror gestern«, sagte Millie schwärmerisch zu Amy. »Unsere Walzergeneralprobe war doch ein echter Hammer, mit den Lichtern, den Schmetterlingen ...«

»Ja, das war echt ... krass ...«, murmelte Amy und rührte verwirrt in der Suppe herum. Die anderen schienen zu glauben, Matt und sie wären die ganze Zeit da gewesen. Deshalb hatte sie also niemand mit Fragen bombardiert! Und dann dämmerte ihr, dass die Strandham-Schwestern Matt und sie bei allem »vertreten« hatten, damit niemand merkte, was hier gespielt wurde.

Sämtliche Härchen stellten sich Amy auf und sie schaffte es kaum, ein Schaudern zu unterdrücken. Auf keinen Fall wollte sie darüber nachdenken, welche der Schwestern sich als Loreley ausgegeben hatte. Schockierend, dass wirklich niemand auch nur den geringsten Zweifel daran hatte, dass Matt und sie bei allem dabei gewesen waren.

Zum Glück fing jetzt auch Lilja an, ausführlich über das Walzertraining zu reden, und endlich verstand Amy, wovon sie so hellauf begeistert waren. Offensichtlich war die Magie, die sie gestern noch als so verstörend und grausam erlebt hatten, heute das Größte überhaupt.

Inmitten von Tausenden Schmetterlingen waren sie beim Tanzen durch den Saal geschwebt. Ja geschwebt! Was für ein Wahnsinn, dachte Amy, was hier aufgeboten wurde, um zu verschleiern, was wirklich Sache war. Und wie gut das funktioniert hatte. Ihr wurde ganz elend. Alle hatten ihre Zweifel von gestern überwunden und niemand wusste, in welcher Gefahr sie steckten! Nur die Rose mit Sunnys Lebensfaden hielt Amy davon ab, aufzuspringen und ihre Mitstreiter zu warnen.

»Mir schwirrt jetzt noch der Kopf«, stöhnte Pepper und die anderen stimmten begeistert mit ein, erzählten davon, wie es sich anfühlte zu fliegen und wie viel Glück sie doch hatten, an diesem Erlebnis teilhaben zu dürfen.

Amy versuchte, interessiert zu wirken, dabei kreisten ihre Gedanken immer nur darum, wo Sunny sein konnte und ob es ihr nicht doch noch gelingen könnte, sie vor dem Feuerwerk zu finden.

Verstohlen musterte sie Matt, der mit den anderen nun so engagiert über den Tag redete, als wäre er wirklich zehn Tänze lang durch die Luft geflogen. Millies Augen glitzerten begeistert, als sie davon schwärmte, wie fantastisch es sich angefühlt hatte, mit Matt zu tanzen, als hätte diese Erfahrung all ihre Vorbehalte gegen ihn in Luft aufgelöst.

Hört auf damit!, wollte Amy in die Runde rufen, doch stattdessen rührte sie bloß weiter in ihrer Suppe. Sie durfte nichts sagen. Sie durfte nicht!

»Geht es dir nicht gut?«, fragte Millie leise. »Bist du denn nicht auch aufgeregt wegen morgen?«

»Klar, ja, und wie«, sagte Amy und atmete tief durch. Vielleicht sollte sie sich ein bisschen mehr Mühe geben. Sie richtete sich gerade auf und warf einen Blick auf die Rose. Unverändert. Gut, wenn Morina wollte, dass sie bis zum Ende des Balles mitspielte, dann sollte sie das auch überzeugend tun. »Ich kann es kaum erwarten«, legte sie mit einem Lächeln in Millies Richtung nach.

Ein wenig außer Atem tauchte der Baron wieder auf und setzte sich an den Tisch. Wo er wohl gewesen war?, fragte sich Amy. Hatte er sich mit den Schwestern über sie beraten?

»Sind nun alle bereit, können wir mit den Wertungen beginnen?«, fragte er in die Runde und zustimmendes Gemurmel vermischte sich mit den Geräuschen der lauen Sommernacht. »Man hatte Ihnen mitgeteilt, dass auch Ihr Sozialverhalten in die Wertung einfließen wird. Nun, da gab es leider einige unangemessene Vorfälle, die eines Ballkönigs oder Ballkönigin nicht würdig sind. Beginnen wir mit der lächerlichsten aller Verfehlungen.« Er wandte sich zu Lilja. »Sie haben mich sehr enttäuscht, Mademoiselle, denn Sie sind eine Diebin und haben gegen alle Regeln des guten Anstands verstoßen.« Baron Aranda zauberte einen Tablet-PC aus seiner Jacke.

Lilja wurde feuerrot. Alle starrten sie an. »Ich ... ich weiß nicht, wovon Sie reden!«

Der Baron schüttelte den Kopf wie ein müder Inquisitor, der schon wieder eine Hexe beim Lügen erwischt hat. »Sie haben nicht nur den traditionellen Schmuck der Ballkönigin aus der Galerie gestohlen und ihn sich aufgesetzt, sie haben auch Fotos von sich gemacht und diese dann bei Instagram zur Diskussion gestellt, als wäre unser altehrwürdiger Alabasterball bloß einer Ihrer ... *Social Media Events.«* Den letzten Teil hatte er beinahe hervorgewürgt.

Millie und Pepper konnten sich ein breites Grinsen nicht verkneifen.

Ärgerlich wedelte der Baron mit dem Tablet. »Das ist nicht lustig, sondern très scandaleux! Und diese Frisuren auf Ihren Fotos sind erbärmlich! Morgen kommen selbstverständlich die besten Stylistinnen und Maskenbildnerinnen nach Kallystoga, die Strandhams wünschen sich Perfektion für die offiziellen Fotos. Sie haben uns lächerlich gemacht, deshalb verliert Mademoiselle Lilja alle ihre Punkte!«

Lilja schnappte nach Luft. »Aber ... aber ich bin keine Diebin! Ich habe den Schmuck doch nur ausgeliehen und dann gleich zurückgebracht!« Ihre Augen wurden feucht und dann liefen ihr sogar Tränen über die Wangen. »Und nur, weil ich eine würdige Ballkönigin sein wollte! Bitte tun Sie das nicht, bitte! Geben Sie mir meine Punkte zurück, ich mache auch alles, was Sie wollen.«

»Sie sollte ihre Punkte behalten«, kam ihr Ryan zu Hilfe. »Das ist unfair, sie hat doch niemandem geschadet.«

»Unsere Entscheidung steht fest!«, zischte der Baron mit versteinertem Gesicht. »Nun kommen wir zu den Herren. Auch nicht viel besser. Monsieur Ryan und Monsieur Pepper, Sie haben aus dem Weinkeller zwei Flaschen der allerbesten französischen Bordeauxweine entwendet und ausgetrunken. Damit noch nicht genug, haben Sie die Ritterrüstungen aus dem zweiten Stock angezogen und sich dann betrunken im Hof duelliert.«

»Nee, oder?« Lilja hatte aufgehört zu weinen und starrte die beiden mit weit aufgerissenen Augen an. Auch die anderen tuschelten wild miteinander.

Der Baron ermahnte alle, Ruhe zu bewahren. »Deshalb verlieren die Monsieurs Pepper und Ryan die Hälfte der Punkte.«

»Krass, das ist alles so bescheuert«, protestierte Ryan.

»Sie sollten sich mäßigen«, rügte Baron Aranda. »Die Strandhams legen größten Wert auf eine angemessene Sprache.« Er klemmte sich sein Monokel vors Auge und blickte missmutig durch Ryan hindurch, als könnte er hinter ihm schon seine düstere Zukunft sehen. »Alors, und nun Miss Loreley. Von Ihnen erwarte ich Vorschläge betreffend der Bestrafung von Demoiselle Camille.«

Amy zuckte zusammen – redete er jetzt davon, dass Millie sie in die Fackel geschubst hatte? »Ich habe ihr verziehen«, sagte sie sofort. »Wir haben uns ausgesprochen, es ist alles in Ordnung.«

»Aber ich«, widersprach Millie und setzte sich etwas aufrechter hin, »habe lange darüber nachgedacht und bin zu dem Schluss gekommen, dass es nur gerecht wäre, wenn ich all meine Punkte weiter an Loreley gebe.«

Amy starrte Millie so entgeistert an, als hätte sie sie noch nie gesehen.

Der Baron kniff mürrisch die Lippen zusammen. »Damit läge Mademoiselle Loreley in Führung.«

Das war ganz schlecht, wusste Amy sofort. Morina hatte ihr schließlich gesagt, dass sie auf keinen Fall die Ballkönigin werden durfte.

»Ich will diese Punkte nicht!«, wiedersprach Amy daher vehement. »Ich will nicht … ich will nicht mit geschenkten Punkten gewinnen.«

Lilja verdrehte die Augen. »Klar, unser Naivchen will fair sein! Ich frage mich langsam echt, warum du eigentlich hier bist!«

Der Baron ignorierte diese Kommentare und redete weiter: »Nun gut, wenn Loreley darauf besteht, bleiben die Punkte wie gehabt. Es fehlt zudem noch die finale Bewertung für die gestrige und die heutige Prüfung. Gestern hatte Monsieur Matthew ja dreißig Punkte behalten, aber leider keine weiteren durch tänzerische Leistungen erlangt, trotzdem herzlichen Glückwunsch zum Sieg. Die anderen werden wie folgt bewertet: Mademoiselle Lilja hätte zehn Punkte bekommen, aber die sind ja nun hinfällig. Mademoiselle Millie fünfzig und Mademoiselle Loreley dreißig. Monsieur Ryan bekommt zehn Punkte. Monsieur Pepper zehn.

»Soll das heißen, dieses lächerliche Gehampel von Millie wird als gute Performance eingeschätzt?« Lilja funkelte den Baron an. »Soll das witzig sein? Sie und die Strandhams können sich diesen Ballwettbewerb langsam echt sonst wohin schieben. Mir reicht's!« Damit stand sie auf.

»Sie können uns nicht verlassen«, mahnte der Baron. »Das wissen Sie. Morgen ist der Ballabend, alle erwarten Sie.«

»Ach ja, und wie wollen Sie mich dazu zwingen?« Lilja lachte verächtlich und warf ihre blonden Haare kämpferisch nach hinten. »Kein Mensch zwingt Lilja Salonen zu irgendwas! Das hat noch niemand geschafft!«

Der Baron reagierte, noch bevor Lilja in Richtung Schloss losmarschieren konnte. Mit dem Zeigefinger deutete er auf sie und seine Juwelen blitzten scharf im Schein der Lampions auf, als er dann mit dem Finger drei kleine Kreise in die Luft malte.

Lilja schnappte erschrocken nach Luft und blieb wie angewurzelt stehen. Dann begann sie damit, sich mit weit ausgebreiteten Armen um sich selbst zu drehen. Offensichtlich wehrte sie sich dagegen, aber etwas hatte von ihr Besitz ergriffen, ihre Füße drehten sich schneller und schneller und schneller, weiter und immer weiter. Ihre Augen waren weit aufgerissen vor Entsetzen und dann löste sich aus ihrem Kleid ein Faden, der sich um Lilja legte, gespenstisch wie eine seidene Fessel.

Stille senkte sich über den Tisch und es war, als würde sich niemand mehr trauen zu atmen.

Amy erinnerte sich an das Treibhaus und ihr wurde ganz flau bei diesem Anblick. War das etwa Liljas Lebensfaden, der sich da löste?

»Das ist doch nicht nötig, Baron Aranda«, versuchte sie hastig zu vermitteln. »Lilja hat das nicht so gemeint, sie will Kallystoga natürlich nicht verlassen.«

»Das wird sie auch nicht«, säuselte der Baron mit einem kalten Lächeln. »Niemand von Ihnen, denn dieser Ball wird morgen in genau dieser Besetzung stattfinden. Oder möchte noch jemand Mademoiselle Lilja Gesellschaft leisten?«

Alle starrten immer noch entsetzt zu Lilja. Während der Baron sie mit lächelnder Genugtuung betrachtete, wickelte sich der Faden immer weiter um sie, so als wäre ihr Körper nur eine Spule. Sie weinte, das konnte Amy deutlich sehen, und obwohl Lilja so fies und egoistisch war, konnte Amy das keine Sekunde länger ertragen.

»Lassen Sie sie!«, rief Amy und sprang hoch. »Das ist ungerecht. Genau wie alles andere, genau wie Ihre Punkte, die Sie nehmen und geben, wie es Ihnen gefällt. Bitte – bitte stoppen Sie das sofort!«

»Loreley hat recht«, sagte jemand neben ihr und Amy zitterte, als sie sah, dass es Matt war. Er ließ sie also nicht im Stich!

»Diese Punkte sind ungerecht«, sagte er und sah einen

nach dem anderen fest in die Augen. »Deshalb sollten wir zusammenhalten und verlangen, dass sie gestrichen werden. Auf diese Art will doch keiner von uns gewinnen, oder?«

Matt stand auf, stellte sich neben Amy, nahm ihre Hand und drückte sie.

Amy sah hoch zu ihm, ihr Blick landete in seinen Augen und verlor sich tief in diesem unmenschlichen Blau. Und in diesem winzigen Moment wusste Amy, dass sie ihn wirklich küssen musste, nicht wegen Sunny, nicht, weil es eine Göttin befohlen hatte, sondern einzig und allein, weil nichts sonst noch eine Bedeutung für sie hatte.

Mit einem lauten Rumpeln schob Millie ihren Stuhl zurück und brachte Amys Aufmerksamkeit wieder zurück in den Pavillon. Sie gesellte sich zu ihnen. »Ich bin dabei. Wir wollen, dass es hier gerecht zugeht!«

Matt griff nun auch nach Millies Hand und schwang ihre Hände demonstrativ hoch.

»Scheiße, ihr seht aus wie die drei Musketiere«, murmelte Pepper und gesellte sich trotzdem mit Ryan zu ihnen. »Einer für alle, alle für einen, was? Ihr habt sie echt nicht mehr alle, aber gut.«

»Un pour tous, tous pour un«, murmelte der Baron. Er applaudierte ein paar Mal, rückte seine Perücke gerade und setzte sich wieder hin, als wäre nichts gewesen. »Bravo!«, sagte er dann.

Von überallher flatterten bunte Schmetterlinge zum Pavillon und formierten sich zu einem großen Ball.

Der pure Hohn, fand Amy angesichts von Lilja, die immer

noch rasend schnell mit dem Faden weiter um sich selbst gezwirbelt wurde.

»Was hat das zu bedeuten?« Verwundert deutete Millie auf die Schmetterlinge.

»Nun, es freut mich, Ihnen mitteilen zu können, dass Sie gerade eine weitere wichtige Prüfung bestanden haben.« Der Baron lächelte kalt.

»Was soll das denn nun wieder heißen?«, fragte Pepper.

»Unsere Punktevergabe war naturellement völlig lächerlich. Ein Experiment! Die Strandhams möchten niemanden unterstützen, der solche Ungerechtigkeiten in Kauf nimmt und für seinen Sieg über Leichen geht.«

»Und was geschieht jetzt mit Lilja?«, fragte Amy.

Der Baron schnippte wieder mit seiner Hand und Lilja hörte so abrupt auf, sich zu drehen, dass sie stürzte. Ihr Schluchzen war deutlich durch die laue Nacht zu hören.

Amy und Millie liefen zu ihr, um ihr aufzuhelfen. Der Faden, der eben noch da gewesen war, hatte sich in Nichts aufgelöst. So zerzaust und derangiert hatte man Lilja noch nie gesehen. Als Amy ihr die Hand reichte, reagierte sie nicht, sondern kauerte sich nur noch mehr zusammen.

Schweigend ging Amy mit Millie zurück zum Tisch.

»Dann kommen wir also zum tatsächlichen finalen Punktestand«, fuhr der Baron fort, als würden immer noch alle friedlich am Esstisch sitzen. »Darin einbezogen sind auch die heutige Walzerübung und die danach gedrehten Videos der Monsieurs. Vorn liegen Mademoiselle Lilja und Monsieur Pepper gleichauf mit jeweils hundertfünfzig Punkten, dicht gefolgt von Mademoiselle Millie und Monsieur Ryan mit jeweils hundertzehn Punkten. Auf den hinteren Plätzen befinden sich Monsieur Matthew mit hundert und Mademoiselle Loreley mit neunzig Punkten. Wir haben also unsere Favoriten: Mademoiselle Lilja und Monsieur Pepper, herzlichen Glückwunsch! Und nun sollten Sie alle zu Bett gehen, damit Sie morgen wunderschön aussehen und bestens erholt für den Ball sind!«

Er klatschte in seine Hände, im selben Moment waren ihre persönlichen Diener da, um sie auf ihre Zimmer zu geleiten.

Der Ball. Morgen war es so weit. Bilder der Grabsteine stiegen unvermittelt vor Amys innerem Auge auf. *Vertrau mir,* hatte Matt gesagt. Sie biss sich auf die Lippen, starrte auf ihren Ring. Die Farbe war unverändert.

»Einen Moment noch«, bat sie Elara, als diese ungeduldig auf ihre Schulter tippte. Suchend sah Amy sich nach Matt um. Sie *musste* einfach noch einmal mit ihm allein sprechen!

Doch Matts Diener stellte sich vor ihn, als Amy sich näherte.

»Matt«, begann sie, aber aus ihrem Mund kam rein gar nichts. *»Matt!«*, rief Amy erneut, doch wieder nichts.

Es war, als hätte ihr jemand die Stimme gestohlen.

In dem Moment schob Matts Diener ihn zur Seite, als wäre er nur eine Ansammlung von Staub.

Matt versuchte, auf Amy zuzulaufen, pure Verzweiflung in seinem Blick, er streckte die Hand nach ihr aus, doch bevor er sie in den Arm nehmen konnte, hatte Elara ein hauchdünnes Tuch aus der Hosentasche ihrer Uniform geholt und einmal ausgeschnickt. Es breitete sich mit einem leisen Knistern in Windeseile aus und stand dann wie eine gläserne, durchsichtige Wand zwischen ihr und Matt, die sie weder links noch rechts überwinden konnten.

Matt sagte immer wieder etwas und Amy versuchte unbeirrt, seine Lippen zu lesen – vergeblich. Das Einzige, was sie wirklich verstand, war der Blick aus seinen Augen, der sie mitten ins Herz traf und mit dem er sie eindringlich anflehte, kein Risiko einzugehen.

DER TAG
DES ALABASTERBALLS

27

Gleich nach Sonnenaufgang hatte Elara sie für eine der Stylistinnen vorbereitet, die zusammen mit Friseuren, Köchinnen und Kellnern auf die Insel strömten. Unablässig tänzelte irgendjemand um Amy herum, legte Packungen auf, massierte ihre Schultern, toupierte und frisierte sie.

Amy ließ alles über sich ergehen wie eine Anziehpuppe, ihre Gedanken kreisten die ganze Zeit um Sunny und um Matt.

Noch in der Nacht hatte sie mehrfach versucht, sich zu Matt zu schleichen, aber Elara hatte offensichtlich den Auftrag bekommen, sie die ganze Zeit über zu bewachen. Die Dienerin hatte jeden Schein und jegliche Höflichkeiten fallen lassen und sich wie eine Statue vor Amys Zimmertür positioniert. Sogar die Fenster hatte sie mit ihrem magischen Tuch fest verschlossen.

Irgendwann hatte Amy einfach aufgegeben. Wenn die Schicksalsgöttinnen sie hier festhalten wollten, konnte sie nichts dagegen tun, das wusste sie.

Und nun wünschte sie sich nichts mehr, als dass endlich das Feuerwerk beginnen würde. Aber das war noch Lichtjahre entfernt.

Nach unendlich vielen Kostüm-, Stell- und Beleuchtungsproben, die sich über den ganzen Vormittag und Mittag zogen, war es so weit: Sie sollten die Gäste empfangen.

Unruhig zupfte Amy an der Seide ihres Menuettkleides und starrte hinunter zum Landungssteg, wo die ahnungslosen festlich gekleideten Gäste unablässig von ihren Jachten auf die Insel Kallystoga strömten. Von hier oben wirkten die Männer in ihren Smokings wie dunkle Käfer zwischen den bunt schillernden Roben der Damen, die wie Schmetterlinge in ihren bauschigen Kleidern voranflatterten.

Überall glitzerte es, die Pailletten der Stoffe, der Schmuck und die Abendsonne auf dem Wasser, sogar die Luft schien durchsetzt von einer vibrierenden Aura aus Lichtreflexen. Nur der Ring an ihrem Finger erinnerte sie ständig daran, worum es hier wirklich ging.

Amy versuchte, das immer schnellere Pochen in ihrer Brust zu ignorieren, und konzentrierte sich auf das leise Brummen der Boote. Zu spät, wisperte eine gnadenlose Stimme in ihrem Kopf, zu spät, wisperte sie und vermischte sich mit dem Gemurmel der Gäste, zu spät, zu spät, zu spät.

Nervös suchte Amy nach Matt, und als sie ihn unten am Steg entdeckte, wo er zusammen mit den anderen die Gäste in Empfang nahm, schöpfte sie wieder mehr Hoffnung. Sie mussten sich einfach im richtigen Moment küssen. Es war ihr schleierhaft, wie Morina Strandham auf die Idee kommen konnte, er wäre an Lilja interessiert. Oder wusste die Göttin etwas, das Amy entgangen war? Sie musste noch besser aufpassen und hellwach bleiben.

»Sind Sie bereit für die große Entscheidung, Loreley?«,

fragte Baron Aranda, der neben ihr aufgetaucht war. Er sah ihr prüfend in die Augen.

»Oh ja«, log Amy. Sie räusperte sich und rang sich dann ein Lächeln ab. »Ich kann es kaum erwarten!«

Auch Baron Aranda hatte sich für den Ball in Schale geworfen. Sein sonst lediglich weiß geschminktes Gesicht war mit einem Schönheitsfleck unterhalb seines rechten Auges verziert. Statt schlichter Kniehosen in Hellbraun trug er heute Abend purpur- und goldfarbene, dazu minzgrüne Seidenstrümpfe und einen doppelreihigen goldenen Gehrock mit Knöpfen in Form von Schmetterlingen.

»Das freut mich sehr«, sagte Baron Aranda und schnippte mit einer seiner ungemein eleganten Handbewegungen durch die Luft. Die Amethyste, Rubine und Smaragde der zehn dicken Ringe an seiner linken Hand brachen sich im schwindenden Sonnenlicht und blendeten Amy. Nachdem sie aufgehört hatte zu blinzeln, stand ein hölzernes Stehpult vor ihnen mit einem altmodischen roten Bakelitfüller auf der Ablage.

Baron Aranda überprüfte die Standfestigkeit des Stehpultes und überreichte ihr den Füller. »Wo bleibt nur wieder Mademoiselle Lilja?«, fragte er dann und schüttelte ungehalten den Kopf, sodass seiner Lockenperücke weiße Puderwölkchen entstiegen. »Sie sollte hier oben zusammen mit Ihnen die Gäste begrüßen.«

Noch bevor Amy etwas zu Liljas Entschuldigung sagen konnte, tauchte die gletscherblonde Finnin schon völlig außer Atem hinter dem Baron auf.

Obwohl Amy wirklich anderes im Kopf hatte, fiel ihr

doch auf, wie umwerfend und verführerisch Lilja in ihrem schwarzen Ballkleid aussah, in dessen zarte, wie aus Spinnenfäden gewebte Spitze kleine kristallene Perlen eingewebt waren, die bei jeder Bewegung in der Sonne funkelten. Es wirkte, als wäre Lilja umhüllt von feurigem Eis. Und obwohl sie gestern Abend noch völlig apathisch ausgesehen hatte, schien sie für den heutigen Tag neue Kraft getankt zu haben. Das würde sicher jedem gefallen, vielleicht auch Matt?

»Ich musste mit Pepper noch eine Kleinigkeit wegen unseres Walzers abstimmen und hab dann die Gästeliste dort liegen lassen! Tut mir leid.«

Der Baron ignorierte Lilja völlig und suchte Amys Blick.

»Sorgen Sie dafür, dass alles reibungslos vonstattengeht.« Und als der Baron Liljas spöttisches Lächeln bemerkte, fügte er in ihre Richtung hinzu: »Und wenn Sie wirklich Ballkönigin werden wollen, Mademoiselle Lilja, dann sollten Sie die Wünsche der Strandhams rückhaltlos respektieren!«

Statt wie sonst immer aufzubegehren, biss Lilja sich auf ihre flamingofarben geschminkten Lippen und senkte den Kopf nun so demütig, dass Amy sie kaum wiedererkannte.

Ohne ein weiteres Wort lief der Baron davon. Erst als er außer Hörweite war, hob Lilja den Kopf.

»Ich hasse ihn und das, was er mir gestern angetan hat«, sagte sie zu Amy, »aber ich werde trotzdem gewinnen. Es war unverzeihlich, nein verantwortungslos, dass ich auch nur eine Minute daran gedacht habe aufzugeben.«

Amy dachte daran, dass Lilja den grünen Umschlag gewählt hatte. Auch sie hatte also jemanden, den sie liebte und für den sie das hier alles in Kauf nahm. Ob sie wohl jemals erfahren würde, welches Geheimnis hinter Liljas Wunsch verborgen war?

Lilja prüfte, ob das Diadem auf ihrem Kopf noch festsaß. Dann nahm sie die Schultern zurück, trat neben das Stehpult und nickte Amy zu. »Ich frage nach den Namen der Gäste, du hakst sie ab und ich verteile die Armbänder. Okay?«

Schon einen Moment später standen die ersten Gäste vor ihnen und wedelten mit ihren Einladungskarten.

Als Erstes legte Lilja jedem das Check-in-Armband – ein gewebter weißer Stoffstreifen mit kleinen Perlverschlüssen – um das linke Handgelenk.

»Sehr hübsch!«, sagte die Bürgermeisterin von Toronto, nachdem sie sich vorgestellt hatte. »Obwohl ich so ein All-inclusive-Bändchen erstaunlich modern finde für diesen eher altmodischen Ball. Und die Männer kriegen dieselben?« Als Amy nickte, schüttelte die Bürgermeisterin ungläubig den Kopf und sah zu, wie Lilja auch ihrem Mann das Band anlegte. Als der protestieren wollte, erklärte ihm Lilja, dass dies aus Sicherheitsgründen unabdingbar war und er ansonsten die Insel verlassen müsste und ob er das wirklich wolle? Die Bürgermeisterin tätschelte beruhigend seinen Arm und er fügte sich mit einem Schulterzucken.

»Dieses Band kann noch viel mehr, es ist Ihr Abstimmungstool«, erklärte Amy – obwohl sie natürlich wusste, dass die Armbänder am Ende des Tages nur der Manipulation der Besucher dienten.

Der Mann der Bürgermeisterin betrachtete das Armband mit neuem Interesse.

»Jede der sechs Glasperlen an dem Band steht für einen

von uns. Die wichtigste Perle ist natürlich die hier.« Lilja zeigte auf die schwarze Perle und lächelte charmant. »Mit der geben Sie *mir* Ihre Stimme. Loreley hat die weiße Perle, Millie die türkise. Peppers Perle hat ein Leopardenmuster, wahnsinnig originell, oder? Und die von Ryan zeigt zu seinem Leidwesen keine Raubkatze, sondern ein Giraffenmuster. Das von Matt ist der Tiger. Sie drücken bei der Abstimmung die jeweilige Perle, ganz einfach.«

»Aber ... wie funktioniert das?«, fragte der Mann der Bürgermeisterin, während er das Band hin und her drehte.

»Magie«, sagte Lilja geheimnisvoll und Amy presste die Lippen aufeinander, als sie hörte, wie gut gelaunt Lilja klang. Als wären die Schrecken der letzten Tage nur ein Traum gewesen, als hätten sie alle nicht immer und immer wieder um ihr Leben gekämpft. Sogar Pepper, Ryan und Millie liefen über die Insel, als hätte ihnen Kallystoga völlig den Kopf verdreht.

Nachdem sie alle zweihundert Gäste begrüßt und mit den Armbändern ausgestattet hatten, fing das große Orchester an zu spielen. Beim Klang der zarten Geigenklänge schnürte sich Amy die Kehle zu.

Das war der Auftakt zum letzten Countdown.

28

Der Ballsaal sah mehr denn je aus wie eine unendliche, golden schimmernde Nacht, weil man das Licht der Kristallleuchter noch mit flackernden Kerzen verstärkt hatte. Die Wände zum Park waren hochgefahren, sodass das Publikum freien Blick auf den Saal hatte. Schwarz verspiegelte Bogenbrücken führten vom Saal hinaus in den Park, wo der Vollmond mittlerweile aufgegangen war.

Amy atmete tief durch, obwohl das in dem eng geschnürten Menuettkleid sehr beschwerlich war. Nach dem Menuett wurden die Videos gezeigt, danach war der Walzer dran. Fast manisch ging Amy immer wieder den Ablauf des Balles durch – es würde noch ewig dauern, bis das Feuerwerk losging!

Der Duft nach gebrannten Mandeln riss sie aus ihren Gedanken. Matt stand hinter ihr und legte seine Hand auf ihre nackte Schulter. Alles Blut aus ihrem Körper strömte geradewegs hin zu dieser warmen und trockenen Hand, wollte von ihm gehalten werden. Doch kaum hatte er sie berührt, tauchte der Baron auf und schob Pepper grob zwischen Matt und sie.

Pepper war bester Stimmung, er hatte ja auch keine Ahnung, was hier gerade wirklich vor sich ging.

»Mann, Mann, Mann«, schnaufte er. »Ich habe eben noch zwei Oscarpreisträgerinnen vom Boot geholfen und einen Sänger begrüßt. Und vor *denen* sollen wir auftreten, da kann einem ja schon ein bisschen flau werden, oder, ihr zwei?«

»Blödsinn«, kommentierte Millie, die gleich hinter Pepper auftauchte. Statt des Kopfhörers trug sie eine ähnlich spitze Haube mit Schleier wie Amy, nur dass Millie damit aussah, als wäre sie dem Hof von König Artus entsprungen. »Wir haben das Menuett doch so oft geübt und können das inzwischen im Schlaf.« Sie grinste. »Dann lasst uns mal ein Netz aus Verzauberung weben ...« Sie sah zu Ryan. »Und falls eine Spinne auftauchen sollte, werde ich dich ganz persönlich vor ihr retten.«

»Du meinst, gleich *nach* der Spinne«, stellte Ryan etwas bitter richtig.

»Nein«, Millie wirkte betroffen, sie reichte ihm ihre Hand. »Ganz ehrlich, erst du, dann die Spinne, versprochen.«

»Schade, dass du mit dem Altruismus deine mangelnde Eleganz leider nicht so wirklich ausgleichen kannst!« Lilja verzog spöttisch ihren Mund, stupste Millie dabei aber fast schon liebevoll in die Seite. »Allerdings verstehe ich nicht, warum sie ausgerechnet mit dem Menuett anfangen wollen und nicht als Erstes die Videos zeigen. Da würden die Gäste gleich viel mehr über uns erfahren.«

Pepper grinste. »Hast du Angst, Loreley könnte dir doch noch den Rang ablaufen?«

»Blödsinn!« Lilja boxte Pepper mit der Faust leicht auf den

Oberarm. »Die anderen haben keine Ahnung, was Grazie ist!«

»Vielleicht nicht, aber wir wissen, was Demut ist, das ist viel besser«, murmelte Millie. »Ich bin sicher, das zählt letztlich mehr.«

»Demut ist was für Loser«, meinte Lilja und wollte noch mehr sagen, doch in ihren letzten Satz hatte sich das Klopfen des Barons gemischt, als der mit dem Stock auf den Boden des Saals pochte. Die Musiker spielten eine Trompetenfanfare, die das Erscheinen der Schwestern ankündigte.

Die Schwestern schwebten auf blumenumkränzten Schaukeln vom Himmel des Saals zum Boden, was die Besucher mit lauten *Ohhs* und *Ahhs* und reichlich Beifall honorierten.

Alle drei trugen bodenlange alabasterweiße Kleider.

»Wie Bräute«, flüsterte Lilja Amy zu.

Amy schluckte. Eher wie *traurige* Bräute. Die Schwestern standen von den Schaukeln auf und liefen zum Publikum hin. Jaspia begrüßte die Gäste im Namen ihrer Schwestern, dann griff sie nach dem Mikrofon.

»Verehrte Gäste, wir heißen Sie zum diesjährigen Ball von ganzem Herzen willkommen und wünschen Ihnen einen wunderbaren Abend. Immer wieder werden wir gefragt, warum uns dieser – ja, nun doch ein wenig altmodische – Tanzball so am Herzen liegt. Heute Abend möchte ich Ihnen statt einer langen Rede dazu ganz frei mit den Worten des heiligen Aurelius Augustinus antworten: *Ich lobe den Tanz, denn er befreit den Menschen von der Schwere der Dinge und bindet den Vereinzelten zu Gemeinschaft. Ich lobe den Tanz, der alles fordert und fördert, Gesundheit und klaren*

Geist und eine beschwingte Seele. Oh Mensch, lerne tanzen, sonst wissen die Engel im Himmel mit dir nichts anzufangen.«

Jaspia ließ ihren Blick über die Menge gleiten, die offensichtlich schon jetzt völlig verzückt von ihr war.

»Unser Himmel ist heute hier auf Kallystoga«, fuhr Jaspia fort. »Unsere Engel stehen bereit, um Sie von aller Schwere zu befreien. Genießen Sie nun also die Darbietungen unserer jungen Tänzer und urteilen Sie dann mit beschwingter Seele und nach bestem Wissen und Gewissen!«

Tosender Applaus ging in die ersten Klänge des Menuetts über. Auf das Klopfen des Barons hin stellten sie sich auf und nahmen ihre Positionen ein.

Himmel? Das hier war wohl eher die Hölle, dachte Amy und tauschte mit Matt verzweifelte Blicke. Natürlich hatte der Baron ihn so weit weg wie möglich von ihr aufgestellt und die ständigen Partnerwechsel würden ganz sicher bestens verhindern, dass sie sich unterhalten konnten.

Die Musik setzte ein, Pepper nahm ihre Hand und sie begannen die ersten Trippelschritte, aufeinander zu und wieder zurück. Unwillkürlich betrachtete Amy Lilja und die anderen und war verblüfft, mit was für leuchtenden Gesichtern sich alle Mühe gaben, die Schritte korrekt zu setzen.

Es ist nur ein Tanz, dachte Amy, aber alle wirkten so konzentriert, als würden sie die Landung auf dem Mars vorbereiten.

Als sie das nächste Mal ihre Hand an die von Pepper legte und in zierlichen Schritten um ihn herumtanzte, dachte sie daran, wie Pepper sich unter Wasser in Matt verwandelt hatte, und wäre beinahe ins Stolpern geraten. Pepper steuerte jedoch sofort entgegen, sodass es niemand merkte. Aber durch das Ungleichgewicht hatte Amy ihren Kopf unbedacht bewegt und der Schleier ihrer Haube hatte sich hinten an ihrem Kleid so unglücklich verhakt, dass sie entweder mit nach oben gerecktem Kinn weitertanzen oder riskieren musste, ihn abzureißen.

Gerade als sie sich darüber ärgern wollte, wurde ihr klar, wie sehr ihr das entgegenkam, denn sie durfte ja auf keinen Fall gewinnen – den Schleier abzureißen, wäre also sogar noch besser als ein absichtlicher Stolperer, mit dem sie die anderen womöglich aus dem Takt brachte.

Sie tanzten Lilja und Ryan entgegen, um sich zu viert umeinanderzudrehen. Lilja stutzte, als sie Amys hochgerecktes Kinn sah, dann legte sie ihre Hand an die von Amy und drehte mit ihr eine Runde.

Plötzlich bewegte sich der Schleier wie von Zauberhand wieder, Amy konnte ihren Kopf frei heben und senken und der Schleier blieb dabei unversehrt. Verwundert warf sie bei der nächsten Drehung Lilja einen fragenden Blick zu.

Lilja nickte kaum merklich und dann huschte ein zartes Lächeln über ihr Gesicht, bevor sie sich wieder wegdrehen musste. Ganz ohne jeden Spott.

Ungläubig starrte Amy auf Liljas Rückseite. Sie hatte ihr geholfen. Ohne jeden Hintergedanken. Vielleicht hatten sie inmitten dieser Hölle doch etwas gelernt.

Bevor sie weiter darüber nachdenken konnte, näherten sich Matt und Millie, mit denen sie als Nächstes eine Runde tanzen mussten. Amy war entsetzt, wie dunkel Matts Augen wirkten, auch wenn er sie beruhigend anlächelte. Er sah viel eher wie ein sehr müder Mensch aus und nicht wie ein magischer Halbgott.

Götter. Unwillkürlich ging ihr Blick zu den Göttinnen hinüber, die bewegungslos auf ihrem breiten Jadethron saßen. Hoffentlich hatte sie bis jetzt alles zu deren Zufriedenheit erledigt. Amy warf einen weiteren Blick auf ihren Ring und schnappte nach Luft.

Die Rose war blasser geworden.

Pepper drückte ihre Hand fester und warf ihr besorgte Blicke zu. Sie riss sich zusammen. So normal wie möglich sollte sie wirken, erinnerte sie sich und konzentrierte sich auf den Tanz, bis rauschender Applaus das Menuett beendete.

Während sich Amy verbeugte, bat der Baron mit großem Brimborium die Gäste zu entscheiden, welche junge Dame und welcher junge Mann ihrer Meinung am besten einen Eindruck von Edelmut, Stärke und Grazie hervorgerufen hätten. Dann klatschte er dreimal in die Hände, was das Orchester dazu brachte, nun einen Walzer zu spielen. Mit den ersten Takten flatterten von überallher Schmetterlinge in den Ballsaal, was den Gästen wieder begeisterte *Ohhs* und *Ahhs* entlockte. Denn in dem schwarzen Spiegelsaal wirkten die flatternden Farbtropfen zuerst wie bunter Regen, doch dann begannen sich die Schmetterlinge zu sammeln und formierten sich nach Farben, bis auch der letzte Schmetterling seinen Platz in einem schwebenden Regenbogen gefunden hatte.

Die Gäste applaudierten frenetisch. Amy suchte Matt, aber

der Baron hatte sich neben ihn gestellt, sodass sie nicht mal mehr Blickkontakt haben konnten.

»Das ist Wahnsinn!« Millie hatte sogar Tränen in den Augen, als sie sich an Amy lehnte. »So etwas Schönes habe ich noch nie gesehen.«

»Dann ist es ja gut, dass Loreley dir das Leben gerettet hat«, stellte Lilja trocken fest und rückte ihr Diadem, das beim Klatschen etwas verrutscht war, wieder zurecht.

»Danke«, sagte Amy zu Lilja hin, doch die zuckte nur abwehrend mit den Schultern.

»Schon okay«, murmelte sie mit zartrosa Wangen.

»Wundert sich denn niemand der Gäste, dass die Schmetterlinge so unglaublich synchron fliegen?«, fragte Ryan. »Über so etwas hätte doch schon in der Vergangenheit etwas in der Zeitung stehen müssen, oder?«

»Ich bin sicher, hier staunt keiner über irgendwas«, sagte Amy und zeigte auf die Armbänder der Gäste. »Solange sie die anhaben, empfinden sie alles als ganz normal und kein bisschen als rätselhaft oder magisch. Später werden sie es sogar vergessen.«

Außerdem vergisst man alles Hässliche, was man auf der Insel gesehen hat, fügte sie in Gedanken hinzu.

»Und wir?«, fragte Millie erstaunt. »Wir wissen es doch.«

Amy schüttelte müde den Kopf. »Nein. Wir werden es auch vergessen, ganz sicher.«

Millie starrte sie verwirrt an, doch Amy wandte schnell den Blick ab, um nicht noch mehr sagen zu müssen. Die Musik hörte auf, die Schmetterlinge verwandelten sich in eine riesige bunte Kugel. In das enthusiastische Applaudieren der Gäste hinein verkündete der Baron: »Kommen wir nun zur Abstimmung. Bitte berühren Sie jetzt die entsprechende Perle an Ihrem Armband.«

Unter hingerissenem Gemurmel stimmten die Gäste darüber ab, welches Paar sich ihrer Meinung nach beim Menuett am besten angestellt hatte.

»Bitte Ruhe!« Der Baron schlug erneut dreimal mit seinem Stock auf den Ballboden. Nach und nach verstummten die Gäste und sahen dabei zu, wie sich die Schmetterlinge wieder neu formierten und in der Luft Namen bildeten: *Loreley*, las Amy und es brauchte einen Moment, bis ihr klar wurde, was das bedeutete.

Sie durfte nicht gewinnen, sie hätte sich besser konzentrieren sollen, Fehltritte einbauen müssen! Den nächsten Tanz musste sie unbedingt verpatzen!

Der andere Name, der in der Luft erschien, war *Ryan*.

Der Baron bedeutete ihnen mit einem Nicken, nach vorn zu kommen und sich zu verbeugen. Nach dem Beifall des Publikums stellten Ryan und sie sich dann wieder zu den anderen.

»Ryan, du warst natürlich wundervoll. Aber Loreley? Im Ernst jetzt?«, schnaubte Lilja. »Die müssen ja blind sein.«

Bevor Amy etwas dazu sagen konnte, hörte sie dieses verhasste sirrende Geräusch und dieses Mal flogen ihnen an goldenen Stangen ganze Heerscharen leerer Karussellpferdchen entgegen. Amy fröstelte.

»Wow«, brachte Pepper bloß hervor. »Was ist das?«

»Ich bin noch nie Karussell gefahren!« Lilja wirkte begeistert. »Meine Mutter wollte nie ...«, sie schluckte und sagte dann wieder viel beherrschter: »Was für eine abgefahrene Idee. Die sollen uns bestimmt zum Amphitheater am See bringen. Dort werden die Videos gezeigt. Los, kommt! Neue Runde, neues Glück!«

Im Gegensatz zu den begeisterten Gästen widerstrebte es Amy, auf diesen Holzpferden Platz zu nehmen, denn das erinnerte sie nur immer wieder daran, wie sehr sie bei der Suche nach ihrer Schwester versagt hatte. Doch der stechende Blick des Barons machte ihr klar, dass sie keine Wahl hatte. Und leider stand er immer noch vor Matt, als wäre er sein Leibwächter.

Widerwillig setzte sich Amy und konnte keinen Moment dieser schwebenden Fahrt durch den dunklen Park zum Amphitheater genießen.

Die Zuschauerränge der runden Arena waren aus rotem Marmor um die Bühne in der Mitte gebaut. Von Weitem hatte es gar nicht so groß ausgesehen, aber es bot mehr als zweihundert Gästen bequem Platz. Am rechten Rand der Bühne stand schon der Jadethron mit den Strandham-Schwestern.

Nachdem sich alle Gäste hingesetzt hatten, spielte das Orchester einen gewaltigen Tusch, der Vorhang öffnete sich und das Publikum belohnte den Anblick mit einem begeisterten *»Ohhh!«*.

Auf der Bühne stand ein riesiger goldener Käfig, in dem schillernde Seifenblasen schwebten, groß wie Wagenräder. Auf ein Zeichen des Barons hin wurde ein silbern klingendes Harfentremolo gespielt, die Käfigtür ging auf und eine Seifenblase schwebte heraus. Ihr öliges Regenbogenschimmern verwandelte sich in den Anfang von Peppers Video und sogar Amy geriet ins Staunen. Jedes einzelne Video erhielt viel Applaus. Danach stimmte das Publikum darüber ab, welches ihnen am besten gefallen hatte.

Als das Ergebnis verkündet wurde, wich alles Blut aus Amys Kopf, sie fühlte sich, als würde sie gleich umkippen. Denn leider war ihr Unterwasservideo auf dem ersten Platz gelandet – und damit führte Loreley schon wieder. Sie wollte gar nicht wissen, was das für ihre Rose bedeutete, und musste sich zwingen, ihren Ring zu betrachten. Der Ring war schon wieder deutlich blasser geworden und schimmerte nur noch in einem zarten Himmelblau.

Es fehlte nicht mehr viel, dann würde er für immer Weiß bleiben.

29

Nach den Videos wurde zur Erfrischung Champagner und Häppchen für alle gereicht, in der Zeit mussten die Kandidaten ihre Walzerkleider anlegen, sich umfrisieren lassen und dann schnell wieder zurück in den Ballsaal.

Was für eine Verschwendung, dachte Amy, die sich unter anderen Umständen sicher bestimmt schon beim Anziehen über dieses Kleid gefreut hätte, denn es war wunderschön: Es bestand aus einer Korsage, die ihren Oberkörper eng bis zur Taille umschloss. Von dort bauschte sich das weiße Kleid in sieben Lagen von Tüllröcken, über denen ein violetter Schleier lag, der mit kleinen, blausilbern funkelnden Kometen bestickt war. Doch heute stimmte jeder einzelne Stern Amy traurig, denn neben diesem Blau wurde nur noch deutlicher, wie sehr ihre Rose schon an Farbe verloren hatte.

Verzweifelt hatte sie beim Umziehen darüber nachgedacht, wie sie Matt von ihrer Vereinbarung mit Morina erzählen könnte, ohne Sunny zu gefährden, aber ihr war nichts eingefallen.

Doch dann, als sie gerade in ihre seidenen Ballerinas schlüpfte, hatte Elara verkündet, dass Amy den Walzer mit

Ryan absolvieren musste und ihr geradezu überschäumend Glück dazu gewünscht.

Ryan. Das hatte Amy auf eine Idee gebracht. Was, wenn Matt noch einmal die Gestalt von Ryan oder Pepper annahm und sie so reden konnten? Sie hatte Morina ja nur versprochen, es nicht *Matt* zu verraten, vielleicht würden sie mit so einer Täuschung durchkommen?

Voller Elan war Amy zurück zum Ballsaal gestürmt, wo die Jungs schon im Frack dastanden und auf die Mädchen warteten. Erleichtert stellte Amy fest, dass Matt dabei war, sogar ohne Leibwächter. Jaspia und Asmarantha saßen wieder auf ihrem Thron, aber etwas schien passiert zu sein, denn Morina lief ärgerlich gestikulierend vor ihren Schwestern auf und ab. Das musste Amy ausnutzen, sie raffte all die Unterröcke ihres Kleides und rannte, so schnell sie konnte, zu Matt hinüber.

Doch bevor sie ihn erreichte, drängten sich Elara und ihre fünf Kollegen vor Matt und schirmten ihn erneut vor allen anderen ab. Es gelang Amy nicht einmal, ihm einen kurzen Blick zuzuwerfen.

So ein Mist!

Der Baron klopfte mit seinem Stock – augenblicklich wurde es still im Saal, erwartungsvoll blickte das Publikum zu ihnen auf.

Amy postierte sich zähneknirschend vor Ryan, der sie ganz ohne Hundebabylächeln ansah, irgendwie merkwürdig, so als würde er etwas im Schilde führen. Ihr Herz machte einen Sprung – war es möglich, dass Matt, hinter all den Dienern versteckt, gerade auf den gleichen Gedanken gekommen war wie sie? Eigentlich unmöglich, trotzdem überprüfte sie seine Augen, eines war blau, das andere grau. Also war es doch Ryan und damit versiegte jegliche Hoffnung.

Die Musik setzte ein. Da zwinkerte Ryan ihr verschmitzt zu und tauschte so schnell mit Matt den Platz, dass der Baron, der schon das Startsignal gegeben hatte, nichts mehr dagegen tun konnte. Ein Raunen ging durch das Publikum und Amy konnte quer durch den Saal fühlen, wie wütend der Baron und die Göttinnen waren. Aber niemand schritt ein, es war ihnen wohl wichtiger, den Schein zu wahren.

Zum ersten Mal seit Amy mit Morina geredet hatte, stand sie Matt allein gegenüber.

Als die ersten Takte durch den Raum perlten, legte er eine Hand an ihre Taille, zog sie an sich und drückte ihre andere Hand. Amys Kopf befand sich etwas unterhalb seines Halses, von dem ein leichter Duft nach gebrannten Mandeln aufstieg. Gott, die würde sie nie mehr essen können, ohne an ihn zu denken. Sie rief sich zur Ordnung. Es ging nicht um sie oder Matt, sondern um das Leben von Sunny.

Er schwang sie sachte im Wiegeschritt hin und her, dabei räusperte er sich.

»Wir müssen reden.« Seine Stimme klang gepresst. »Uns bleibt nur noch die Zeit bis zum Feuerwerk. Du musst mir unbedingt verraten, was mit dir passiert ist, nachdem wir in der Höhle waren.« Er drehte sie mit leichter Hand einmal um sich selbst, dann zog er sie noch dichter an sich heran.

»Ich kann nicht«, flüsterte Amy und schielte zu der Rose an ihrer rechten Hand. »Das musst du verstehen.«

Matt folgte ihrem Blick, dann nickte er. »Dann hör du mir

zu.« Er ließ die Hand an ihrer Taille los und wirbelte sie mit der anderen so lange um sich selbst, bis sie völlig atemlos war. Das verschaffte ihnen reichlich Zwischenapplaus vom Publikum. »Ganz egal, was ich dir jetzt erzählen werde, du musst um jeden Preis weitertanzen, du darfst nicht für eine Sekunde die Beherrschung verlieren, kannst du mir das versprechen?«

»Das ... das weiß ich nicht.«

Matt lächelte zart. »Ich mag es, dass du immer so ehrlich bist.«

Amy schoss das Blut in den Kopf, sie versuchte, möglichst unbeteiligt über seine Schulter zu schauen, um sich wieder zu fangen.

»Noch nie habe ich jemanden wie dich kennengelernt.« Er streifte mit seinen Lippen wie zufällig ihren Hals, dann seufzte er. »Wir können meine Mutter und ihre Schwestern nur auf eine Weise austricksen. Du musst so tun, als wärest du sehr in mich verliebt und dann das Feuerwerk mit mir zusammen anschauen.«

Verwirrt suchte sie seinen Blick. Das war ja genau das, was Morina auch von ihr gewollt hatte.

»Und dann werden wir uns küssen?«, fragte sie leise, ohne ihn aus den Augen zu lassen.

Er zuckte zusammen. »Auf keinen Fall«, widersprach er. »Wenn du deine Schwester wiedersehen willst, dürfen wir genau das nicht tun.«

»Aber ... das verstehe ich nicht. Ich dachte ...«

»Es hat mit dem Fluch zu tun.«

»Ein Fluch? Aber du bist doch ein Halbgott! Du kannst

unter Wasser atmen und andere Gestalten annehmen. Wer sollte dich daran hindern, mich zu küssen?«

Matt rang sich ein gequältes Lächeln ab. »Na du!« Er drückte ihre Hand einmal fest, als müsste er das unterstreichen. »Ich möchte, dass *du* glücklich bist, und dazu muss deine Schwester leben, oder nicht?«

Er ließ sie los und drehte sie einmal um sich selbst. Als er seine Hand wieder um ihre Taille legte, war ihr ganz schwindelig. Nicht nur von seinen Worten, sondern von der Frage, wem sie nun vertrauen sollte: Matt oder Morina?

»Sag mir eins«, bat sie dann. »Warum warst du nachts immer als Pepper oder Ryan draußen?«

»Weil ich deine Schwester besucht habe und gleichzeitig sichergehen musste, dass mich niemand bei ihr sieht.«

»Aber du hast doch gesagt, sie lebt in einer anderen Zeit?«

»Das stimmt.« Matt sah sie schuldbewusst an. »Und nachher beim Feuerwerk wirst du es auch verstehen. Glaub mir, du wirst alles verstehen. Wir müssen nur noch diesen Walzer und die Bewertungen durchstehen.«

Nur noch! Sie schafften es gerade so, einer missglückten Drehung von Pepper und Millie auszuweichen. Ein leises Raunen ging durch den Saal.

»Wir sollten nicht auffallen«, murmelte Matt, konzentrierte sich auf eine komplizierte Abfolge von Drehungen und führte Amy souverän an den anderen Paaren vorbei. Wie oft hatte er wohl schon Mädchen über diesen Ball geführt?

Und war sie wirklich die Erste, in die er sich verliebt hatte?

»Noch nie habe ich den Wunsch gehabt, mich jemandem anzuvertrauen«, sagte Matt zu ihr. »Du bist mir ein Rätsel,

Amy und es fällt mir so schwer, dir alles zu sagen. Ich könnte deine Verachtung nicht ertragen.«

»Für mich gibt es nur einen einzigen Grund, aus dem ich dich verachten müsste«, sagte Amy.

»Und der wäre?«

Amy betrachtete Matt und suchte seine Augen. Grauschwarz wie ein Gewitterhimmel. »Wenn du mir nachher meinen Kuss verweigerst.«

Matt wurde bleich und blieb so abrupt stehen, dass Amy ihn beinahe angerempelt hätte, doch er verwandelte das schnell in eine Art Hebefigur, bei der er Amy hochhob und sich mit ihr zusammen zum Takt drehte, was ihnen einen weiteren Applaus einbrachte.

Matt umklammerte ihre Hand nun wie einen Schraubstock, so als bräuchte er dringend Halt. »Ich habe es dir schon gesagt, das ist unmöglich.«

»Aber ich möchte es«, brachte Amy hervor. »Mehr als alles andere.«

Matt schüttelte den Kopf. »Du verstehst es nicht. Ich hätte nie geboren werden dürfen. Du weißt ja schon, dass meine Mutter Jaspia ist. Aber nicht nur sie, auch ihre Schwestern, also alle drei haben sich vor vielen Jahren in denselben Mann, einen Sterblichen, verliebt.«

»In Dyx?«, fragte Amy, der gerade klar wurde, wer der schöne schlafende Mann in der Galerie war, zu dessen Füßen Jaspia geweint hatte.

»Genau, Dyx war mein Vater. Er war der Urenkel von Odysseus und Kalypso. Aber es ist den Schicksalsgöttinnen nicht erlaubt zu lieben und auf gar keinen Fall dürfen sie

Kinder mit Sterblichen haben. Ihre Aufgabe ist zu groß und umfassend und nichts soll sie ablenken. Und schon gar nicht dürfen sie ihre Macht ausnutzen, um Liebe zu erzwingen. Aber meine Mutter hat das ignoriert, und um ihre Schwestern auszustechen, hat sie ein Stück von Tante Asmaranthas Lebensfaden gestohlen, um Dyx damit quasi um den Finger zu wickeln. Doch dadurch hat sie Aphrodite herausgefordert und die Göttin der Liebe war sehr, sehr wütend. Sie hat Dyx getötet und mich verflucht. Meiner Mutter und ihren Schwestern konnte sie nichts antun, weil sie auch Göttinnen sind. Doch sie konnte sie durch mich und diesen Fluch quälen und bestrafen. Aber heute werde ich all das beenden und deshalb ist das hier alles, was wir beide jemals haben werden ... verstehst du das?«

Die Walzermusik in Amys Ohren wurde lauter, sie versuchte, seinen Blick einzufangen, aber er hatte damit begonnen, sie zu drehen, als könnte er ihre Reaktion nicht ertragen. Er packte sie fester, immer fester – eins, zwei, drei, eins, zwei, drei –, in rasender Schnelligkeit wirbelten sie durch dieses unendliche Universum aus schwirrendem Licht, helle Blitze funkelten durch Amys Kopf und jeder davon erinnerte sie an die silbrigen Fäden von Sunnys Leben. Doch wenn Matt sich ihr verweigerte, dann hing auch das Leben der anderen nur noch an einem seidenen Faden. Nicht nur Sunny würde sterben – noch ein Leben würde hier und heute Nacht enden.

Der Gedanke traf sie mit einer solchen Wucht, dass Amy von Matt zurückwich. Dabei stolperte sie, verlor das Gleichgewicht und riss Matt kurzerhand mit sich zu Boden.

Wie konnte er nur so grausam sein?, fragte sie sich. Er musste doch wissen, was hier für sie auf dem Spiel stand.

Als der Walzer endete, entfernte sie sich von ihm, auch wenn es sich anfühlte, als würde sie sich selbst ein Messer ins Herz stoßen. Aber sie wusste mit jeder Faser ihres Körpers, dass es an der Zeit war, endlich mit den anderen zu reden.

30

Nach dem Walzer bat der Baron um die Wertung des Publikums und dieses Mal wurden Pepper und Lilja als Sieger gewählt.

Noch außer Atem und schwindelig, betrachtete Amy ihren Ring, der jetzt nur noch schwach hellblau war. Sie versuchte, mit Matt einen Blick zu wechseln, um zu sehen, ob er seine Meinung geändert hatte, aber er schüttelte unmerklich den Kopf.

Amy fühlte sich wie zerrissen. Wenn sie mit den anderen redete, brach sie das Versprechen, das sie Morina gegeben hatte, und Sunny würde sterben. Aber Sunny würde auch sterben, wenn es ihr nicht gelang, Matt zu küssen. Musste sie also ihre Schwester aufgeben, um wenigstens einen der anderen zu retten?

»Echt schade, dass ihr vorhin so aus dem Rhythmus gekommen seid«, sagte Lilja, die mit dem Diadem auf ihrem Kopf um die Wette strahlte. »Doch ihr wart würdige Gegner! Euch zu besiegen, hat etwas wirklich Großes.«

»Ich bin sicher«, Millie schürzte verächtlich ihre Lippen, »Lilja hat euch was in eure Drinks gemischt. Sonst wäre doch Amy nicht einfach so gestolpert. Ist dir denn immer noch so schwindelig oder geht es wieder?« Millie hielt inne und umarmte Amy plötzlich. »Ich habe so ein komisches Gefühl, als ob ich dich nie wiedersehen würde«, sagte sie und lächelte über sich selbst. »Muss an diesem Mond liegen, der macht jeden irgendwie très fou, wie der Baron sagen würde.«

Amy musste schlucken. Verrückt. Genau.

Sie traf eine Entscheidung.

»Nein, es ist nicht der Mond, der hier alle verrückt macht«, sagte sie und streckte die Schultern durch. »Bitte hört mir zu, ich muss mit euch reden.«

Die anderen zogen verwundert die Brauen hoch, nur Matt sah sie voller Panik an.

»Tu das nicht!«, mischte er sich sofort ein. »Das darfst du nicht tun. Glaub mir, es würde entsetzliche Kräfte lostreten.«

Die anderen betrachteten sie beide verblüfft.

»Es liegt doch nur an dir, das zu verhindern!«, gab Amy zurück. »Bitte, Matt!«

»Was ist denn hier los? Wovon redet ihr?«, fragte Millie.

Amy sah ihr tief in die Augen, dann drehte sie sich auch zu Lilja, Pepper und Ryan. »Ihr seid alle in Gefahr. Einer von euch wird noch heute Nacht st...«

»Nein, nicht!«, rief Matt, riss Amy in seine Arme und zog sie davon. Amy stemmte sich gegen ihn, wollte sich losreißen, aber sie hatte keine Chance. Keinen Millimeter bewegte sie sich, so viel Kraft schien er zu haben.

»Ihr müsst von hier verschw...!«, rief Amy noch über seine Schulter hinweg, doch Matt legte ihr nun sogar eine Hand über den Mund und sah ihr entschuldigend in die Augen. Die anderen starrten ihnen bloß völlig entgeistert und regungslos hinterher, bis sie den Ballsaal schon fast verlassen hatten.

»Hör auf! Es ist ja gut, Amy. Alles wird gut. Ich ... ich werde dich küssen, okay? Doch wenn du die anderen einweihst, dann werden *alle* sterben und nicht nur einer. Niemand darf jemals von diesem Fluch erfahren.« Er nahm die Hand von ihrem Mund und streichelte stattdessen ihr Gesicht, als wollte er es sich für immer einprägen. »Vertrau mir, ich flehe dich an.«

Amy fühlte sich wie ausgewrungen und es wunderte sie, dass Matts Angebot sie nicht glücklicher machte, denn endlich hatte sie einen Weg gefunden, sie alle zu retten.

Aber etwas stimmte nicht. Etwas stimmte nicht und sie verstand einfach nicht, was es war.

»Du kannst mich wieder runterlassen«, sagte Amy. »Wir sollten zurückgehen. Man wird uns vermissen.«

Matt schüttelte den Kopf. »Das ist egal. Baron Aranda stellt jetzt die chinesischen Feuerwerksexperten vor und erklärt, dass die Raketen aus dem Labyrinth in den Himmel geschossen werden. Jedes Jahr ist es dasselbe, jedes Jahr derselbe Ablauf und ich kenne ihn in- und auswendig. Nutzen wir die paar Minuten und gehen zur Nordseite, ja? Dort sind wir auch gleich näher bei deiner Schwester.«

Er führte Amy weiter bis zum Labyrinth und es kam ihr so vor, als würde sie auf seinen Armen schweben. Ein Halbgott – manchmal, wie jetzt, fiel es ihr immer noch so schwer, es zu glauben. Nichts an Matts Statur ließ darauf schließen, dass er göttliche Kräfte hatte, und trotzdem spürte sie, wie die Energie förmlich aus ihm herausströmte.

Der Pegasus am Eingang wirkte, als wollte er sich gleich erheben und losfliegen. Auch die anderen Tiere aus dem Labyrinth kamen ihr größer vor und lebendiger. Wie letztes Mal öffneten sich die Hecken auf Matts Befehl hin und gaben für ihn den Weg frei.

Er setzte Amy erst bei den Klippen am Leuchtturm ab und blieb dort eng umschlungen mit ihr stehen.

»Werden wir uns wirklich küssen?«, fragte Amy atemlos. Sie wollte es so gerne und legte ihre Hände auf sein Gesicht.

Matt drückte ihre Hand liebevoll. So müde wie jetzt hatte er noch nie ausgesehen. »Ich würde eher sterben, als dich je wieder loszulassen.« Er seufzte tief. »Und es ist wunderbar. So etwas habe ich noch nie gefühlt. Nicht in all den Jahren.«

»Bei keinem anderen Mädchen?«, fragte Amy mit beinahe heiserer Stimme. Der Gedanke, dass jemand wie Matt sich in seinem ganzen Leben nur in sie verliebt hatte, war unfassbar.

Matt schüttelte den Kopf. »Nein. Niemals. Aber trotzdem muss ich jedes Jahr, beim Feuerwerk, wenn der Alabastermond am Himmel steht, ein Mädchen küssen, das in mich verliebt ist.«

Das Zischen und kurz darauffolgende Krachen einer Rakete ließ Amy zusammenzucken. Trotzdem nahm sie nicht ihren Blick von ihm. »Dann ist das der Fluch?« Sie konnte kaum atmen.

Matt nickte langsam. »Ich konnte nur weiterleben, weil jedes Mädchen, das ich küsse, für mich sterben wird. Und nur wenn mir dieser Kuss mit echter Liebe gegeben wird, dann lässt ihre Energie mich ein weiteres Jahr lang leben. Das funktioniert aber nur mit Menschen, die unter demselben Alabastermond geboren wurden wie ich.« Amy sah, dass seine Augen schwammen, er versuchte verzweifelt, sich zu beherrschen. »Diese drei Tage und die harten Regeln dieses Balles hat Aphrodite meiner Mutter und ihren Schwestern aufgezwungen, daran konnten weder sie noch ich etwas ändern, auch nicht, dass jede Schwester jedes Jahr ein Mädchen und einen Jungen aussuchen musste. Drei Schwestern – drei Fehler. Diese *Auserwählten* sollte sie jedes Jahr wieder daran erinnern, dass es ihnen nie bestimmt gewesen ist zu lieben und dass auch sie nicht allmächtig sind. Niemand ist das.«

Weitere Raketen wurden abgeschossen. Matt sah in den Himmel. »Es ist gleich so weit.«

»Und letztes Jahr hast du meine Schwester geküsst?« Amy konnte kaum weitersprechen. »Dann ist sie doch ... ist sie etwa längst tot?«

»Nein, ich hätte dich deswegen niemals belogen. Sie ist noch nicht tot.«

Noch nicht. Amy schielte zur Rose, nur noch ein Hauch von Blau war in dem weißlichen Faden zu sehen. Dann hatte Morina also die Wahrheit gesagt?

»Die Mädchen sterben nicht sofort«, erklärte Matt leise. »So grausam Aphrodites Fluch auch war, meine Mutter und ihre Schwestern konnten mehr Zeit heraushandeln. Für das Mädchen ändert sich nach dem Kuss nur die Zeit. Jede Sekunde wird zu einer Minute, jede Minute zu einer Stunde ... so werden sie in einem Jahr sechzig Jahre älter. Aber sie merken es nicht, wir tun alles für sie, was wir können. Sie fühlen sich geliebt und sie leben in einer glücklichen Welt und ich besuche sie oft.«

Amys Kehle war wie zugeschnürt. »So glücklich, dass sie auch Postkarten schreiben, ja?«

»Ja, das tun sie. Wir erzählen ihnen Geschichten von den Reisen, die sie unternehmen werden, und es kommt ihnen danach vor, als wäre alles wirklich geschehen. Und sie ... sie wollte immer nur dir schreiben.« Matt nahm einen zittrigen Atemzug. »Verstehst du, meine Tanten und meine Mutter, sie haben mich jahrhundertelang beschützt und das Königspaar nur deshalb zu Berühmtheiten gemacht, damit niemals jemand fragt, was mit der einen passiert ist, die danach nie wieder auftaucht. Sie konnten die Regeln des Balles hier auf Kallystoga nicht ändern und nur dafür sorgen, dass die Gäste sich nicht an alles erinnern, sondern an das, was die drei ihnen vorspinnen.«

Amy wurde entsetzlich flau, als ihr klar wurde, was das alles bedeutete. Sie hörte ihm nicht mehr zu, sondern starrte verzweifelt auf die Rose. War da überhaupt noch Farbe zu sehen?

»Dann werde ich Sunny jetzt als alte Frau mit nach Hause nehmen?«, fragte sie voller Angst und stellte sich vor, wie ihre Mutter zusammenbrechen würde. Tränen schossen in ihre Augen. Aber es wäre doch immer noch Sunny. Und Amy würde sie genauso lieben wie früher.

Ein lautes, mehrtoniges Pfeifen kündete eine besonders

große Rakete an. Unwillkürlich blickten sie beide in den Himmel, wo unter dem Mond gerade ein riesiger Schmetterling aus schillernden Funken entstand und dann langsam verlöschte.

»Es ist so weit«, flüsterte Matt, zog sie noch fester an sich und küsste zärtlich ihren Scheitel. Sie atmete seinen Duft ein und hob ihm ihr Gesicht entgegen und wünschte sich nichts sehnlicher, als dass er endlich seine Lippen auf ihre pressen würde, aber er tat es einfach nicht. Sie ging auf die Zehenspitzen und noch näher zu ihm hin.

Doch er wich ihr aus und streichelte stattdessen ihre Wange. Dann schob er sie etwas abrupt von sich, während hinter ihnen Kaskaden von schillernden Funken am Nachhimmel explodierten.

»Eines Tages wirst du es verstehen«, sagte er, lief noch einen Schritt von ihr weg und noch einen. »Ich würde nichts lieber tun, als dich zu küssen. Ich träume davon, seit wir unter Wasser getanzt haben. Aber ich werde es nicht tun, weil ich will, dass du lebst. Es ist wichtig, dass du hier bist – Menschen wie du sind ... wichtig. Durch dich ist mir klar geworden, dass dieser Wahnsinn ein Ende haben muss. Egal, wie viel Gutes wir den anderen Kandidaten auch mitgegeben haben, es war falsch. Man muss die Verantwortung für seine Taten übernehmen. Es wird nie wieder einen Alabasterball geben!«

Amy lief auf Matt zu, auf keinen Fall durfte sie ihn jetzt gehen lassen. »Aber damit unterschreibst du das Todesurteil für meine Schwester!«, schrie sie ihn an und zeigte auf die Rose, die nun schon weißgrau war wie schmutziger Schnee.

Er betrachtete die Rose, stutzte, dann lächelte er traurig. »Jede Wette, dieser Faden war sehr blau, vielleicht sogar türkisblau, als Morina ihn dir gegeben hat, oder?«

Amy nickte.

Er kam wieder auf sie zu und legte seine Hand unter ihr Kinn. »Sie hat dich reingelegt, Amy. Das war nicht der Lebensfaden deiner Schwester. Sondern meiner.«

Amy brach in Tränen aus. »Nein«, wisperte sie. »Das ist nicht wahr.«

»Schsch«, flüsterte Matt in ihr Ohr. »Es ist gut, wie es ist.«

Ein lautes Donnern, gefolgt von zwei Fanfaren, ließ sie beide zusammenzucken.

»Was war das?«, fragte Amy, ohne Matt aus den Augen zu lassen.

»Komm her, bitte, ich möchte ein letztes Mal deine Nähe spüren.« Matt lächelte und breitete die Arme aus. Sie sog seinen Duft nach gebrannten Mandeln tief ein und drückte sich eng an ihn, bis sie die Muskeln unter seinem Hemd fühlen und das aufgeregte Klopfen ihrer Herzen hören konnte.

»Das Feuerwerk ist zu Ende«, flüsterte Matt und küsste ihre Wange. »Und jetzt müssen wir uns beeilen.«

31

Kaum hatten seine warmen Lippen ihre Wangen berührt, verdunkelte sich der Himmel. Wolken verschlangen den Mond mit ihrer Düsternis und es begann plötzlich, rundherum zu donnern.

Der einzige Lichtpunkt war die Rose an Amys Ring, die jetzt reinweiß schimmerte. Bei ihrem Anblick rollten Tränen über Amys Wangen, während der unerbittliche Wind an ihrem Walzerkleid riss. Was geschah hier? War das etwa Morinas Rache?

Matt löste ihre Umarmung und hielt nur noch ihre Hand fest. »Wir müssen zu deiner Schwester. Komm, sie ist im Leuchtturm!«

Also doch. Der Leuchtturm. Die ganze Zeit war es der Leuchtturm gewesen.

Das Grollen wurde immer lauter, die Wellen, die über die Insel und gegen den Leuchtturm klatschten, immer größer. Doch da ging der Donner auf der anderen Seite in ein noch viel lauteres Krachen über. Amy drehte sich um und konnte nicht fassen, was da vor ihr gerade geschah.

Durch Kallystoga zog sich ein Graben, der jede Sekunde

breiter wurde – wie ein gefräßiges Maul verschluckte er das Jachthaus, das Treibhaus, das Labyrinth. Doch bevor auch dieses gänzlich versank, erhob sich der Pegasus vom Eingang, flog hoch in den dunklen Himmel, wo er sich zwischen den Wolken verlor.

Als Amy wieder zurück auf die Insel blickte, stockte ihr der Atem. Ungläubig starrte sie auf den jetzt weit aufklaffenden Graben, aus dem sich ein Kreuzfahrtschiff mit mehreren Etagen erhob, so als wäre die Titanic persönlich wiederauferstanden.

Das Schiff schien völlig unberührt von dem Sturm und es war voller Gäste in schimmernden Abendkleidern. Durch den brausenden Wind hörte Amy sogar ein Orchester Walzer spielen.

Gemurmel und Gelächter vermischten sich mit den Klängen, so als befände sich das Schiff auf seiner ganz normalen Route durch den Thousand Island Pond, als wäre es nicht gerade erst mitten aus dem Schoß der Insel geboren worden.

Mit weit aufgerissenen Augen betrachtete Amy das Schiff und einen Moment lang kam es ihr so vor, als würde an der Reling das Diadem der Ballkönigin aufblitzen.

Lilja, Millie, Ryan, Pepper. Hoffentlich übersteht ihr das alles unversehrt, dachte Amy, als das Schiff unbehelligt vom Sturm zwischen den Wellen davonzog und den Blick auf das Schloss freigab, das immer noch an seinem Platz stand.

Da beruhigte sich das Wasser, der Wind verstummte, das Gurgeln hörte auf und es wurde totenstill. Amy wagte es kaum zu atmen – was hatte das zu bedeuten?

»Matt«, flüsterte sie in panischer Angst. »Was passiert hier?«

Sie drehte sich zum Leuchtturm, doch im selben Moment wurde die unheimliche Stille zu einem Raunen und Wispern, zu einem unerbittlich silbernen Knistern. Sie wandte sich wieder zum Schloss und schnappte nach Luft.

Vor ihren Augen verwandelte sich das Schloss in Millionen von Fäden, die durch die Finsternis schimmerten, sich um sich selbst drehten und zwirbelten wie ein Tornado aus Fäden und dann vollkommen lautlos im Wasser versanken. Das Einzige, was stehen blieb, war die Aphroditestatue aus dem Treppenhaus.

Der Anblick der Göttin löste Matt aus seiner Erstarrung. »Wir müssen weiter«, befahl er und rannte mit Amy los, geradewegs über den schmalen, rutschigen Pfad zwischen den Klippen entlang. Weil sie jedoch so viel langsamer war als er, nahm er sie wieder auf seine Arme, während Donnerschlag auf Donnerschlag ertönte und das Wasser mit neuem Zorn gegen die restliche Insel antoste.

Und ständig höher stieg.

Matt öffnete das Tor zum Leuchtturm. Wasser quoll ihnen entgegen, schwappte über sie und Amy hörte nur noch ein Gurgeln und bekam keine Luft mehr. Matt legte seinen Zeigefinger auf ihren Mund und versorgte sie wieder mit Luft.

»Geht es dir gut?«, fragte sie ihn, denn er war kalkweiß im Gesicht.

Matt nickte, dann kämpften sie sich weiter über die Stufen hoch in die Spitze des Leuchtturms. Die Treppen schienen endlos, durch die winzigen Fenster klatschten immer stärkere Wellen nach innen und Amy hatte Angst, der Leuchtturm könnte zerbrechen, bevor sie Sunny gefunden hatten.

Schließlich hatten sie den oberen Raum mit all den Lichtapparaten erreicht. Hier stand das Wasser erst knietief. Matt setzte sie vorsichtig ab und fand eine Tür in der Wand, eine, die sie ohne ihn niemals entdeckt hätte.

Zitternd öffnete er für sie die Tür.

Doch Sunny war nirgends zu sehen. Immer wieder rief Amy nach ihr. Das Wasser stand bis zu den Kordeln, mit denen die Übergardinen zurückgehalten wurden. Die meisten Möbel schwammen schon im stetig steigenden Wasser: Stühle, ein Webstuhl, ein Schreibtisch. Nur der Schrank, eine Truhe und das Bett standen noch an ihrem Platz. Der Sturm dröhnte mörderisch und Amy kam es so vor, als würde der Turm leicht schwanken.

»Amy«, sagte Matt von seinem Platz an der Tür. »Sie ist dort drüben. Ich glaube, sie hat sich in der Truhe versteckt.«

Amy rannte zur Truhe, konnte aber den Deckel keinen Millimeter bewegen. Da trat Matt neben sie an die Truhe und schob Amy zur Seite.

»Lass mich das machen«, sagte er und Amy erschrak: Er war durchscheinend wie Zellophan. Er legte beide Hände auf den Deckel und lächelte ihr zu, als er den Deckel geöffnet hatte. Matts Konturen verschwammen immer mehr und erst jetzt wurde Amy so richtig bewusst, was das alles bedeuten würde, und es schnürte ihr die Kehle zu.

»Es tut mir so leid«, sagte Matt, nahm seine rechte Hand vom Truhendeckel und kam auf sie zu. Doch noch bevor er sie erreicht hatte, wurde das letzte bisschen, das sie noch von ihm gesehen hatte zu hellen Lichtpunkten, die sich nun völlig auflösten und Amy allein zurückließen.

»Nein!«, schrie Amy und heiße Tränen stürzten aus ihren Augen. Doch es war zu spät, er war fort, nur ein Hauch von gebrannten Mandeln lag noch in der Luft, doch auch der war wenige Sekunden später ganz und gar verschwunden.

Es war, als hätte Matt nie existiert.

»Matt!«, schrie sie und fing an zu schluchzen. Er war weg, wirklich weg. Er hatte ihr das unglaublichste Geschenk gemacht und sich damit selbst ausgelöscht.

Ein weiterer Donnerschlag riss Amy aus ihrem Schmerz. Sie hatte keine Zeit zu trauern, sie musste Sunny hier rausbringen, sonst wäre Matts Opfer vollkommen vergeblich gewesen.

Der Deckel der Truhe stand offen. Was würde sie darin erwarten?

Ihre Schwester oder eine Greisin?

Oder *niemand?*

Mit angehaltenem Atem beugte sie sich über die Truhe und spähte hinein.

Sie sah ... langes blondes Haar. Kein weißes.

»Hey«, sagte Amy mit bebender Stimme. »Sunny? Hörst du mich? Ich bin's ... Amy.«

Sunny schoss hoch, mit wirren Haaren und in Amys grünem, völlig ruiniertem Ballkleid. »Ich dachte schon, du kommst nie«, stieß sie mit einem gequälten Lachen hervor, bevor sie in Tränen ausbrach, haltlos zu weinen anfing und sich in die Arme ihrer Schwester warf.

Trotz allem, was gerade geschehen war, fehlten Amy einen Moment lang die Worte, sie war sprachlos vor Glück. Sie konnte es kaum fassen. Das hier war ihre Schwester und sie war keinen Tag älter als siebzehn.

Amy drückte sie fest an sich, doch im selben Moment zersplitterten die Fenster. Wassermassen ergossen sich in den Leuchtturm, der wie die Insel langsam auf den Grund des Pond zu versinken schien.

»Sofort raus hier!«, rief sie Sunny zu. »Wir müssen die verdammten Kleider ausziehen, in denen können wir nicht schwimmen!«

Sie entledigten sich ihrer Kleider, was gar nicht so leicht war, denn das Wasser stand ihnen schon bis an die Hüften. »Wir schwimmen aus den Fenstern und dann müssen wir uns etwas suchen, an dem wir uns festhalten können, etwas, das uns hilft, den Sturm zu überstehen. Aber warte, wir sollten uns aneinanderbinden, damit wir uns nicht verlieren.« Amy lief durch das Wasser zu den Vorhängen und riss eine der Kordeln ab. Sie band sie um ihre und um Sunnys Taille. Dann holten sie tief Luft und auf ein Zeichen von Amy tauchten sie durch die Fenster nach draußen. Von der Insel war nichts mehr zu sehen. Sie war wie vom Wasser verschluckt.

Der Sturm tobte unvermindert wild um ihre Ohren und Amy hatte kaum Hoffnung, dass sie es schaffen würden. Hinter sich hörte sie Sunny wie ein Mantra flüstern: »Es tut mir leid, es tut mir leid.«

»Spar dir den Atem«, brüllte Amy ihr zu, verschluckte Wasser und hustete. Es musste doch irgendwelche Baumstämme geben, an die sie sich klammern konnte – die Insel konnte sich doch nicht völlig aufgelöst haben? Sie hielten sich dicht beieinander, aber es war nicht daran zu denken, zielgerichtet irgendwohin zu schwimmen. All ihre Kräfte gingen dabei drauf, sich irgendwie über Wasser zu halten.

Aber Amy merkte, dass sie ständig weiter abgetrieben wurden. Mit Grausen erinnerte sie sich an die Strudel, in die Millie geraten war.

Wir schaffen das, sprach sie sich Mut zu. Aber plötzlich sah sie in der nächsten Welle Morina, die ihr mit der juwelenbesetzten Schere zuwinkte.

Nein, das war ein Trugbild! Sie sah genauer hin, da, vor ihnen war Aphrodites Alabasterkopf, der wie eine Boje aus dem Wasser ragte. Mit letzter Kraft paddelte sie mit Sunny im Arm auf die Statue zu.

Als sie den Kopf der Liebesgöttin erreicht hatte, streckte Amy, völlig erschöpft und erleichtert, die Hand nach ihr aus. Doch in dem Moment, in dem sie die Statue berührte, wurde sie vom Wasser verschluckt und verschwand, als wäre sie nie da gewesen.

Amy wusste, dass sie jetzt sterben würden. Hier und jetzt. Alles war umsonst gewesen.

Aber dann schimmerte etwas vor ihr im Mondlicht und sie musste zweimal hinsehen, um es wirklich zu begreifen.

Vor ihr auf dem Wasser schwamm ein Netz und es sah aus wie das Netz, das sie alle zusammen mit Asmarantha gewebt hatten. Staunend beobachtete sie, wie die silbernen Fäden immer dicker wurden, sich mit Luft füllten und aus dem Wasser hoben wie ein gigantisches Floß.

Hoffnung keimte in Amy auf. Das würde sie tragen, würde Sunny und sie über Wasser halten, bis ein richtiges Boot käme, um sie zu retten.

Tränen liefen über Amys Gesicht, als sie mit Sunny darauf zuschwamm.

Matt hatte sein Versprechen gehalten.

Sie würden leben.

Sie und Sunny.

SECHS WOCHEN SPÄTER

Epilog

Lass uns zum See gehen, eine Runde schwimmen. Es ist immer noch so verdammt heiß«, schlug Amy vor und musterte ihre Schwester, die mal wieder grübelnd auf ihrem Bett lag. Sie war umgeben von all den Postkarten, die sie im letzten Jahr geschrieben hatte und an die sie sich nicht erinnern konnte.

»Ohne mich«, murmelte Sunny. »Wenn überhaupt, dann schwimme ich für den Rest meines Lebens nur noch im *Schwimmbad*. Wenn ich bloß an Wasser denke, wird mir schon total schlecht.« Sunny schüttelte sich angewidert, dabei flatterten ihre kurzen Haare hin und her.

Amy hatte sich mittlerweile daran gewöhnt, dass Sunny sich vor drei Wochen die Haare bis unters Kinn abgeschnitten hatte. Rapunzel, so hatte ihre Schwester verkündet, sei ein für alle Mal Vergangenheit.

Amy und ihre Mom hatten sich gefreut, weil es das erste Mal seit ihrer Rettung war, dass Sunny wirklich etwas wollte. Ein gutes Zeichen, hatte Amy gedacht, denn als sie nach Hause gekommen waren, war Sunny zuerst immer nur still und apathisch durch die Wohnung geschlichen. Sie hatte niemanden sehen wollen, nicht mal Jonas.

Amy hatte ihre Schwester noch viel mehr vermisst als vorher. Sunny war zwar wieder da, aber *diese* Sunny war eine ganz andere als die, nach der Amy so verzweifelt gesucht hatte.

Und deshalb hatte Amy ihren eigenen Kummer für sich behalten. Es reichte, wenn ihre Mom sich Sorgen um Sunny machte, da musste ihre andere Tochter nicht auch noch zum Problemfall werden. Und so hatte Amy geschwiegen, aber jede Nacht stundenlang wach gelegen, weil sie immerzu an Matt denken musste. Manchmal weinte sie ihr Kissen nass über seinen Tod, dann wieder schlug sie mit ihren Fäusten darauf ein, wütend über diese schreiende Ungerechtigkeit. Da hatten sie so viel miteinander erlebt und dann verschwand er einfach. Jedes Mal, wenn sie versuchte zu schlafen, sah sie die Lichtpunkte vor ihren Augen tanzen, in die er sich im Leuchtturm aufgelöst hatte.

So als wäre er nie Teil ihrer Welt gewesen.

Als hätte er nie ihre Wangen, ihre Stirn geküsst.

Diese Leere schmerzte manchmal so sehr, dass Amy kaum atmen konnte. Trotzdem gab sie sich Mühe, sich tagsüber nichts von alldem anmerken zu lassen, und sie versuchte weiter, zu Sunny vorzudringen.

Aber das gelang ihr erst, nachdem sie im Internet einen Artikel über den letzten Alabasterball gefunden hatte. Die Strandhams hatten zum Bedauern der ganzen Welt verkündet, dass der diesjährige Alabasterball der letzte gewesen sei. Wegen einer Sturmflut, bei der die Insel Kallystoga schwer beschädigt worden war, hätte man den Ball kurzfristig auf ein Kreuzfahrtschiff verlegen müssen.

Die Ballkönigin dieses Jahr war Lilja Salonen aus Finnland und Ballkönig war Pepper C. Martin aus Namibia.

Das hatte Amy auf die Idee gebracht, Sunny mit Asuka bekannt zu machen. Auch wenn Asukas Erinnerungen durch die magischen Armbänder verändert worden waren, halfen sie Sunny ein bisschen dabei, ihre gemeinsamen drei Tage auf Kallystoga zu rekonstruieren. Das tat ihr so gut, dass sie auch wieder anfing, sich für das Singen zu interessieren.

Zu Amys großer Überraschung hatte Sunny aber keine Lust mehr auf ihre Unsingsworte. »Das ist kindisch«, behauptete sie.

»Wie jetzt?«

»Na: Babygebrabbel. Blödes Zeug. Das interessiert mich nicht mehr. Ich möchte ...«, Sunny hatte innegehalten. »Schwesterherz, du wirst mich für verrückt halten, aber ...«, und in diesem Moment hatte sie zum ersten Mal beinahe so unbeschwert gelacht wie früher, »... ich möchte ein Lied mit *richtigem* Text singen. Ich habe auch schon eine Idee, worum es gehen soll. Würdest du mir dabei helfen? Du bist viel besser darin, die richtigen Worte zu finden.«

»Nö, echt keine Lust«, hatte Amy grinsend gesagt. »Aber weil du es bist, mach ich mal 'ne Ausnahme.«

Sunny hatte sie spielerisch auf den Oberarm geboxt und dann hatten sie sich zusammengesetzt, sehr vieles ausprobiert und das meiste davon in die Tonne getreten. Am Ende hatten sie es geschafft und ihren ersten gemeinsamen Song geschrieben und den Titel fanden sie beide ganz besonders passend: *Am seidenen Faden.*

Seither hatte Amy das Gefühl, dass es bei Sunny steil bergauf ging. Gestern hatte sie sich sogar mit Jonas verabredet. Nur deshalb hatte sie ihre Schwester gerade gefragt, ob sie heute zum See mitkommen wollte.

»Geh ohne mich, ja?«, sagte Sunny nun. »Hauptsache, du bist nachher rechtzeitig wieder da, wenn wir den neuen Song aufnehmen wollen.«

Amy lächelte und nickte. »Okay, dann öl du schon mal deine Stimme. Bis später!«

»Bis später«, verabschiedete sich Sunny, schob die Postkarten beiseite und wedelte Amy mit einem Korken zu, steckte ihn sich in den Mund und fing mit ihren Gesangsübungen an.

Beruhigt lief Amy in ihr Zimmer und packte ihr Badezeug. Eines Tages, wenn Sunny dazu bereit war, würde sie ihr die ganze Wahrheit über Kallystoga und Matt erzählen.

Sie schwang sich auf ihr Rad und machte sich auf zum See. Sie konnte sich nicht erinnern, dass es im Oktober jemals so warm gewesen war.

Aber es war nicht nur in Deutschland so warm, sondern *überall.* Das wusste sie von Pepper, Lilja, Millie und Ryan.

Nie hätte Amy gedacht, dass sie die anderen so vermissen würde, obwohl sie doch nur drei Tage zusammen gewesen waren. Zuerst hatte sie Angst gehabt, den anderen eine Nachricht zu schicken, weil sie nicht wusste, was passieren würde. Immerhin hielten die sie ja immer noch für Loreley Schillinger. Und erinnerten die sich überhaupt an sie? Aber dann war ihr klar geworden, dass sie es nie herausfinden würde, wenn sie nicht fragte.

Kurzerhand hatte sie den vier eine Nachricht mit einem Foto von sich geschickt. Darunter hatte sie nach gefühlt hundert Versuchen dann geschrieben: *Hi, falls ihr Lust habt herauszufinden, warum ich gar nicht Loreley heiße, sondern Amy, dann meldet euch doch bei mir. Ich wäre wirklich très entzückt!*

Alle schrieben ihr sofort begeistert zurück. Lilja als Erste. Sie erklärte Amy sie wäre *très hullu,* was auf Finnisch wohl so etwas wie ziemlich verrückt bedeutete. Beim Lesen musste Amy endlich mal wieder laut lachen und sie freute sich, weil sie spürte, dass es respektvoll gemeint war. Offensichtlich dachten alle, dass Amy und Matt bis zum Ende des Alabasterballs dabei gewesen waren. Matt vermuteten sie auf einer abgelegenen Farm in Australien, wohin er zum *Work and Travel* aufgebrochen sei.

Und obwohl Amy ihnen noch nicht die ganze Geschichte verraten hatte, verziehen sie ihr, dass die sie belogen hatte.

Loreley allerdings war stinksauer auf Amy, weil sie ohne das Ballkleid zurückgekommen war, und sie beruhigte sich erst, als Amy ihr von Sunnys Rettung erzählte und ihr anbot, ein neues Kleid für sie zu nähen.

Gerade als Amy ihr Rad am See an einen Baum lehnte und absperrte, pingte ihr Handy. Sie musste sich zwingen, nicht die Augen zu verdrehen, als sie ein weiteres Kuss-Selfie von Lilja und Pepper darauf entdeckte. Die beiden waren wirklich schwer zu ertragen, so verliebt waren sie. Und sie luden Amy, Ryan und Millie nach Finnland ein, wo Lilja in der Nähe von Turku ein großes Therapiezentrum für suchtkranke Eltern und ihre Kinder eingerichtet hatte.

Wie Amy jetzt wusste, hatte Lilja den Ball so unbedingt gewinnen wollen, weil sie die Älteste von vier Geschwistern war und sich nicht immer nur um ihre drei kleinen Brüder, sondern auch um ihre alkoholkranke Mutter hatte kümmern müssen. Doch nachdem Millie ihr verraten hatte, warum sie dabei gewesen war, hatte Lilja angeboten, ihr mit dem verunglückten Forscher zu helfen, was die beiden sofort näher zusammengebracht hatte.

Es gab also nicht nur ein echtes Liebespaar, sondern auch neue Freundschaften, die aus dem Schrecken dieser Tage hervorgegangen waren.

Amy warf einen letzten Blick auf das Selfie von Pepper und Lilja, klickte es weg und lächelte traurig. Wenigstens konnten die beiden zusammen sein.

Sie lief vor zu dem Ufer, wo trotz der Hitze nicht viel los war. Im Oktober ging man eben nicht mehr schwimmen. Auf den Holzstegen, die ins Wasser führten und auf denen man im Sommer kaum durchkam, waren heute nur wenige Badegäste. Sie lief vor und legte ihre Badetasche auf dem angewärmten Holz ab. Einen Moment lang stellte sie sich vor, die anderen vier wären auch hier und würden sie von Matts Verlust ablenken. Pepper würde sicher eine ziemliche Show abziehen und dann mit einer Arschbombe den ganzen Steg überschwemmen. Sie konnte es förmlich vor sich sehen.

Das Geheimnis um seinen Herzenswunsch und das mysteriöse Wohnheim hatte sich nun auch gelüftet. Pepper war von einer weißen Familie adoptiert worden, als er schon sechs Jahre alt gewesen war. Zuerst war er deshalb sehr glücklich gewesen, aber je älter er wurde, desto mehr war er sich wie ihr Problemprojekt vorgekommen, und das hatte ihn wütend gemacht. Er hatte sich die falschen Freunde gesucht, ständig Ärger gehabt und dann hatte er eines Tages, um so richtig anzugeben, alle zu einer Safari auf die Großwildfarm seiner Eltern eingeladen. Er hatte den Waffenschrank geknackt und zusammen mit den anderen fast alle Tiere der Farm einfach so abgeschossen.

Als seine Eltern ihn deshalb vorübergehend in einem betreuten Wohnheim unterbringen wollten, war er komplett ausgerastet und hatte so getan, als wollte er sich umbringen. Seine Mutter wollte das verhindern und war dabei durch ihn so am Arm verletzt worden, dass sie danach weder den Arm noch ihre Hand hatte bewegen können. Durch seinen Sieg beim Alabasterball war die kostspielige Operation, die seine Mutter brauchte, möglich geworden und jetzt war sie in der Reha. Pepper berichtete allen per WhatsApp über ihre langsamen Fortschritte und Lilja war dabei immer an seiner Seite.

Amy lief die Stufen hinunter und hielt ihren Fuß ins Wasser. Es fühlte sich angenehm warm an. Als sie wieder aufsah, flogen zwei blau schimmernde Libellen vor ihr über den spiegelglatten See.

Nicht eine einzige Welle war zu sehen, schade. Sie mochte Wellen und irgendwann würde sie Ryans Einladung nach Kalifornien annehmen und surfen lernen. Ryan war zwar nicht Ballkönig geworden, aber er hatte trotzdem damit angefangen, seine *Beeboards* zu verwirklichen. Mit seinem Fundraising im Internet begeisterte er viele, und weil alle, die je einen Fuß auf Kallystoga gesetzt hatten, ihn dabei unterstützten, hatte er in vier Wochen schon über zweihunderttausend Dollar gesammelt.

Amy bewunderte ihn und fragte sich gleichzeitig, ob es irgendetwas gab, was sie für Matt tun konnte.

Andererseits ... was würde das bringen? Matt war nicht bei einem Unfall gestorben, sondern ihretwegen. Er war für sie gestorben. Nur ihretwegen hatte er auf die Energie verzichtet, die ihn sonst weiter am Leben gehalten hätte.

Wollte sie sich überhaupt daran erinnern?

Sie sprang ins Wasser und kraulte los, eine Runde um den See war das Mindeste. Das Wasser war dunkelgrün, roch leicht nach Algen und ein bisschen modrig. Sie wäre vielleicht doch besser in ein stark gechlortes Schwimmbad gegangen. Denn je länger sie schwamm, desto mehr erinnerte sie das hier an Kallystoga und an Matt.

Sie wurde schneller und wütender. Das alles sollte sie hinter sich lassen, neu anfangen. Aber es ging nicht, es ging einfach nicht.

Keuchend drehte sie sich auf den Rücken, blickte in den Himmel und ließ sich mit ausgestreckten Armen und Beinen treiben. Der Mond war schon ganz schwach zu sehen, nur eine schmale Sichel, und trotzdem erinnerte er sie an den Alabastermond über der Insel und an Matt, wie sich sein Gesicht und seine Augen verändert hatten, wenn er lächelte, wie sich seine Hand an ihrer Taille angefühlt hatte. Und das Gefühl schnürte ihr die Kehle zu.

Genug!

Amy schlug mit der Hand aufs Wasser, drehte sich um und

kraulte zurück zum Steg, der noch leerer geworden war. Nur ein älterer weißhaariger Mann war noch da und bückte sich nach etwas.

Am Steg angekommen, lief Amy zu ihrer Tasche, zog ihr Handtuch heraus, beugte sich vor und fing an, ihre Haare trocken zu rubbeln.

»Entschuldige, aber du hast vorhin auf dem Weg ins Wasser etwas verloren«, sagte eine irgendwie vertraut klingende Stimme.

»Ich wüsste nicht, was«, sagte sie, ohne sich aufzurichten.

»Da hat sich was von deiner Kette gelöst«, sagte die Stimme.

Unwillkürlich griff Amy nach der Kette an ihrem Hals. Tatsächlich. Ihr Moonie-Sunny-Anhänger war weg. Nun hob sie doch den Kopf, dann stutzte sie.

Es war der Mann mit den weißen Haaren, der ihr den Anhänger entgegenhielt. Nur dass er gar kein älterer Mann war, sondern ein junger Typ mit ziemlich abgefahrenen weißen Haaren. Bestimmt nicht älter als zwanzig. Er hatte einen Rucksack über der rechten Schulter hängen.

»Danke«, meinte sie und nahm den Anhänger. »Hab ich gar nicht bemerkt.«

Amy betrachtete den Typ jetzt genauer und blieb an seinen Augen hängen. Sie waren blau, ziemlich blau, eigentlich sogar türkisblau.

Amy musste wegsehen. Hirngespinste. Aber dann lag auf einmal auch noch ein ganz leichter Duft gebrannter Mandeln in der Luft.

»Du warst in Gedanken und hast ziemlich traurig ausgesehen«, sagte der Fremde mitfühlend. »Ich bin froh, dass ich helfen konnte.«

Sie blickte ihm wieder ins Gesicht. Diese weißen Haare lenkten dermaßen von allem anderen ab. Er hatte da auch so ein Grübchen am Kinn, aber ... das war doch vollkommen unmöglich!

»Du solltest das reparieren lassen«, schlug er vor.

»Mach ich.« Sie versuchte, ruhig zu bleiben, obwohl ihr Puls hämmerte und ihre Gedanken Kopfsprünge durch ihren Körper machten und im Bauch einen Salto nach dem anderen schlugen. »Ähm ... du hast coole Haare«, sagte sie, weil sie so durcheinander war und ihr nichts Besseres einfiel.

»Freut mich, dass du sie magst.« Er suchte ihren Blick.

Türkisblau.

Sicher.

Ganz sicher!

»Die weißen Haare erinnern mich daran, dass man manchmal, wenn man alles für das einzig Richtige aufgegeben hat, eine zweite Chance bekommt.«

Er war es.

Amy hatte Angst zu atmen. Was, wenn das hier nur ein Trugbild war und es sich gleich wieder auflösen würde?

»Du siehst ein bisschen blass aus«, meinte er mit einem wissenden Lächeln und kramte in seinem Rucksack. »Warte. Vielleicht solltest du etwas essen.« Er zog eine Tüte gebrannte Mandeln heraus und reichte sie Amy. »Wenn du magst, könnten wir sie uns teilen und dabei reden.« Er setzte sich auf den Steg, sah hoch zu ihr und klopfte einladend neben sich. »Denn dazu haben wir jetzt alle Zeit der Welt.«

Beatrix Gurian

Sommernachtsfunkeln

Luke ist schon lange Katis bester Freund. Dass sie mehr für ihn empfindet, will sie ihm nach einer Party endlich sagen. Doch dann passiert ein tragischer Unfall, von dem Kati schwere Narben davonträgt. Niedergeschlagen reist sie als Au-Pair nach L.A., wo ihr Leben einen geradezu magischen Aufschwung nimmt. In einer Bar namens »LIVED« findet Kati in den attraktiven Geschwistern Jeff und Lucy neue Freunde. All ihre Träume scheinen plötzlich wahr zu werden. Doch die Glamour-Welt verbirgt etwas – und erst mit Lukes Hilfe erkennt Kati, dass sie längst in einem Albtraum gefangen ist.

Beatrix Gurian

Glimmernächte

Durch die Heirat ihrer Mutter mit dem Grafen Frederik von Raben zieht Pippa in ein prächtiges Schloss nach Dänemark. Doch ihre neue Familie birgt ein Geheimnis, das immer mehr Besitz von Pippa ergreift. Seltsame Dinge geschehen und bald weiß sie nicht mehr, was real ist und was nicht. Bei einem Ball begegnet Pippa ihrem verwirrend attraktiven Stiefbruder Niels. Beide kommen sich schnell näher, doch auch Niels scheint nicht ganz ehrlich zu sein. Als Pippa klar wird, welche Mächte in Schloss Ravensholm lauern, muss sie alles aufs Spiel setzen, um die zu retten, die sie liebt ...